Y WEIRGLODD WEN

Y
Weirglodd Wen

Lona Patel

Rhif Llyfr Safonol Rhyngwladol: 978-1-84527-542-6

Cyhoeddwyd gyda chymorth Cyngor Llyfrau Cymru

Cynllun y clawr: Tanwen Haf

Cyhoeddwyd gan Wasg Carreg Gwalch,
12 Iard yr Orsaf, Llanrwst, Dyffryn Conwy, Cymru LL26 0EH.
Ffôn: 01492 642031
Ffacs: 01492 642502
e-bost: llyfrau@carreg-gwalch.com
lle ar y we: www.carreg-gwalch.com

Argraffwyd a chyhoeddwyd yng Nghymru

Rwyf yn cyflwyno'r nofel hon i T. Emyr Pritchard,
athro Cymraeg unigryw a dawnus Ysgol Botwnnog
pan oeddwn yno yn y chwe degau.

Hoffwn ddiolch i fy nheulu am eu ffydd y buaswn yn gallu ysgrifennu nofel o'i dechrau i'w diwedd!

Buaswn hefyd yn hoffi diolch i Nia Roberts, Gwasg Carreg Gwalch, am ei sylwadau gwerthfawr a'i hyfforddiant brwdfrydig.

Diolchaf yn ogystal i John Dilwyn Williams a'i gydweithwyr yn Archifdy Gwynedd, Caernarfon, am fy rhoi ar ben ffordd gyda rhai pwyntiau hanesyddol.

Mae diolch mawr yn mynd i Menna Jones am ei hamynedd i fynd â fi ar draws gwlad yn ei char i wneud yn siŵr bod y lleoedd y sonir amdanynt yn y nofel yn ddaearyddol gywir.

Yn olaf, dymunaf ddiolch i fy mab, Suresh, am wrando arnaf yn cyfieithu'r nofel air am air, bennod ar ôl pennod, dros y ffôn iddo, ac am ei sylwadaeth fachog am y cymeriadau a datblygiad y stori.

Pennod 1

Ceidio, Llŷn, Chwefror 1756

'Mam, fedra i ddim cael hyd i fy sgert ora,' galwodd Magi, gan luchio'i dillad yn ddifeddwl i bob cwr, a rhoi hergwd ysgafn i'r gath â'i choes.

'Rargian, Magi, paid â bod mor wyllt. Mi wnei di ddifetha dy ddillad, a finna wedi plygu pob dim yn daclus i ti,' dwrdiodd ei mam. 'Rho bob dim yn ôl yn drefnus yng nghanol y gynfas eto er mwyn i mi gael ei chlymu hi i ti.'

'O'r nefoedd, fedra i ddim cael hyd i fy sanau llwyd chwaith, Mam!' llefodd Magi drachefn, gan ddal i chwilota ymysg ei dillad.

'Magi, gwranda arna i. Mae pob dim yn y gynfas yn barod i ti fynd. Ma'n rhaid i mi roi menyn ar y bara ceirch, dyna'r oll,' eglurodd Leusa, ond wrth edrych ar ei merch yn rhuthro o amgylch y stafell yn mwmian wrthi'i hun gwyddai nad oedd yn gwrando arni.

'Magi, ty'd, stedda efo fi am funud.'

'Ond, Mam ...'

'Stedda. Gwranda. Mi ydw i isio deud rwbath wrthat ti.'

Eisteddodd Magi ond crwydrai ei golygon yn wyllt o gwmpas yr ystafell fel petai'n gobeithio am ysbrydoliaeth i gofio am fwy o bethau i'w rhoi yn y gynfas.

'Magi, edrycha arna i.'

Ufuddhaodd ei merch.

'Gwranda, mae dy becyn di'n barod, felly paid â phoeni am ddim. Mae dy ddillad di i gyd ynddo fo.'

Ymlaciodd Magi rywfaint a chododd ar ei thraed i fynd.

'Hefyd,' dechreuodd Leusa, ac eisteddodd Magi i lawr eto, 'mae 'na ryw hen gadachau yng ngwaelod y pecyn. Mi fyddi di eu hangen nhw yn o fuan.'

Edrychodd Magi yn ddryslyd arni.

'Mae 'na batrwm sy'n debyg i gynffonna ceiliogod arnyn nhw,' ychwanegodd Leusa.

Rhythodd Magi ar ei mam.

'Be?'

'Mi ddallti di ryw ddiwrnod pan gei di boen yn dy fol,' eglurodd. 'Dwn i ddim pa bryd gwnei di ddechra efo nhw. Mi oeddwn i bron yn bymtheg oed, ond ma' pawb yn wahanol. A chofia beidio â molchi pan gei di nhw. Dydi hynny ddim yn lles, meddan nhw.'

'Mi fydda i'n cael poen yn fy mol o hyd. Ai dyna'r oll oeddach chi isio'i ddeud wrtha i?'

'Ia,' atebodd Leusa, 'ond mae un peth arall. Mae 'na fab yno, a ...' dechreuodd Leusa.

'Mami,' gwaeddodd llais bach o'r siambr.

'Dacia, ma' Sioned wedi deffro,' dwrdiodd Leusa dan ei gwynt. Ochneidiodd cyn ateb ei merch ieuengaf. 'Ty'd yma!'

Rhedodd Sioned o'r siambr ac yn syth at Magi, a chrafangu ar ei glin.

'Dim isio i ti fynd,' cwynodd y fechan.

Tynnodd Magi ei llaw yn dyner drwy wallt ei chwaer.

'Tydw inna ddim isio i Magi fynd chwaith,' meddai Leusa, 'ond fydd Magi ddim oddi yma'n hir. Mi ddaw hi'n ei hôl yn fuan iawn, gei di weld.'

Plygodd Magi ei phen i edrych yn wyneb ei chwaer. 'Mi ddo' i â rwbath i ti o'r ffair pan fydd hi'n ben tymor. Be fasat ti'n hoffi i mi ei brynu i ti?' gofynnodd.

'Het.'

'Het?' meddai Magi a'i mam fel côr adrodd, cyn chwerthin.

'Ia,' cadarnhaodd y fechan, gan geisio amgyffred beth oedd mor ddoniol. 'Magi?'

'Be?'

'Pam fod yn rhaid i ti fynd?'

Roedd Sioned wedi gofyn y cwestiwn hwnnw droeon yn ystod y pythefnos blaenorol, ac roedd Magi wedi ceisio'i hateb orau y gallai bob tro. Rhoddodd gynnig arall arni.

'Wel, ma' Mam isio mwy o ieir, a dafad neu ddwy, a llo bach newydd, ella,' eglurodd, 'ac os a' i i weini, mi fedra i ennill digon o arian i'w prynu nhw.'

'O, ia,' atebodd Sioned fel petai newydd gofio. 'Ga' i ddŵad efo chdi?'

'Na, dim y tro yma,' atebodd Magi'n dyner. 'Ella cei di tro nesa.'

Bu'r hanner addewid yn ddigon o gysur i Sioned. Gwenodd, a throi ei sylw at y gath.

'Cofia di beidio â chega'n ôl ar neb yn y Weirglodd Wen, Magi,' meddai Leusa wrth roi haenen o fenyn ar y bara ceirch, 'a bydd yn rhaid i ti wneud pob dim mae'r forwyn fawr yn 'i ddeud.'

'Mam, mi ydach chi wedi deud hynny wrtha i ganwaith,' atebodd Magi'n bigog.

'A pheth arall,' dechreuodd Leusa, cyn ailfeddwl. 'Sioned, dos i nôl dy glocsiau o'r siambr. Paid â cherdded yn nhraed dy sana fel hyn. Mae hi'n rhy oer ac mi fydd dy draed ti fel talpiau o rew.'

'Magi,' sibrydodd Leusa'n frysiog ar ôl i Sioned fynd. 'Y peth arall roeddwn i isio'i ddeud wrthat ti – tria beidio bod ar dy ben dy hun efo'r mab 'na.'

'Pam?'

'Tydi o ddim i'w drystio efo genod, meddan nhw.'

'Be?'

'Wel, mi wyddost ti sut mae hogia weithia, yn llawn direidi a phetha felly.'

'Mi ydw i'n hoffi direidi.'

'Na, nid direidi fel yna – direidi drwg.'

'Direidi drwg? Be ydi peth felly?'

Caeodd Leusa ei llygaid a thynnu ei llaw ar draws ei thalcen. 'Magi, ma' gin i ofn iddo fo wneud petha anweddus i ti.'

'Pa fath o betha anweddus?' gofynnodd Magi'n chwilfrydig.

'Ella basa fo'n trio rhoi 'i law dan dy bais di,' sibrydodd Leusa.

'Mi faswn i'n rhoi cic iddo fo.'

'Magi, chei di ddim rhoi cic i fab y Weirglodd Wen,' meddai Leusa, yn uwch nag yr oedd wedi dymuno'i wneud. 'Y peth gora i ti ydi peidio bod ar dy ben dy hun efo fo.' Daeth pendantrwydd ei llais â'r sgwrs i ben. Tynnodd y stôl o dan y bwrdd a'i rhoi o flaen y tân. 'Tyrd i ista'n fama, 'ngenath i, i mi gael codi dy wallt di. Chei di ddim mynd i weini efo gwallt mawr fel hyn i lawr dy gefn.'

Daeth Sioned yn ôl o'r siambr i wylio'i mam yn trin gwallt Magi.

'I bwy wyt ti am roi cic?' gofynnodd, ymhen hir a hwyr.

'I ti, am ofyn am het!' atebodd Magi.

Chwarddodd Sioned.

'Mi rwyt ti'n edrych fel dynes rŵan. Ella gwnei di ffeindio cariad!'

Ceisiodd Magi daro'i chwaer o'i heistedd ond roedd Sioned yn rhy chwim ar ei thraed a thrawodd Magi ei mam ar ei chlun.

'Peidiwch â chwara'n wirion, blant,' dwrdiodd Leusa. 'Magi, stedda'n llonydd. Ma' hi'n ddigon anodd cael dy wallt di i sefyll yn ei le fel ma' hi, heb i ti wingo fel hyn.'

Ar ôl brwydro am rai munudau â gwallt syth, anystywallt Magi, llwyddodd Leusa i'w gael yn gocyn gweddol daclus. Sychodd Magi ei llygaid, ond ni wyddai p'run ai gwres y tân ynteu llaw drom ei mam a achosodd y dagrau.

Cafodd Sioned bwl mawr arall o chwerthin.

'Ha ha – mae gen ti nyth pioden ar dy ben.'

''Sa'n well i ti fod yn ddistaw os wyt ti isio'r het 'na,' siarsiodd Magi gan dynnu ei thafod ar ei chwaer, ond daliodd Sioned i chwerthin.

'Dyna chdi, Magi, mi wyt ti'n barod rŵan.' Gosododd Leusa y cudyn olaf yn daclus tu ôl i'w chlust. Edrychodd ar ei merch. Ei phlentyn bach yn troi allan i weini. Cofiai hi'n hogan fach yn chware siglo ar ei glin, fel petai hi'n ddoe. Teimlai Leusa bwysau mawr yn ei brest wrth ei gweld yn paratoi ei hun i wynebu'r byd mawr tu allan, ond doedd wiw iddi ddangos hynny. 'Ty'd yn dy flaen. Mae 'na dipyn o daith i'r Weirglodd Wen ac mae hi'n t'wllu'n gynnar yn y gaea fel hyn.'

Cyffyrddodd Magi ei gwallt yn ysgafn a diflannodd y miri fu rhyngddi hi a Sioned. Roedd hi'n amser mynd. Syllodd yn ddwys i'r tân drwy'r mân lwch oedd yn troi a throsi ym mhelydrau gwan yr haul.

'Magi, rho dy glog dros dy 'sgwydda, a chymera fy siôl i hefyd,' meddai Leusa gan dynnu ei siôl a'i chynnig iddi. 'Ma' hi'n sobor o oer heddiw. Mi fu bron i mi â syrthio ar y rhew wrth i mi hel wyau.'

'Na, Mam. Mi fydda i'n iawn. Eich siôl chi ydi hi. Cadwch chi hi.'

Wnaeth Leusa ddim dadlau, oherwydd gwyddai pa mor ystyfnig y gallai Magi fod, a thaflodd y siôl ar y fainc balis.

'Wel, cofia di gadw at y llwybrau a'r ffyrdd fel y deudodd Llew'r porthmon wrthat ti,' siarsiodd Leusa, 'ac ar ôl i ti fynd i lawr allt Sarn Mellteyrn, a throi i'r dde ar ôl croesi'r bont, cofia droi i'r dde eto, wedyn mi ei di heibio'r eglwys. Ar ôl cerdded tipyn eto mi weli di'r Weirglodd Wen yn ymyl yr afon cfo tair derwen fawr tu cefn i'r tŷ.' Rhoddodd Leusa'r bara ceirch ar ben y pentwr dillad cyn clymu'r gynfas yn becyn taclus.

Rhedodd Sioned yn ôl at Magi wrth weld ei bod yn barod i fynd, a gafael yn dynn yn ei llaw.

'Cofia helpu Mam, achos chdi ydi'r hogan fawr rŵan, yntê,' meddai Magi. Yna, sibrydodd yn ei chlust. 'Mi ddo' i â het neu gap i ti o'r ffair.'

Cilagorodd Leusa'r drws allan, a thrawodd ias fain yn erbyn eu hwynebau.

'Dos rŵan, 'mach i. Cofia fynd i dy wely'n gynnar a lapia dy hun yn gynnes.'

Gafaelodd Sioned yng nghwtyn ei chlog, ac aeth Magi yn sownd yn y glicied.

'Paid â mynd!'

'O, Sioned, mae'n rhaid i mi fynd, ond mi ddo' i'n ôl yn fuan,' ceisiodd Magi ei chysuro.

Wedi i Sioned ollwng cwr ei chlog, dadfachodd Magi ei hun o'r glicied a sleifio allan drwy gil y drws rhag i'r oerni dreiddio i'r Bwthyn Bach. Edrychodd ar wyneb llwyd ei mam a bochau cochion ei chwaer wrth iddyn nhw chwifio'u dwylo arni ac yna, gyda chlep, caeodd drws y bwthyn.

Pennod 2

Cododd yr oerni wrid ym mochau Magi, a chyn hir teimlodd ei dwylo a'i chlustiau'n mynd yn boenus o oer. Ofnai y deuai'r llosg eira yn ôl i fodiau ei thraed, felly cerddodd yn ofalus gan geisio osgoi olion rhewllyd traed y gwartheg yn y cae. Diwrnod llonydd, difywyd iawn oedd o'i chwmpas, heb nag aderyn na chwningen i'w gweld yn unman, na bywyd chwaith yn y coed a'r perthi. Roedd y brigau'n noeth oni bai am ychydig o ddail llwydion a chrebachlyd a oedd wedi dal eu gafael rywsut drwy sawl drycin yn ystod y gaeaf; y nythod fu'n lloches glyd a diogel i gywion yn nail y gwanwyn yn ddim erbyn hyn ond staeniau du, digysgod ynghlwm yn y brigau. Yn y pellter disgleiriai haenen denau o eira ar ben Carn Boduan yn felyngoch yn llygad yr haul.

Sioncodd Magi ei cherddediad i geisio cadw'n gynnes, a thoc cyrhaeddodd y gamfa yng ngwaelod y cae. Ar ôl dringo i'w phen cymerodd un olwg yn ôl tuag at ei chartref, y bwthyn cerrig bychan, clyd, a'i do gwellt trwchus. Taflai brigau'r goeden afalau a dyfai yn ei dalcen eu cysgodion ar draws ei furiau a'i ddrws, a chodai'r mwg o'r tân mawn yn unionsyth o'r corn. Ni allai Magi weld i mewn drwy'r ffenestr ond cododd ei llaw rhag ofn fod ei mam a Sioned yn dal i'w gwylio. Yna dringodd i lawr i ochr arall y clawdd.

Yr ochr arall i'r clawdd oedd hoff le Magi. Yn y gwanwyn byddai twr o fwtsias y gog yn tyfu mewn llecyn cysgodol, ac yn yr haf byddai gwyddfid yn tyfu'n dew dros y clawdd, eu harogl ar noswaith gynnes yn llenwi'r awyr. Heddiw, ni thyfai dim o ddiddordeb ar ochr y clawdd, ac am y tro cyntaf yn ei bywyd teimlai Magi'n unig dros ben. Cofiodd pa mor falch oedd hi pan glywodd fod Llew'r porthmon wedi dweud wrth ei mam un diwrnod fod William Jones, y Weirglodd Wen, wedi gofyn amdani hi, Magi, i gymryd lle Myfanwy, y forwyn a fu farw'n sydyn. Roedd William hyd yn oed yn fodlon ei chyflogi heb ei chyfarfod. Ond roedd un peth yn ei phoeni – roedd Llew wedi dweud wrthi fod pob morwyn fach wedi marw cyn iddynt gyrraedd eu deunaw oed yn y Weirglodd Wen, ac mai Myfanwy oedd y chweched ohonynt. Roedd ei mam wedi mynnu mai ei phryfocio oedd Llew ac na ddylai wrando arno, ond daliai i boeni ychydig.

Roeddynt wedi cael cwmni Llew un noswaith, ryw wythnos ynghynt, ac roedd Magi a'i mam wedi porthi ac ebychu yn y mannau priodol wrth wrando ar ei hanesion yn Llundain. Soniai'n aml am y dillad godidog a wisgai'r merched cyfoethog.

'Wyddoch chi be, mi fydd y merchaid 'na'n gwisgo sgidia efo'u blaena nhw'n mynd yn bigyn. Dwn i ddim sut ar y ddaear ma' ganddyn nhw le i'w traed. Wedyn, fel petai hynny ddim yn ddigon o boen iddyn nhw gerdded, ma' sodlau'r sgidia yn uwch na gweddill yr esgid!'

Clywsai Magi a'i mam yr hansesion droeon ond byddent yn gwrando fel petai popeth yn newydd iddynt. Roedd cynulleidfa i Llew fel tomen i hwch, a byddai ar ben ei ddigon.

Roedd Magi wedi sylwi ers tro y byddai Llew'r porthmon yn codi ysbryd ei mam, ac y byddai'n sôn amdano a'i storïau am ddiwrnodau lawer ar ôl ei ymweliad, ond pan oedd ei thad yn fyw nid oedd fawr o groeso i Llew ar eu haelwyd. Yn ôl ei thad, dyn drwg oedd Llew – dyn digydwybod ac anffyddlon, a fuasai'n twyllo'i fam ei hun petai'n cael mymryn o gyfle. Cofiai Magi ei eiriau: 'Faswn i ddim yn gadael i Llew werthu fy 'sgyfarnog, heb sôn am fy muwch.' Pendronai Magi bob hyn a hyn sut yr oedd dyn roedd ei thad yn ei gasáu yn gystal ffrind i'w mam – ac a ddylai gadw'n ffyddlon i'w thad a chasáu Llew. Ond ar y llaw arall, roedd yn braf gweld ei mam yn fywiog ac yn chwerthin yn lle gofidio am hyn a'r llall.

Wrth gerdded heibio i eglwys Ceidio craffodd drwy'r llidiart am gipolwg ar garreg fedd ei thad. Cofiodd sut y bu iddi glywed ei mam yn sibrwd wrth un o'i chymdogion fod ganddo waed yn ei ddŵr. Roedd ei thad bob amser wedi bod braidd yn groes a blin, ond yn ei waeledd aethai'n ganwaith gwaeth. Cyn hir, effeithiodd ei salwch yn gorfforol arno hefyd – diflannodd ei fochau cochion, llawn, llwydodd ei frychni a suddodd ei lygaid wrth i'w gnawd grebachu. Cofiodd Magi iddo fenthyca dillad gan hen ŵr nad oedd ganddo fawr o gnawd ar ei esgyrn, a sut y bu i'r gof dorri twll arall yn ei wregys i'w wneud yn dynnach. Penderfynodd ei thad un bore nad oedd yn ddigon cryf i allu codi o'i wely, ac yno y bu tan iddo farw ar y pymthegfed o Ebrill bedair blynedd yn ôl. Wnâi Magi byth anghofio'r dyddiad hwnnw ... byth.

Hogan ei thad oedd Sioned, ac yn groes i Magi, ni allai Sioned wneud dim o'i le. Cofiodd Magi am y glusten a gawsai pan ollyngodd blât unwaith. Bu ganddi wrymiau mawr cochion ar draws ei boch, a bigai yn waeth na dail poethion, am gryn awr. Pan drawodd Sioned gwpan oddi ar y bwrdd a'i malu'n ddarnau mân ar y llawr, chafodd hi ddim clusten. Yn hytrach, yn ôl ei thad, hi, Magi, oedd ar fai am adael y gwpan yn rhy agos i'r ymyl. Ond er gwaethaf popeth, roedd hi'n dal i hiraethu am ei thad – wedi'r cyfan, plentyn bach oedd Sioned.

Wrth gerdded dros Bont Sarn-glorian, daeth lleisiau gweision Madryn Isaf neu Gefn Leisiog yn gweiddi ac yn chwerthin i dorri'n sydyn ar ei myfyrio. Gwenodd wrth eu clywed, ond ar yr un pryd pryderai fymryn wrth feddwl sut y buasai'n gallu dygymod â rhialtwch gweision y Weirglodd Wen.

O'i blaen codai llwydni enfawr Garn Fadryn fel ynys o ganol y dirwedd foel a llwm o'i hamgylch. Roedd Magi wedi gweld copa Garn Fadryn o gefn y Bwthyn Bach bron bob diwrnod ond nid oedd erioed wedi ei gweld yn ei chrynswth tan heddiw. Penderfynodd y buasai hi a Sioned, ar ddiwrnod clir ryw haf, yn dringo i'w phen i weld golygfeydd rhyfeddol Pen Llŷn. Cododd ei chalon wrth ddychmygu'r diwrnod hwnnw, ond gwyddai mai ei gorchwyl cyntaf oedd ennill ychydig o arian i'w mam.

Ar ôl cerdded am amser maith cyrhaeddodd groesffordd fechan a dyrnaid o fythynnod ar gwr y lôn. Gwyddai ei bod wedi cyrraedd Rhos Ddu, ac yn ôl Llew'r porthmon roedd hynny fwy neu lai hanner ffordd. Rhoddodd hyn hwb iddi gerdded yn gyflymach ond ymhen ychydig funudau duodd yr awyr, cododd y gwynt o'r dwyrain a dechreuodd bigo bwrw. Edrychodd Magi o'i chwmpas – nid oedd na thŷ na thyddyn o fewn golwg, ond roedd hen fwthyn pridd a tho brwyn arno, a oedd yn fwy o furddun na thŷ, heb fod ymhell. Rhedodd nerth ei thraed nes cyrraedd y bwthyn a gwthio'r drws bregus yn agored. Nid oedd fawr ddim yn yr ystafell ond cadair a bwrdd ac amryw o hen gadachau yma ac acw. Roedd yn oer, ond o leiaf fe gadwai Magi'n sych nes i'r gawod gilio. Edrychodd drwy'r ffenestr ar y gwynt yn chwipio'r glaw yn ddidrugaredd yn erbyn y coed a'r llwyni, cyn cerdded yn araf o gwmpas yr ystafell. Roedd plisgyn wy yn y grât ymysg y lludw, a haenen dew o lwch a lludw ar y llawr o gwmpas yr aelwyd. Ar y bwrdd roedd hen gwpan fudur a phlât bychan yn llawn o graciau llwydion fel llwybrau yn croesi ei gilydd blith draphlith. Nid oedd Magi eisiau cyffwrdd â dim a thynnodd ei chlog yn dynn amdani rhag i'r defnydd gyffwrdd y dodrefn. Mentrodd i dywyllwch y wal gefn lle roedd cwpwrdd simsan â drysau a droriau ceimion yn sefyll, ac o'r distiau hongiai cadachau a hen ddillad. Roddodd ei phen heibio un o'r cadachau i weld beth oedd tu ôl iddo. Cipiodd Magi ei gwynt pan welodd wyneb crebachlyd, tenau hen ddynes yn edrych arni.

'Pwy wyt ti'r diawl bach, yn rhuthro i mewn i fy nhŷ fi heb hyd yn oed guro ar y drws?'

'Doeddwn i ddim yn meddwl fod neb yn byw yma.'

'Cau dy geg, y cythraul! Wyt ti isio marw cyn dy amser?'

'Nag oes,' atebodd Magi yn ofnus.

'Fasa hi ddim yn anodd gwneud diwedd arnat ti! Mi wyt ti'n edrych yn ddigon tenau a gwael, fel tasat ti wedi bod yn bwyta gwellt dy wely!'

'O.' Ni wyddai Magi beth i'w ddweud na'i wneud. Nid oedd erioed wedi bod mewn sefyllfa mor annisgwyl ac arswydus.

'Hogan pwy wyt ti, a lle wyt ti'n mynd ar dy ben dy hun fel hyn?'

Nid oedd Magi eisiau dweud dim o'i hanes, ond rywsut ni feiddiai beidio.

'Magi ydw i, ac mi ydw i'n mynd i'r Weirglodd Wen.'

'O'r nefoedd drugaredd! Dwyt ti ddim yn mynd i fanno, wyt ti? Lle ar y diawl ydi o. Mynd yno i weini wyt ti?'

'Ia.'

'Wel, os wyt ti'n gall, mi gadwi di'r mab 'na hyd braich. Cofia be ddeudis i.'

Ni ddywedodd Magi ddim, ond nodiodd sawl gwaith yn gyflym heb dynnu ei llygaid oddi ar yr hen ddynes.

'Be sy gen ti yn y cwd 'na?'

'Chydig o fwyd a dillad.'

'Ty'd â'r bwyd 'na allan. Mi ydw i bron â llwgu.'

Yn groes i'w hewyllys tynnodd Magi'r bara ceirch o'r cwdyn. Gan ei bod mor oer roedd yr haenen o fenyn wedi caledu ac roedd ôl llafn cyllell ei mam yn glir ynddo. Er y teimlai Magi'n anfodlon iawn i roi bwyd prin ei mam i'r hen ddynes, rhoddodd un o'r bara ceirch iddi, a'i gwylio'n ei gnoi'n awchus.

'Ty'd ag un arall i mi,' gorchmynnodd, gan godi ar ei thraed. Wrth i'r hen ddynes ymlwybro tuag ati sylweddolodd Magi pa mor eiddil oedd hi, a mentrodd weiddi, 'Na wnaf,' cyn rhedeg allan drwy'r drws.

'Mi ddaw petha mawr i ran rhai 'run fath â chdi, y gnawes bach,' melltithiodd yr hen wraig, 'finna bron â marw o isio bwyd, a chditha efo ...'

Nid arhosodd Magi i wrando arni – roedd yn well ganddi fentro allan i'r glaw.

Dylai Llew fod wedi ei rhybuddio am yr hen ddynes, meddyliodd, cyn diolch nad oedd ei mam a Sioned yn gorfod byw yn y fath le, a bod ganddyn nhw dân ar yr aelwyd a bwyd cynnes i'w fwyta.

Sylwodd ei bod wedi tywyllu gryn dipyn yn yr amser byr y bu yn y tŷ. Rhoddodd ei phen i lawr rhag y gwynt a cherdded yn ei blaen. Ar ôl cyrraedd copa un allt fechan edrychodd yn ei hôl tuag at Garn Fadryn a'r mynyddoedd yn y cefndir. Roeddynt yn ardaloedd lled gyfarwydd iddi, ond o'i blaen nid oedd unman cyfarwydd.

Yn ôl Llew, enw'r mynydd yn syth o'i blaen oedd mynydd y Rhiw. Cysgododd Magi ei llygaid â'i llaw a chraffu i geisio gweld Plas yn Rhiw drwy'r coed trwchus, ond ni allai weld unrhyw arlliw o'r tŷ. Yn y pellter ar y dde cuddiai Cefnamwlch hefyd, ond ar y chwith, ym mhen eithaf y tir ac yn llyfn fel gwydr, roedd y môr ym mae Porth Neigwl. Nid oedd Magi erioed wedi gweld y môr o'r blaen. Roedd Llew wedi dweud wrthynt fod y môr bob amser mor las â chlychau'r gog ac yn llawn o longau mawrion yn hwylio i bob cwr o'r byd, ond llwydaidd oedd y môr heddiw, ac nid oedd hyd yn oed y cwch lleiaf i'w weld yn teithio arno. Ochneidiodd yn uchel wrth ystyried bod Llew wedi gorliwio'i ddisgrifiadau.

Roedd ei chwdyn wedi mynd yn wlyb a thrwm ac yn llawer mwy anodd ei gario. Buasai Magi wedi hoffi eistedd i fwyta'i bara ceirch ond roedd pobman yn llaith a ffiaidd, a ph'run bynnag, nid oedd ganddi ddigon o nerth i agor clymau gwlyb y cwdyn. Doedd dim amdani felly ond dal i gerdded nes y cyrhaeddai'r Weirglodd Wen.

Ar ôl cyrraedd pen y lôn cofiodd fod yn rhaid iddi droi i'r dde i gyrraedd Sarn Mellteyrn, ac wrth gerdded i lawr yr allt i'r pentref clywodd sŵn llestri'n malu a dynion yn gweiddi. Gyda phwyll – a braidd yn bryderus – ymlwybrodd Magi'n ofalus tuag at y bont. Cyn iddi lwyddo i'w chroesi syrthiodd dau ddyn mewn sgarmes allan o ddrws tafarn Sarn Fawr yr ochr arall i'r bont, gyda chriw o ddynion yn eu dilyn. Trawyd un ohonynt a baglodd yn ôl, gan syrthio dros wal y bont i'r afon islaw. Daeth merched allan o rai o'r bythynnod, yn cwyno am yr yfed a'r twrw, a phenderfynodd Magi y buasai'n well iddi aros lle roedd hi, a'i chefn ar dalcen un o'r bythynnod, nes i'r ffrwgwd dawelu.

Ar ôl i'r dynion fynd yn ôl i'r dafarn brysiodd Magi dros y bont a rhedeg i fyny drwy'r coed. Aeth heibio'r eglwys ac o'i blaen ar y dde, yn llechu yng nghysgod bryn bychan a thair derwen noeth y tu ôl iddo, roedd tŷ anferth. Sylweddolodd Magi fod Llew yn llygad ei le pan ddywedodd fod y Weirglodd Wen yn fwystfil o dŷ ac yn un o ffermdai mwyaf yr ardal. Roedd ei furiau wedi eu hadeiladu o gerrig llwydion, a rhwng y cerrig – fel petaent wedi cael eu gosod drwy hap a damwain yma ac acw – roedd ffenestri o wahanol feintiau. Roedd y drws yng nghanol y mur, yn fawr a thal, ac roedd y cerrig o'i gwmpas wedi cael eu gosod i ganlyn ei ffurf. Estynnai cyrn hir i fyny o'r ddau dalcen, ac ar y to roedd llechi gleision anwastad wedi disgyn yn bantiau tonnog rhwng yr estyll. Ar ochr chwith y tŷ roedd darn heb ail lawr iddo, ac ar y dde roedd mur a mynedfa ynddo ar ffurf bwa, yn dywyll fel ceg ogof, a grisiau yn arwain i fyny at ddrws bychan.

Safodd i edrych ar yr olygfa. Ni allai gredu ei bod, o'r diwedd, wedi cyrraedd y Weirglodd Wen. Cododd ei chalon a brysio i lawr y llechwedd, gan frasgamu dros y bompren. Cyrhaeddodd y trothwy a sefyll am ennyd gan ryfeddu at faint y drws. Twtiodd ychydig ar ei gwallt a churodd arno'n ysgafn.

Agorwyd y drws gan ferch yn ei hugeiniau. Roedd ganddi wallt du wedi ei godi'n ôl ac aeliau trwchus. Edrychai fel petai wedi cael ei gwasgu i'w dillad ac eisteddai ei gên ar ei choler.

'Ia – pwy wyt ti?'

'Magi.'

'Be wyt ti isio?'

'Mi ydw i wedi dŵad yma i weini.'

'Merch ydan ni'n ddisgwyl, nid plentyn. Ma'n siŵr nad wyt ti wedi dŵad i'r lle iawn.'

Cyflymodd calon Magi.

'Ond ...'

'Lowri, gad iddi ddŵad i mewn,' bloeddiodd llais dyn o berfeddion y tŷ.

'Ma'n well i ti ddŵad i mewn 'ta ... blentyn.' Edrychodd Magi arni'n sarrug. Roedd wedi blino'n arw a disgwyliai fwy o groeso na hyn.

'Ma'n well i ti beidio sbio arna i fel'na. Fi ydi gwraig y tŷ 'ma. Cofia di hynny!'

Daeth dyn canol oed i'r golwg o rywle.

'Wel, a dyma Magi, yn edrych fel cath fach wedi dianc o'r sach yng ngwaelod yr afon!' meddai. Clywodd Magi un neu ddau yn chwerthin, ond ni allai eu gweld yn nhywyllwch y tŷ. 'Fi ydi William Jones, y mistar,' eglurodd y dyn. Edrychodd Magi i lawr.

'Sbia arna i. Wna i mo dy fwyta di,' meddai William yn wawdlyd.

O'i blaen roedd traed mawr ar led, yn soled ar y llawr. Yn araf, cododd Magi ei golygon. Roedd William wedi codi ei glos pen-glin cyn uched ag y gallai ac wedi gosod ei wregys ychydig fodfeddi yn unig o dan ei geseiliau. Roedd ganddo gefn llydan a thybiai Magi ei fod yn un o'r dynion mwyaf iddi ei weld erioed.

'Lowri, fy merch i, ydi hon,' meddai, ac amneidiodd i gyfeiriad y ferch a oedd wedi agor y drws. 'Mi ddyla hi fod yn falch dy fod ti wedi dŵad yma i weithio, achos tydi hi'n gwneud dim ond diogi.'

'Clywch, clywch,' ategodd rhywun o'r düwch, i gyfeiliant mwy o chwerthin.

'Cadi ... Cadi, ty'd yma. Mae 'na hogan wedi dŵad yma i dy helpu di efo dy waith.' Roedd ganddo lais cras a dwfn. 'Cadi ... glywist ti, 'ta wyt ti wedi dy daro'n fyddar?'

'Mi ydw i'n dŵad rŵan.'

'Tyrd â channwyll efo chdi er mwyn i ni gael gwell golwg ar y plentyn 'ma. Chawn ni ddim cannwyll fory achos mae hi'n Ŵyl Fair y Canhwyllau – 'ta wyt ti wedi anghofio hynny eto eleni, y cythraul?'

'Wnes i ddim anghofio llynedd, Mistar, ac mi rois i'r canhwyllau i gyd yn ôl i chi fel ro'n i i fod i'w wneud. Mi wyddwn i na chaen ni olau cannwyll ar ôl y diwrnod hwnnw am fod y dyddiau'n mynd yn hwy.'

'Felly pam oedd 'na ddarn o gannwyll ar lawr wrth dy wely di pan ddois i i dy lofft di un diwrnod?'

'Fel y deudis i o'r blaen, wn i ddim o ble daeth hi.'

'Ella mai ysbryd neu fwgan oedd yn 'i defnyddio hi – neu

chdi ar y slei, fwya tebyg!' gwaeddodd, gan afael yn dynn yng ngholer Cadi.

'Na, Mistar, mi ydw i'n deud y gwir,' ymbiliodd y forwyn.

'Paid â f'ateb i'n ôl,' siarsiodd William drwy'i ddannedd. 'Goleua'r gannwyll a bydd ddistaw.'

Ufuddhaodd Cadi, ac wrth i'r fflam gryfhau a llonyddu, tawelodd y teulu a daeth pawb gam neu ddau yn nes i gael gwell golwg ar Magi. Yn y golau, rhythai pump o wynebau anghyfarwydd arni. Taflai'r gannwyll gysgodion dros bob crych a phant yn eu crwyn. Rhoddodd Magi ei phen i lawr eto. Ni wyddai o'r blaen y gallai pobol eraill ddwyn ei hyder a'i gwneud yn fud, ac ysai am wyneb neu lais cyfarwydd.

'O, ma' hi'n swil,' meddai glaslanc, gan chwerthin. 'Tyn dy glog – ma' siŵr 'i bod hi'n wlyb – a ty'd yn nes at y tân.'

Ynghanol yr holl sŵn a'r siarad roedd Magi wedi anghofio'i bod yn swp gwlyb, oer. Tynnodd ei chlog a'i rhoi i Cadi. Tynnodd y llanc stôl o dan y bwrdd a'i gosod o flaen y tân.

'Dyna chdi. Stedda yn fama i gnesu.' Gafaelodd y llanc yng nghudynnau gwlyb ei gwallt a'u tynnu'n chwareus.

Wrth i Cadi ddod yn ei hôl efo powliad o lefrith iddi, cafodd Magi gyfle i'w hastudio. Pwtan fechan, gron â gwallt tywyll oedd hi, a chodai ei haeliau yn uchel uwchben dau lygad mawr, fel petai wastad yn rhyfeddu at rywbeth.

'Diolch.'

'Cofia, fyddi di ddim yn frenhines fel hyn bob diwrnod, a phaid ti â meddwl y cei di fynd a dŵad drwy'r drws ffrynt bob diwrnod chwaith. Mae 'na ddrws yn y cefn i'r gweision a'r morynion,' eglurodd William yn swta.

Nodiodd Magi ei phen wrth yfed i ddatgan ei bod yn deall.

'Iawn 'ta. 'Sa'n well i mi ddeud wrthat ti pwy ydi pawb. Dyma Osian, fy mab,' meddai, gan roi ei law ar ysgwydd y glaslanc a oedd yn dal i wenu'n ddireidus arni.

Edrychodd Magi arno fel petai wedi gweld sarff. Daeth lleisiau yn ôl i'w phen: 'Paid â mynd yn agos at y mab. Paid â bod dy hun efo fo. Cadw fo hyd braich ...' Nid oedd Magi wedi disgwyl iddo fod mor hapus a bywiog a golygus. Efallai mai ei fwriad oedd chwarae efo hi fel cath â llygoden, cyn ymosod arni.

'A dyma Tomos, Tŷ Grug,' ychwanegodd William, a gwenodd dyn bychan, moel, llond ei groen arni. 'Wyt ti isio aros yma i gael tamaid efo ni, Tomos?'

'Na, mae'n well i mi ei throi hi rŵan, neu mi fydd Meinir yn prepian eto 'mod i'n cerdded tai yn lle bod adra efo hi a'i mam. Gora po gynta i ti 'i chymryd hi odd' arna i, Osian!'

Gwenodd Osian ryw fymryn arno.

'Magi, mi ydw i bron â bod yn rhan o'r teulu 'ma – mae Meinir, fy merch, yn mynd i briodi Osian,' eglurodd Tomos.

'Does gen i ddim modd i gadw morwyn arall yma,' meddai William dan gellwair.

'Dyna fyddi di'n 'i ddeud bob tro, y gwalch!'

'Dim ond dy bryfocio di ydw i, Tomos. Mi wnaiff Osian a Meinir briodi. Mi gawn ni briodas fawr ... ryw ddydd yn o fuan.'

'Wrth gwrs,' ategodd Tomos wrth ffarwelio. 'Nos da, deulu.'

Ar ôl i Tomos gau'r drws ar ei ôl, safodd William yn ei unfan am ennyd, ei ddwylo yn nyfnderoedd pocedi ei glos pen-glin, ac am eiliad sylwodd Magi ar yr hyn a ymddangosai fel crafanc pryder yn cydio yn ei holl gorff. Ond yn sydyn, bywiogodd.

'Magi!' Neidiodd Magi pan glywodd y mistar yn galw ei henw. 'Fel rheol, mi fydda i isio i ti fynd i gnesu'r gwely i mi – troi a throsi ynddo fo am chydig fel na fydd o ddim yn rhy oer i mi – ond heno, dwi'n meddwl y basat ti'n 'i neud o'n oerach! Mi fydda i isio i ti olchi, gwneud bwyd, corddi, pobi, godro ac yn ystod y cynhaeaf, os bydd angen, gweithio allan yn y caeau. Wyt ti'n dallt?'

'Ydw.'

'Mi geith Cadi egluro popeth arall i ti. Hefyd, cofia di beidio bwyta gormod, neu mi ei di'n swrth ac yn dew, a fyddi di'n da i un dim, fel Lowri.'

Ar ôl swper o frechdan gaws, diflannodd croen gŵydd Magi o dipyn i beth, a chynhesodd drwyddi. Ar ôl iddi orffen ei bwyd, heliodd William hi i'w gwely. Wedi gadael gwres y gegin fawr roedd arogl lleithder a gwlybaniaeth yn drwm yn yr aer. Dringodd Magi i fyny'r grisiau ar ôl Cadi gan estyn ei llaw tuag at y wal i'w sadio ei hun, a sylwodd ei bod fel llaw dol glwt yn erbyn cerrig anferth talcen y tŷ. Roedd pobman mor anghyfarwydd ac eang.

'Dyma chdi, yn fama y byddan ni'n dwy'n cysgu,' meddai Cadi, ac agorodd ddrws gwichlyd i ystafell fechan. Taflodd y gannwyll ddigon o oleuni i ddangos gwely ac amlinell cwpwrdd tal yn ymyl y ffenestr. 'Dos i gysgu. Ma' raid dy fod ti wedi blino. Mi fydda i yma ar d'ôl di'n o fuan.' Edrychodd Magi arni heb yngan gair. 'Wel, deud rwbath wrtha i – dw't ti ddim wedi siarad mwy na dau air hefo fi ers i ti gyrraedd yma.'

'O ... ia, mi a' i i gysgu rŵan.' Bu tawelwch am ennyd, yna gofynnodd Magi mewn llais anarferol o uchel, 'Cadi, ymhle bu'r forwyn ddwytha farw?'

'Yn y gwely 'na. Mi ddeffris i un bore a dyna lle roedd hi, a'i cheg ar agor led y pen ac yn oer fel carreg.'

'Pa ochor oedd hi'n cysgu?' gofynnodd Magi eto gan geisio swnio fel nad oedd yn malio fawr ddim.

'Yr ochor chwith ... dy ochor di,' atebodd Cadi, a diflannu i lawr y grisiau.

Llifodd y diferyn olaf o waed o wyneb Magi a chymerodd gam neu ddau yn ôl tuag at y ffenestr. 'Sut medra i gysgu yn fama?' gofynnodd iddi'i hun, a lledodd cryndod sydyn drwy'i chorff. Trodd i edrych allan drwy'r ffenestr. Roedd yr hen gannwyll fawr, chwedl ei mam, yn llawn heno a llewyrchai ei golau prin ar frigau gwyrgam, llonydd y coed derw. Llifai'r afon fechan yn araf dan y bompren, fel petai'r oerni wedi dweud arni hithau hefyd.

Daeth pwl o chwerthin sydyn o'r llawr ar ôl i rywun wneud sŵn mewian fel cath fach. Tybiai Magi mai chwerthin am ei phen hi yr oedden nhw. Yna, clepiodd traed Cadi yn ôl i fyny'r grisiau.

'Dwyt ti byth wedi mynd i dy wely?'

'Naddo. Wedi bod yn edrych allan ydw i.'

'Wel, ma' well i ti fynd i dy wely. Mi fydd raid codi'n fora fory – dydd Llun ydi diwrnod pobi,' eglurodd Cadi wrth dynnu ei dillad uchaf. 'Wedyn ddydd Mawrth mae'n rhaid i ni olchi dillad, dydd Mercher ydi diwrnod llnau, tacluso a thrwsio sanau a dillad y gweision, yna ar ddydd Iau mi fydd yn rhaid i ni bobi eto. Pan fydd hi'n ddydd Gwener mi fyddwn ni'n corddi a gwneud menyn. A chofia, mi fydd yn rhaid i ni nôl dŵr o'r ffynnon a gwneud bwyd i bawb bob diwrnod. Pan ddaw dydd Sadwrn a dydd Sul, fydd yna fawr i'w neud ond coginio, ond ŵyr William mo hynny. Felly, pan fydd o o gwmpas gwna'n siŵr dy fod di'n cerdded yn gyflym er mwyn iddo fo feddwl dy fod ti'n brysur. Weithia, mi fyddan ni'n mynd i'r eglwys ar y Sul ond yn aml iawn mi fydda i'n deud wrth William 'mod i'n rhy brysur. Ar ôl iddo fo a Lowri ac Osian fynd, mi fydda i'n mynd i orwedd ar fy ngwely am ryw awr neu ddwy, ond paid ti a deud 'run gair wrth neb am hynny,' siarsiodd Cadi.

Ysgydwodd Magi ei phen i gadarnhau na fuasai'n dweud dim.

'Ac un peth arall – mae'n rhaid i ti neud pob dim dwi'n ddeud wrthat ti, achos fi ydi'r forwyn fawr ac mae'n debyg 'mod i o leia ddeng mlynedd yn hŷn na chdi. Mi ydw i bron yn bump ar hugain oed.'

Nodiodd Magi ei phen i gytuno â Cadi, ond ni allai gofio fawr ddim a ddywedodd wrthi heblaw ei bod yn ddiwrnod pobi fory, a'r hyn fyddai'n ei wneud ar y Sul.

Disgynnodd gwallt Magi i lawr ei chefn wrth iddi dynnu'r bachau ohono, a rhoddodd ei bysedd drwyddo i rwbio'i phen dolurus. Neidiodd Cadi i'r gwely a mentrodd Magi iddo yn araf ar ei hôl, ond ni allai ymlacio. Gorweddodd mor syth â saeth, gan geisio sicrhau fod cyn lleied o'i chorff â phosib yn cyffwrdd y gwely. Ar ôl ychydig funudau, trodd Cadi i edrych arni. 'Magi, wyt ti'n cysgu?'

'Nac'dw,' atebodd, heb droi ei phen.

'Wyt ti'n cofio i mi ddeud wrthat ti fod Myfi, y forwyn, wedi marw yn y gwely 'ma?'

'Ydw.'

'Deud celwydd wnes i. Adra efo'i theulu oedd hi.' Chwarddodd Cadi'n isel o dan ddillad y gwely. Gollyngodd Magi yr anadl oedd wedi cronni yn ei brest.

'Mi ddylwn i roi curfa iawn i ti,' bloeddiodd Magi wrth ddyrnu'r forwyn fawr ar ei hysgwydd a chwerthin am yn ail.

'Dyna welliant,' meddai Cadi. 'Mi o'n i wedi mynd i feddwl na fedrat ti ddim siarad, na gwenu, na chwerthin!'

Bu'r ddwy yn ymrafael yn hwyliog am gryn bum munud, nes y clywsant lais William fel taran.

'Cysgwch, y cythreuliaid!'

Dechreuodd y ddwy setlo, gan dynnu'r dillad drostynt.

'Be oedd clefyd Myfi?' sibrydodd Myfi.

'Doedd ganddi hi ddim clefyd. Marw wnaeth hi wrth roi genedigaeth i'w mab.'

'Druan bach. Ydi'r babi yn fyw?'

'Ydi.'

'Ble mae o? Ydi o efo'i dad?'

'Mi wyt ti'n holi gormod rŵan. Dos i gysgu.'

Pennod 3

Pan ddeffrodd Magi fore trannoeth a sylweddoli lle oedd hi, lledodd rhyw gyffro ofnus drwyddi wrth feddwl beth fyddai o'i blaen yn ystod ei diwrnod llawn cyntaf yn y Weirglodd Wen. Trodd ei phen tuag at Cadi ond doedd dim golwg ohoni. Cododd ar ei heistedd ac edrych o amgylch yr ystafell. Roedd cwpwrdd tal yn ymyl y ffenestr ac un drws iddo. Edrychai fel petai wedi cael ei wneud ar frys oherwydd roedd y drws yn rhy fawr i gau yn iawn yn ei le, a hongiai'n anwastad ar y colfachau. Yr ochr arall i'r ffenestr roedd cadair dywyll â choesau meinion a saethai allan i bedwar ban byd. Roedd cefn a breichiau'r gadair ar dro fel petaent yn un, a'r cefn yn uwch na'r breichiau. Gorweddodd Magi yn ei hôl a syllu i fyny ar y nenfwd. Cofiodd sut y bu i William Jones fygwth Cadi y noson cynt, a gafael yn ei choler. Ni wyddai Magi a oedd Cadi wedi dweud y gwir am y gannwyll, ond gwyddai fod ymateb William Jones wedi bod yn un ffyrnig dros ben. Cofiodd am gyngor ei mam a phenderfynu y byddai'n ufuddhau i'r mistar bob amser, gan iddi gael yr argraff nad oedd William Jones yn ddyn i'w groesi. Cododd, gwisgodd amdani ac aeth i lawr y grisiau.

Tŷ anwastad ei lawr oedd y Weirglodd Wen, â gris yn mynd i lawr i'r fan yma, a gris yn mynd i fyny i'r fan arall drwy fynedfeydd bach culion. Yn hongian o ddistyn roedd caseg fedi'r cynhaeaf blaenorol, yn llawn llwch a pharddu erbyn hyn, a darn helaeth o gig moch. O boptu'r tân roedd dwy fainc bren. Mudlosgai colsyn o dân neithiwr yn y grât, a ffrwtiai uwd mewn crochan uwch ei ben.

'O, mi wyt ti wedi codi o'r diwedd!' Daeth Cadi i mewn o'r bwtri a lluchio tri boncyff i'r tân gan beri i wreichion coch droelli i fyny'r simdde.

'Ble mae pawb?' gofynnodd Magi.

'Wel, welwn ni mo William am ryw awr neu ddwy, ond mi fydd o'n swnllyd iawn ar ôl iddo ddeffro. Mae o'n crachboeri'n uchel bob bore – mi fedrat ti sglefrio ar lawr 'i lofft o wedyn!' Cododd geiriau Cadi gyfog ar Magi a chaeodd ei llygaid i geisio dileu'r darlun ffiaidd. 'Ma' Osian a'r gweision yn godro ac yn carthu'r beudai, mae'n debyg. Does 'na fawr ddim i'r dynion 'i neud yr adeg yma o'r flwyddyn, os na fydd 'na ddafad yn methu bwrw'i hoen, neu glawdd angen ei drwsio.'

'O,' atebodd Magi'n syml.

'Mae'n rhyfeddod bod Lowri wedi paratoi uwd i ni heddiw,' sibrydodd Cadi. 'Fel rheol mi fydd hi'n gwneud esgusion bod bawd 'i throed hi'n brifo neu bod y gath wedi'i chripio hi, rhag iddi hi orfod gwneud dim. A bwyta. Welis i neb rioed yn medru gwthio cymaint o fwyd i'w geg ar unwaith, heblaw ci rheibus!'

Chwarddodd Magi'n ddistaw, ond tawodd yn syth pan ruthrodd Lowri i mewn i roi tro ar yr uwd.

'Damia las, mi ydw i wedi llosgi hwn!' melltithiodd, 'ond mi neith y tro i chi'ch dwy!'

Ysgydwodd Cadi ei phen fel rhybudd i Magi i beidio ag agor ei cheg. Nid oedd ganddynt fawr o ddewis ond ei fwyta.

Ar ôl i Cadi ei siarsio y byddai'n rhaid iddi godi 'run adeg â hi bob diwrnod o hynny allan, gwibiodd y bore heibio. Rhwng paratoi'r llysiau a phobi, ni chafodd Magi fawr o amser i feddwl am ei mam a Sioned, ac erbyn amser cinio roedd arogl y potas yn berwi yn y crochan uwchben y tân, a'r bara'n crasu yn y popty, yn fêl i'w ffroenau.

Curodd Lowri ar ffenestr y bwtri â charn y gyllell fara, ac mewn llai na dau funud cerddodd Osian a dau was i mewn yn swnllyd, a brysio'n syth at y tân i geisio cynhesu pob modfedd o'u cyrff. Teimlai Magi yn anghyffordddus o wybod bod eu dwylo'n llithro i bob pant a phlygiad yn eu cnawd – roedd rhywbeth anifeilaidd iawn yng nghyfansoddiad bechgyn a dynion, ystyriodd. Roedd ar fin helpu Cadi i gario'r potas a'r brechdanau ar y bwrdd pan afaelodd Osian yn ei braich.

'Dyma Magi, hogia – ein morwyn fach newydd ni,' meddai, a gwenu arni.

Edrychodd Magi ar ei hewinedd i osgoi edrych arnynt.

'Huw ydi hwn,' meddai Osian, gan roi ei law ar ysgwydd hogyn tal, main efo gwallt cringoch. 'Huw ydi'r pen gwas. A Iolo ydi hwnna,' meddai, gan bwyntio at y bachgen arall. Roedd Iolo'n fwy o stwcyn a chanddo gefn ac wyneb llydan, a phan welodd Magi gwenodd fel petai rhywun wedi rhoi punt iddo.

'Ty'd â sws i mi!' meddai Iolo'n bryfoclyd. Chwarddodd Huw.

'Gad iddi,' meddai Osian, 'mae hi'n swil.'

'Isio hi i chdi dy hun wyt ti, yntê, Osian, 'run fath â'r genod eraill, ond ar y slei heb i Meinir wybod,' meddai Iolo, a daeth mwy o bwffian chwerthin o gyfeiriad Huw.

'Mi gei di gyfarfod y gweision eraill yn nes ymlaen,' eglurodd Osian, a theimlai Magi ryddhad na fyddai'n gorfod delio â mwy o'r bechgyn hwyliog – am y tro, o leiaf.

'Ma'n well i ti ddŵad i'r bwtri i fwyta efo fi, Magi, a gadael i'r bwystfilod 'ma fwyta o'u cafnau,' meddai Cadi, fel petai'n darllen ei meddwl.

Yn ystod y pnawn cafodd Magi un gorchymyn ar ôl y llall gan William Jones.

'Dos i llnau'r parddu yn y simdde.'

'Dos i llnau fy sgidia – mi gerddis i drwy faw gwartheg gynna.'

'Ty'd i sbio oes gen i lau yn fy mhen.'

'Dos i godi'r cerrig mwya sy ar y buarth, a'u cario nhw i ymyl y ffynnon.'

Pan geisiodd Cadi ei helpu, gwrthwynebodd William yn chwyrn.

'Na, gwaith Magi ydi o.' Erbyn diwedd y dydd, roedd Magi wedi blino'n llwyr, cyn clywed ei orchymyn olaf.

'Dos i gnesu 'ngwely i.' Aeth Magi i fyny'r grisiau'n araf, a phan agorodd ddrws llofft William, bu bron iddi gael ei tharo i lawr gan y drewdod a ddeuai o'i wely. Dringodd i mewn iddo gan orchuddio'i thrwyn a'i cheg â'i dwylo. Clywodd sŵn traed rhywun yn dod i fyny'r grisiau a thybiodd mai William oedd yn dod i'w wely, ond cafodd fraw pan welodd Osian yn edrych arni a gwên ddireidus ar ei wyneb. Rhwbiodd ei ddwylo a cherdded tuag ati. Neidiodd Magi o'r gwely cyn gynted ag y gallai a rhedeg i lawr y grisiau. O'r holl orchwylion fu raid iddi eu gwneud yn ystod y dydd, hwn oedd y gwaethaf, a meddyliodd am ei mam a Sioned.

Pan aeth Cadi a Magi i'w gwely y noson honno, gofynnodd Magi i Cadi pam y daethai Osian i edrych arni pan oedd hi'n cynhesu gwely William, a rhwbio'i ddwylo fel y gwnaeth o. Yr eglurhad a gafodd gan Cadi oedd bod yn rhaid i Osian gerdded heibio llofft ei dad i fynd i'w lofft ei hun, ac mae'n debyg ei fod yn rhwbio'i ddwylo am eu bod yn oer. Gwrandawodd Magi ar resymeg Cadi heb gael ei hargyhoeddi.

Am ddyddiau lawer ar ôl hynny, ci rhedeg i William fu Magi. Roedd wedi arfer gweithio gartref gyda'i mam, ond erioed i'r fath raddau ag yn y Weirglodd Wen. Serch hynny, roedd arni eisiau dangos i William Jones ei bod yn forwyn weithgar, dda, felly ni fentrodd gwyno am ei byd. Wedi'r cyfan, roedd bywyd yn y Weirglodd Wen yn eithaf cysurus – câi fwyd mwy blasus a llawer mwy amrywiol nag a gawsai gartref. Ni fyddai'n cael cig i'w fwyta bob dydd yn y Bwthyn Bach ond yma, câi gig eidion, cig moch neu gig oen bob diwrnod, ac weithiau daliai'r gweision ffesant neu betrisen ar gyfer y bwrdd. Wrth feddwl am y bwyd, gobeithiai Magi fod ei mam a Sioned yn cael digon i'w fwyta, ac yn gallu cadw'n gynnes, ac nad oedd ganddynt ormod o hiraeth ar ei hôl.

Darganfu yn fuan iawn fod Cadi yn un dda am sgwrs, a byddent yn sgwrsio am bethau na fuasai fyth yn gallu eu trafod gyda'i mam a Sioned. Weithiau, Lowri fyddai testun sgwrs Cadi.

'Pam ar y ddaear ma' Lowri yn gwisgo'r dillad 'na? Faswn i ddim yn gwbod lle i fynd i brynu'r fath betha. Sut ma' hi'n meddwl y ceith hi ŵr, byth? Dwn i ddim wir. Tydi hi ddim fel tasa hi'n trio gwneud ei hun yn ddeniadol, a chanddi hi ddigon o arian i wisgo dillad crand fel gwraig Bodwrdda tasa hi isio.'

Dro arall, Meinir ac Osian oedd achos y cwyno.

'Welist ti rywun delach nag Osian erioed? Achos welis i neb. Be mae o'n weld yn Meinir Tŷ Grug, dŵad? Hogan blaen ydi honno – tydi hi'n ddim delach na fi. Wel, ella'i bod hi'n fymryn delach, ond dim llawer. Ma' hi wedi bod yn lwcus, myn diawch i.'

Ystyriai Magi beth fuasai ei mam yn ei feddwl o amrywiol farnau Cadi, a tybed oedd ei mam hefyd yn trafod pobol yn yr un modd gyda'i ffrindiau ei hun, allan o'i chlyw hi? Ni allai ddychmygu hynny. Daeth i'r casgliad nad oedd byd oedolion yn ddim byd tebyg i fyd plant. Roedd rheolau ynghylch beth gâi rhywun ei ddweud ac wrth bwy, a rheolau am gymryd arno nad oedd neb wedi dweud dim am neb arall.

Nid oedd Magi erioed wedi bod yng nghwmni cynifer o gyfoedion, ac yn y dechrau ni wyddai'n iawn sut i ymddwyn. Roedd ganddi gryn brofiad o siarad â phobol hŷn na hi ei hun, neu yn hytrach, o beidio siarad â phobol hŷn. Pan ddeuai cymdogion ei mam, dwy hen ferch, i ymweld bob hyn a hyn, nid oedd yn ofynnol i Magi sgwrsio â nhw. Gwaith ei mam oedd hynny. Ei hunig ddyletswydd hi oedd dweud ei bod yn eithaf da, diolch, cyn gofyn yn ôl sut oedden nhw, a mynd ynghylch ei phethau. Mewn gwirionedd, nid oedd gan yr hen ferched fawr ddim i'w ddweud wrthi hi chwaith, a phrin y buasent eisiau gwrando arni yn sôn am yr hwyl a gâi wrth chwarae efo Sioned. Mewn ffordd, roedd rhyw gydbwysedd rhyngddi hi ac oedolion – y ddwy ochr yn hapus i aros ar eu clytiau eu hunain, heb neb yn croesi'r ffiniau.

Ond yma yn y Weirglodd Wen, pan fyddai ganddi ryw hanes i'w ddweud, sylwodd y byddai'r gweision a Cadi yn gwrando arni, ac yn ei holi am ragor o fanylion. Nid oedd yn siŵr ar y dechrau p'un ai gwneud hwyl am ei phen yr oeddynt, ynteu oedd ganddynt ddiddordeb yn ei straeon. Unwaith neu ddwy fe ddaliodd ei thafod yng nghanol brawddeg er mwyn cymryd cipolwg ar eu hwynebau i weld a ddeuai unrhyw ffuantrwydd i'r golwg. Ond na, roedd pawb yn gwrando'n astud arni bob tro ac yn chwerthin yn y mannau priodol, ac o dipyn i beth ymlaciodd Magi yn eu cwmni a chollodd ychydig o'i swildod plentynnaidd.

Yn dragwyddol, gwaeddai William arni i nôl ac estyn iddo drwy'r dydd. Roedd ei orchmynion yn ddiddiwedd, fel perfedd cath. Daliodd Magi yn gryf ei nerth a'i hysbryd, a phan fyddai William ar ei waethaf meddyliai am y cyflog a gâi ar ben tymor, a pha mor hapus y byddai ei mam o'i dderbyn. Nid oedd wahaniaeth ganddi pa mor chwerw oedd ufuddhau i'w reolau afresymol, oherwydd byddai rhoi ei harian i'w mam, yn sicr, yn un o funudau melysaf ei bywyd.

Pan ddaeth Tomos Tŷ Grug i'r Weirglodd Wen un diwrnod i sgwrsio am y moch efo William, gofynnodd Magi i Cadi a fuasai'n cael mynd i wlana ychydig oddi ar y cloddiau. Roedd y ddwy wedi bod yn sôn ers dyddiau fod angen cael gwlân i'w nyddu, ac ar ôl i Cadi gytuno, cychwynnodd allan. Roedd yr aer yn iachusol a'r haul wedi dangos ei wyneb, a theimlai Magi yn llawn rhyddid wrth lamu dros y bompren.

Er bod y caeau yn dal i fod yn llwm a llwyd, roedd gwawr werdd tyfiant dechrau Mawrth i'w weld ar frigau'r coed. Roedd blodau'r eithin yn mentro agor ar y perthi, ac wrth fôn un llwyn pigai dwy ddrudwen. Syllodd Magi ar eu brychni llachar gan genfigennu wrthynt oherwydd eu rhyddid i ddilyn eu trwynau heb orfod aros am egwyl.

Cadwodd Magi at un o lwybrau'r defaid i gyrraedd y clawdd o ddrain a mieri yr ochr arall i'r cae. Dechreuodd grwydro o un llwyn i'r llall yn casglu'r gwlân gan gymryd gofal i beidio rhwygo'i dillad na'i chroen. Nid oedd ganddi fawr o syniad am ba hyd y bu allan, ond roedd ei thraed a phennau ei bysedd yn annioddefol o oer a'i barclod bron yn llawn o wlân, felly penderfynodd droi am adref cyn i'r haul gyrraedd y gorwel.

Trwy gil ei llygaid, cafodd gipolwg ar Osian dros y clawdd, yn cerdded yn gyflym tuag ati ac yn galw ei henw. Trodd Magi ar ei sawdl a chymryd arni nad oedd wedi ei weld na'i glywed. Cerddodd mor gyflym ag y gallai am y tŷ. Ni wyddai pam yr oedd yn ei ofni – wedi'r cyfan, beth yn enw'r dyn fuasai Osian yn medru ei wneud iddi yng nghanol cae, yng ngolau dydd? Clywodd ei gerddediad yn gyflymach y tu ôl iddi.

'Magi! Aros. Mi ydw i isio siarad efo chdi.'

Cerddodd hithau'n gyflymach nes bod darnau o wlân yn neidio allan o'i barclod.

'Magi, mi ydw i isio deud rwbath wrthat ti!'

Rhedodd Magi nerth ei thraed, ond daliodd Osian hi a gafael yn ei braich.

'Be sy'? Pam wyt ti'n rhedeg i ffwrdd? Ty'd i siarad efo fi. Mi awn i ista yn y das wair. Mi fydd hi'n rhywfaint cynhesach yn fanno. Mi fasa'n braf cael sgwrs, a dŵad i nabod ein gilydd yn well.'

Clywai Magi ei fysedd yn pwyso'n ddwfn i'w chnawd. Tynnodd ei braich oddi arno gyda phlwc sydyn a phinsiodd Osian ei chroen yn ddamweiniol. Gollyngodd Magi gornel ei barclod a disgynnodd gweddill y gwlân yn bentwr ar y llawr. Rhedodd mewn dychryn, a'r cae, y cloddiau a'r cymylau yn neidio o'i chwmpas gyda phob cam nes iddi gyrraedd y tŷ. Rhuthrodd drwy'r drws ac i'r gegin fawr.

'Cadi, Cadi, Cadi!'

'Bobol bach, oes 'na fustach ar dy ôl di?' gofynnodd Cadi wrth ddod i lawr o'r llofft. 'Be sy'n bod?'

'Mi redodd Osian ar f'ôl i a gafael yn 'y mraich i a deud 'i fod o isio mynd â fi i'r das wair a ... a ...'

Plethodd Cadi ei breichiau a syllu ar Magi nes i'r ferch ifanc dawelu.

'Mi wyt ti wedi clywed straeon am Osian, yn dwyt?'

Nodiodd Magi ei phen.

'Wyt ti isio gwbod mwy amdano fo, 'ta?'

Nodiodd Magi eto.

'Wel, mae Osian yn hoff o'r genod, mae hynny'n sicr, ond wnaeth o ddim byd erioed i mi – gwaetha'r modd,' chwarddodd Cadi. 'Fel y gwyddost ti, mae o wedi bod efo Meinir ers chwe mis, ac mae 'na sôn mawr eu bod nhw am briodi pan fydd William Jones yn cytuno.'

'Mi ydw i wedi clywed 'i bod hi'n well i mi beidio bod fy hun efo fo, rhag ofn ...'

'Rhag ofn iddo fo ruthro arnat ti?'

'Ia'

'Chdi ydi'r un gynta i redeg i ffwrdd oddi wrtho fo,' chwarddodd Cadi eto. 'Mi fasa holl genod y fro ar 'i ôl o oni bai bod Meinir fel bleiddast yn eu dychryn nhw i ffwrdd. Roedd Myfi, y forwyn fu farw, wedi gwirioni efo fo. Ond os dylat ti fod ofn rhywun yma, wel, mi ddeuda i wrthat ti mai ...'

Ond cyn i Cadi allu gorffen ei brawddeg clywodd y ddwy sŵn William a Tomos yn dod i'w cyfeiriad, yn dal i drafod y moch.

'... fel hyn mae tynnu llwch,' meddai Cadi, gan estyn am aden gŵydd oddi ar yr hoelen a smalio dangos be i'w wneud cyn rhoi'r aden i Magi.

'Magi, dos i nôl brechdanau a diod o laeth enwyn i ni, a chofia roi haenen dda o fenyn arnyn nhw,' meddai William.

Rhoddodd Magi'r aden yn ôl ar yr hoel ac aeth i'r bwtri i dorri brechdanau.

'Sut mae'r hogan yn plesio?' gofynnodd Tomos ar ôl iddi fynd.

'Mi wneith y tro,' oedd ateb William.

'Mae Meinir wedi sylwi dy fod ti'n 'i gweithio hi'n galed iawn ... yn galetach na 'run o'r morynion eraill fu yma.'

'Na, tydw i ddim yn 'i gweithio hi'n rhy galed nac yn gofyn iddi neud petha afresymol, Tomos. Ddim o gwbwl,' atebodd William yn swta.

Daeth Magi â'r brechdanau a'r llaeth enwyn iddynt.

'Rŵan, dos i sgwrio llawr y gegin foch,' gorchmynnodd William.

Edrychodd Tomos arno'n syn.

'Sgwrio llawr y gegin foch?' meddai Tomos ar ôl i Magi fynd, prin yn credu ei glustiau.

Cododd William ei ysgwyddau ac edrych ar Tomos yn herfeiddiol.

Pennod 4

Sychodd Meinir y chwys oddi ar ei thalcen gan adael stribed wen o flawd ar ei hôl. Glynai ei dillad i'w gwddw a'i chefn. Doedd hi ddim wedi cyfri'r crempogau wrth eu coginio, ond roedd mynydd ohonynt ar y plât erbyn hyn.

Roedd hi a'i mam eu hunain yn Nhŷ Grug wedi i'w thad fynd â'i geiliog gorau i'r Weirglodd Wen i ymladd. Yn ystod y bore roedd sawl plentyn wedi canu a churo ar y drws i ofyn am grempog, a phan ddaeth curo ar y drws drachefn, stopiodd y ddwy i glustfeinio am yr 'Os gwelwch chi'n dda ga' i grempog?' ond ni chlywsant smic.

'Wel, os ydi'r plant 'ma yn rhy ddiog i hyd yn oed ganu i ni, pam ddylwn i roi crempog i'r cenawon bach?' mwmialodd Meinir. Llygadrythodd yn filain wrth agor y drws, heb ddisgwyl gweld tri gŵr bonheddig yn sefyll o'i blaen. Mr Roberts, offeiriad eglwys Sarn Mellteyrn oedd un, ond roedd y ddau arall yn ddieithr iddi. Gwisgai'r ddau ddyn dieithr hetiau du â chantel llydan, cotiau gwlân tywyll hyd at eu pennau gliniau a chlos pen-glin. O sylwi ar gyflwr eu hesgidiau bwcl duon a'u sanau gwynion, roedd yn amlwg eu bod wedi cerdded drwy dir gwlyb a mwdlyd iawn.

'O, Mr Roberts,' meddai Meinir o'r diwedd, 'mi ro'n i'n meddwl mai plant oedd yn curo.'

'Pnawn da i chi, Meinir,' meddai'r offeiriad. 'Ydi'ch tad o gwmpas, fy merch i?'

'Nac'di, mae gen i ofn – mae o yn y Weirglodd Wen yn ymladd ceiliogod.'

Edrychodd y tri ar ei gilydd.

'Ydi'ch mam yma?' gofynnodd yr offeiriad eto.

'Ydi, mae hi yma.'

Tynnodd Siân ei barclod a'i luchio ar y gadair cyn mynd i

wynebu'r dynion yn y drws. Roedd y tri yn sefyll ar y rhiniog yn ceisio dal eu pennau yn groes i'r gwynt i arbed eu hetiau.

'Dowch i mewn, dowch i mewn.' Wrth i'r tri gerdded heibio iddi, ceisiodd Siân amgyffred pam roedd Mr Roberts wedi dod â dau ddyn mor bwysig yr olwg i'w thŷ.

'Mae ganddoch chi fwthyn cysurus a chlyd – mae hi mor gynnes yma ar ôl i ni fod allan yn y gwynt.'

'Diolch yn fawr i chi, Mr Roberts,' meddai Siân, yn falch o ganmoliaeth yr offeiriad.

'Wnawn ni mo'ch cadw chi. Mi ydw i'n gweld eich bod yn brysur.' Trawodd yr offeiriad gipolwg i gyfeiriad y plât crempogau. 'Mi fuaswn i'n hoffi cyflwyno Mr Parry a Mr Pritchard i chi.' Plygodd y ddau eu pennau ryw fymryn. 'Maen nhw wedi dod yma i'n plwyf ni i gynnal ysgol am ryw ddau neu dri mis, i ddysgu pobol a phlant i ddarllen. Pan fu i mi wahodd yr athrawon yma, fy mwriad oedd i'r ysgol gael ei chynnal yn yr eglwys – ond fel y gwyddoch, mae to'r eglwys yn gollwng fel basged erbyn hyn, felly mi ydan ni'n chwilio am safle arall. Fel y dywedais wrth Mr Parry a Mr Pritchard y bore yma, byddai Tŷ Grug yn lleoliad penigamp.'

'Gwaetha'r modd,' ychwanegodd Mr Pritchard o dan ei wynt gan geisio sychu'r mwd oddi ar ei sanau.

'Ysgol?' gofynnodd Siân.

'Ia – mae gŵr o Landdowror, Griffith Jones, wedi bod yn gyfrifol am agor sawl ysgol erbyn hyn ar hyd a lled y wlad. Bu i Mr Parry a Mr Pritchard yma ddysgu darllen dan ei ofal, ac maen nhw erbyn hyn yn athrawon.'

'Bobol mawr,' rhyfeddodd Siân. 'Gymerwch chi grempog?'

'Diolch yn fawr,' meddai'r tri ar draws ei gilydd.

Nid oedd Mr Roberts yn rhy siŵr faint yr oedd Siân yn ei ddeall, ond mentrodd yn ei flaen tra oedd Meinir yn hwylio'r crempogau. 'Fel y dywedais, gan fod to'r eglwys yn fregus, rhaid chwilio am safle arall i gynnal yr ysgol, ac roedden ni'n gobeithio y buasech chi'n gweld yn dda i ni gael defnyddio un o'ch adeiladau chi i gynnal y dosbarthiadau.'

'Brensiach annwyl,' meddai Siân. 'Pam fama?'

'Wel, a dweud y gwir, fedra i ddim meddwl am deulu mwy addas na theulu Tŷ Grug i fynd ar eu gofyn. Rydach chi'n deulu parchus a chyfiawn, fel ro'n i'n dweud wrth Mr Parry a Mr Pritchard pan oedden ni'n cerdded yma heddiw,' meddai'r offeiriad, yn llawn gweniaith.

'O, twt â chi.' Cafodd y geiriau yr effaith ddisgwyliedig ar Siân.

Daeth Meinir â dwy grempog yr un i'r tri dyn, gan sicrhau fod yr ochr oedd wedi llosgi yn wynebu tuag at i lawr.

'Cymerwch eich amser i fwyta'r rheina, ac ella bydd Tomos yn ôl cyn i chi orffen.' Aeth Siân i'r gegin at Meinir gan adael i'r tri fwyta.

'Mae'n bechod nad yw'r eglwys yn lle addas i gynnal yr ysgol,' grwgnachodd Mr Pritchard yn ddistaw, gan edrych ar ei esgidiau budr.

'Mae'r to wedi mynd o ddrwg i waeth yn ystod y misoedd diwethaf, yn anffodus,' eglurodd Mr Roberts.

'Ond mi fyddai'n rhaid i ni gerdded yma drwy fwd a baw,' cwynodd Mr Pritchard, yn dal i edrych ar ei esgidiau. 'Dylai Griffith Jones dalu am bâr o esgidiau newydd i mi. Mae'r rhain wedi cael eu difetha'n llwyr.'

'Fe fyddan nhw fel newydd ar ôl i chi gael eu glanhau nhw,' cysurodd yr offeiriad ef.

'Does yna unman arall addas ... rhywle efo llai o faw o'i gwmpas?' gofynnodd Mr Parry.

'Wel, mi ddewisais ddod i Dŷ Grug gan mai hwn yw'r lle addas agosaf i'r eglwys, felly medrwn ni gario rhai o feinciau'r eglwys yma heb fawr o drafferth.'

Gorffennodd y dynion eu crempogau'n fyfyrgar.

'Crempogau gwerth chweil,' galwodd Mr Roberts drwy'r drws i gyfeiriad y gegin. 'Diolch yn fawr i chi. Felly, os ydach chi fel teulu yn fodlon i ni gynnal yr ysgol yma, mi allaf gyhoeddi hynny yn y gwasanaeth ddydd Sul nesa.'

Ni theimlai Siân y gallai wrthod cais offeiriad yr eglwys, felly cytunodd, ar yr amod bod Tomos yn fodlon.

'Mi geith Tomos ddŵad i'ch gweld chi, Mr Roberts, pan

ddaw o'n ôl o'r Weirglodd Wen,' eglurodd Siân wrth hebrwng y tri allan o'r tŷ.

Ar ôl cau'r drws ar eu holau edrychodd Meinir a'i mam ar ei gilydd am ennyd cyn dechrau chwerthin yn afreolus – ond difrifolodd y ddwy wrth sylweddoli y byddai'n rhaid iddynt ddweud wrth Tomos am yr ysgol.

Pan ddaeth Tomos yn ei ôl o'r Weirglodd Wen, trawodd ei geiliog marw ar y bwrdd. 'Cinio fory,' meddai'n sych.

'Tomos, gwranda,' dechreuodd Siân, gan anwybyddu'r ceiliog. 'Gredi di byth pwy ddaeth yma heddiw.'

'Pwy?'

'Dynion pwysig – dyfala pwy oeddan nhw, Tomos!'

'Dwn i ddim. Y brenin a'i lys?' gofynnodd yn bigog.

'Nage, y ffŵl gwirion. Mr Roberts yr offeiriad, a dau athro.' Syllodd Siân arno, yn eiddgar am ei ymateb.

'Be oeddan nhw isio? Arian i drwsio to'r eglwys, mwn?'

'Maen nhw isio cynnal ysgol yma.'

'Ysgol? Paid â lolian.'

'Wel, mae 'na ryw ddyn o rwla'n gyrru athrawon i ddysgu pobol i ddarllen, ac mi ddeudodd Mr Roberts fod teulu Tŷ Grug yn deulu ... fedra i ddim cofio be ddeudodd o'n iawn, ond mi ddeudodd fod teulu Tŷ Grug yn deulu da iawn, gwell na 'run teulu arall, a dyna pam 'i fod o isio cynnal yr ysgol yma. Dyna ddeudodd o, 'te Meinir?'

'Ia, Mam.'

'Ddeudodd o ein bod ni'n well na neb arall?' Cododd Tomos ei glustiau.

'Do, Tomos.'

'Gwell na'r Weirglodd Wen?'

'Ia.'

'Wel, wel.' Cymerodd Tomos funud neu ddau i dreulio'r ganmoliaeth.

'Ac mi ofynnodd Mr Roberts fasan nhw'n cael defnyddio un o'r sguboriau,' eglurodd Siân.

'Mi fasa'r sgubor isa yn gwneud y tro. Mi fedrwn ni 'i llnau hi, a'i thacluso hi ryw fymryn.' Roedd Tomos wedi dechrau teimlo mai anrhydedd o'r mwyaf oedd i'w gartref gael ei ddewis yn safle i'r ysgol. 'Meddylia, Siân,' dechreuodd frolio, 'tydi'r hen le 'ma'n ddim ond tyddyn bychan, ond mi fydd o'n lle pwysig a pharchus yn fuan iawn. O bydd. Mi fydd 'ma athrawon clyfar o gwmpas y lle, ac ugeiniau o bobol yn dŵad yn unswydd yma i ddysgu darllen. Ia wir. Pwy fasa'n credu. Mae'r Weirglodd Wen yn lle mawr, ond tydi o'n ddim o'i gymharu â'r mawredd fydd yma. *Fama* ddewisodd Mr Roberts, nid y Weirglodd Wen. Mi ddalltith William rŵan ein bod ni'r un mor barchus – yn fwy parchus – na fo. Mi a' i i'r llan rŵan i siarad efo Mr Roberts, a gwneud chydig o drefniadau.' Gadawodd Tomos y tŷ â'i ben yn uchel a'i gefn yn syth, wedi llwyr anghofio bod ei geiliog gorau wedi colli'r dydd.

'Mae'n dda fod Nhad yn fodlon efo'r trefniadau,' meddai Meinir ar ôl iddo fynd.

'Ydi,' cytunodd Siân. 'Mi fasa'n sobor tasan ni'n gorfod deud wrth Mr Roberts na chaiff o ddim cynnal yr ysgol yma wedi'r cwbwl.'

'Mi ydw i am fynd i'r Weirglodd Wen i weld Osian, i gael deud wrtho fo am yr ysgol.'

'Cyn i ti fynd, mi faswn i'n hoffi cael sgwrs amdanat ti ac Osian,' mentrodd Siân.

'O na, dim eto!' Roedd Meinir wedi hen flino gwrando ar ei mam yn ceisio'i pherswadio i beidio â phriodi Osian.

'Meinir, stedda i lawr efo fi am funud.' Ufuddhaodd y ferch, gan godi ei golygon i fyny i'r nenfwd. Roedd wedi clywed y rhesymau pam na ddylai ei briodi lawer tro.

'Mi ydw i'n meddwl y basat ti'n medru priodi rhywun gwell nag Osian,' dechreuodd Siân.

Ochneidiodd Meinir, a'i chorff yn tynhau.

'Ma' Osian yn fwy cefnog na neb yn yr ardal. Iddo fo mae'r Weirglodd Wen yn mynd ar ôl William – a ph'run bynnag, Mam, mae o'n ddeniadol dros ben. Mi fasa'r rhan fwya o genod y plwy 'ma'n hapus i neidio i fy sgidia i.'

'Wel, ella mai dyna ydi'r drwg.'

'*Be* ydi'r drwg, Mam?

'Ella, 'tasa fo'n cael hanner cyfle, y basa fo'n mynd efo genod eraill tu ôl i dy gefn di,' mentrodd ei mam.

'Mi ydw i am briodi Osian, a dyna ddiwedd ar y stori. Pam na fedrwch chi fod yn hapus, fel Nhad? Mi fasa Nhad yn fodlon i mi briodi Osian fory nesa, ond mi ydach chi, fel William, isio gohirio pob dim.'

'Ddim isio gohirio'r briodas ydw i – tydw i ddim isio i ti briodi Osian o gwbwl!'

Cododd Meinir gan wthio'i chadair yn ôl yn swnllyd. Martsiodd allan a chau'r drws yn glep ar ei hôl. Drwy'r ffenestr gwyliodd Siân hi'n mynd, gan sychu deigryn o gornel ei llygad.

Rhoddodd tymer ddrwg Meinir nerth iddi frasgamu'n gynt fel na theimlai frath y gwynt. Pam roedd ei mam mor afresymol? Petai ganddi frawd neu chwaer fel pawb arall, efallai na fuasai gan ei mam gymaint o amser i feddwl amdani hi. Be wnaeth Osian crioed iddi hi? Un dim! Byddai bob amser yn siarad yn barchus â Siân, ac yn canmol Meinir pan fyddai'n gwau a gwnïo pethau deniadol a defnyddiol.

Roedd y ddau wedi bod yn mynd yn ôl ac ymlaen i dai ei gilydd i chwarae pan oeddynt yn blant. Yn eu harddegau, roedd Meinir wedi sylwi – fel llawer o'r genethod eraill – pa mor ddeniadol a golygus oedd Osian. Roedd ei wallt du yn donnog a'i lygaid mor las â'r nen, a thrwy weithio'n ddiwyd ar y fferm roedd wedi tyfu'n dal a chryf.

Gwelsai Meinir sawl merch yn mynd a dod o'r Weirglodd Wen i weld Osian, a bu'n bur genfigennus ohonynt. Ond ychydig dros hanner blwyddyn ynghynt, pan oedd Osian yn ymlwybro adref ar ei ben ei hun un min nos o'r Sarn Fawr, wedi cael ychydig gormod o gwrw, mentrodd Meinir redeg ato a thaflu ei breichiau am ei wddw, gan roi clompen fawr o gusan iddo a dweud wrtho ei bod yn ei garu. Gan ei fod yn simsan ar ei draed, bu bron i Osian gael ei daflu i'r llawr, ond daliodd Meinir yn dynn ynddo. Oherwydd effaith y cwrw cusanodd hi'n ôl yn drwsgl a heb fawr o deimlad. Ar ôl hynny hi oedd piau Osian – a gwae unrhyw ferch a ddeuai rhyngddi hi a fo.

Ciliodd ei ffyrnigrwydd wrth ddychmygu eu dyfodol, a cherddodd yn hamddenol weddill y daith nes cyrraedd y Weirglodd Wen. Agorodd y drws – nid oedd yn rhaid iddi guro arno mwyach. Wedi'r cyfan, hwn fyddai ei chartref yn fuan iawn.

Pan gyrhaeddodd Meinir y gegin fawr ni allai amgyffred beth oedd wedi digwydd. Roedd Magi yn beichio crio ac yn gafael yn dynn mewn plentyn bach dieithr. Cerddai Cadi o gwmpas y llawr gan wasgu ei barclod yn dynn am ei cheg, ac eisteddai Lowri wrth y bwrdd â'i phen yn ei dwylo. Safai hen wraig a dyn canol oed yn y gornel, yn edrych fel petai'r byd ar ben.

Pennod 5

Syllodd Meinir yn syn ar yr olygfa o'i blaen, ond cyn iddi allu gofyn beth oedd wedi digwydd, daeth Cadi ati a sibrwd fod mam Magi wedi marw. Wrth weld galar y ferch ifanc, saethodd meddwl Meinir yn syth at ei mam ei hun, a chronnodd euogrwydd wrth iddi ystyried pa mor chwyrn y bu efo hi.

Daeth William ac Osian i mewn yn benisel, yn amlwg wedi clywed y newyddion.

'Osian,' galwodd Meinir, gan estyn ei llaw iddo, ond anwybyddodd hi a mynd yn syth at Magi a Sioned. Rhoddodd ei freichiau am y ddwy a'u siglo'n araf nes i'w dagrau gilio.

Adroddodd Cadi yr hanes wrth William. Roedd mam Magi allan yn casglu wyau, ac o'i gweld yn hir, aeth Sioned i chwilio amdani. Gwelodd y fechan ei mam yn gorwedd ar y buarth a gwaed yn llifo o'i phen.

'Mi driodd y peth bach 'i deffro hi ond fedrai hi ddim, felly yn 'i dychryn mi redodd i dŷ Siani Prys. Mistar, dyna hi, Siani, yn sefyll yn fanna.' Amneidiodd Cadi at y ddynes a safai yn y gornel. Nodiodd William arni a chododd Siani ei llaw fymryn arno. 'Mi aeth Siani Prys yn ôl adra efo Sioned a gweld fod Leusa wedi marw – wedi syrthio a tharo'i phen ar gerrig miniog y buarth mwya tebyg – felly mi aeth Siani i ofyn i Caradog y Cefn ei danfon hi a Sioned yma yn y drol, er mwyn iddi gael deud wrth Magi. Mi lusgodd Caradog y corff i'r tŷ rhag ofn i'r anifeiliaid gwyllt ...'

'Dyna ddigon,' meddai William yn swta, gan droi i siarad efo Siani. 'Ble ma' gweddill y teulu?' gofynnodd yn ddistaw.

'Does ganddyn nhw neb,' sibrydodd Siani.

Prin y cysgodd Magi'r noson honno. Bu'n troi a throsi am oriau, yn meddwl am ei mam, a Sioned druan, oedd yng ngofal Siani.

Roedd y tylluanod yn fwy swnllyd nag arfer o amgylch y coed derw a'r llygod yn carlamu yn hytrach na cherdded o lofft yr ŷd i'r nenfwd. Ni wyddai Magi pa bryd y llwyddodd i fynd i gysgu, ond ymhen dim roedd yr adar yn canu. Llusgodd ei thraed i lawr y grisiau. Roedd Cadi yn disgwyl amdani gyda phowliad o fara llefrith poeth.

'Be wna i, Cadi?'

Edrychodd Cadi arni'n dosturiol.

'Wn i ddim, 'mach i. Wn i ddim wir.'

'Ella y dylwn i fynd yn ôl i'r Bwthyn Bach i fyw efo Sioned, i edrych ar ôl yr anifeiliaid a gwneud y gora ohoni.'

'Bobol bach, na wnei! Tydi Sioned ddim yn ddigon hen i dy helpu di. Mi fasat ti'n gorfod gwneud popeth dy hun.'

'Be arall wna i? Does gan Sioned a finna neb ond ein gilydd rŵan. Mae'n rhaid i mi edrych ar ei hôl hi. O Cadi, mae arna i ofn.'

'Does gen ti ddim ewythr neu fodryb?'

'Mi oedd gan Mam frawd a chwaer. Bu farw ei chwaer hi ac mi ffraeodd efo'i brawd, felly fedra i ddim mynd ar ei ofyn o. Mi glywis i fod Nain, ochor fy nhad, wedi marw o ryw glwy yn fuan ar ôl i Nhad gael ei eni, ac mi oedd o yn unig blentyn. A pheth arall sydd yn boen i mi ydi sut medra i dalu am gladdu Mam. O Cadi, wn i ddim be wna i.'

Cofleidiodd Cadi gorff bach crynedig Magi, a threiglodd dagrau distaw i lawr wynebau'r ddwy.

'Pam nad ei di i siarad efo William? Ella bydd ganddo fo ryw syniad,' awgrymodd Cadi, yn falch am eiliad ei bod wedi medru cynnig syniad go lew o dda. 'Ella basa fo'n talu am y c'nebrwn a thynnu'r arian o dy gyflog di.'

Ar ôl iddo godi, galwodd William ar Magi i fynd ato i'r gegin fawr. Pan gyrhaeddodd Magi roedd o'n sefyll a'i gefn at y tân. Doedd hi ddim wedi meiddio edrych yn fanwl arno cyn hynny. Roedd ganddo wallt brith, crychlyd i lawr at ei ysgwyddau, ac edrychai fel petai pob blewyn yn ceisio mynd yn groes i'w gilydd. Edrychai fel gŵr mawr, ond roedd ei ddillad yn hen a charpiog. Yn ei law dde roedd ganddo chwip fechan a ddefnyddiai pan fyddai'n marchogaeth ei geffyl a thrawai'r chwip ar gledr ei law chwith yn ysgafn bob hyn a hyn. Doedd o ddim wedi eillio nac ymolchi ers dyddiau ac roedd ei dalcen a'i drwyn yn seimllyd. Efallai ei fod yn ŵr golygus pan oedd yn ifanc, dychmygodd Magi, ond roedd y blynyddoedd wedi gadael eu hôl gan greu rhychau dwfn o gwmpas ei geg a'i lygaid. Doedd yr wyneb ddim yn un caredig.

'Ma'n ddrwg gen i fod dy fam wedi marw,' meddai. 'Fydd dim rhaid i ti weithio heddiw.'

'Diolch,' atebodd Magi'n ddiolchgar, cyn rhuthro i ofyn, 'fasach chi'n medru talu am gladdu Mam, a wedyn peidio â rhoi cyflog i mi nes y baswn i wedi talu'n ôl i chi?'

Astudiodd William ei chwip, crafodd ei ben ac edrych yn fanwl ar Magi.

'Mi dala i am y c'nebrwn. Mi yrra i Huw efo'r arian i Siani fory er mwyn iddi hi fedru gwneud y trefniadau,' meddai, 'a gofyn i Mr Roberts, offeiriad y plwy 'ma, i gynnal y gwasanaeth. Os mai fi sy'n talu, ma'n well gen i dalu i Mr Roberts nac i'r meddwyn Mr Hughes 'na sy yn dy blwy di.'

'O, diolch yn fawr iawn i chi!' Nid oedd gwahaniaeth gan Magi pwy fyddai'n cynnal y gwasanaeth. Y peth pwysicaf oedd bod y mistar am dalu.

'Ond ma'n rhaid i mi ofyn i ti gynta,' meddai William yn bwyllog, 'wyt ti'n gwbod be ydi bargen?'

'Ydw,' atebodd Magi.

'Da iawn. Felly mi fyddi di'n dallt y stori dwi am 'i deud wrthat ti.'

Ni ddywedodd Magi air, ond nodiodd ei phen i ddangos ei bod yn barod i wrando.

'Pan o'n i'n hogyn yn byw yma yn y Weirglodd Wen efo Mam a Nhad a 'mrodyr a'm chwiorydd, mi gawson ni dywydd drwg am dair blynedd yn olynol. Mi gollon ni lawer o'r ŵyn mewn eira mawr ddechrau'r flwyddyn, ac yn ystod y cynhaea mi ddaeth glaw mawr. Ar ôl hynny achosodd barrug cynnar i ni golli'r llysiau bron i gyd, ac mi bydrodd y gwenith a'r haidd a phob dim arall. Dwi'n cofio gweld Nhad fel hen ŵr yn ista yn fanna yn crio,' meddai, gan amneidio at y fainc yn y simdde.

Eto, ni wyddai Magi be i'w ddweud, felly syllodd ar William heb symud gewyn.

'Be ti'n feddwl wnaeth o?' gofynnodd i Magi.

'Dwn i ddim.'

'Wel, mi fenthycodd arian gan lawer o bobol, ac mi aeth i'r ffair i brynu ŵyn a digon o fwyd i fwydo'i deulu, fel na fasan ni'n llwgu.'

'Wela i.'

'Wedyn, mi oedd arno fo ddyledion mawr i bobol, 'doedd?'

'Oedd.'

'Wyt ti'n meddwl bod fy nhad yn ddrwgdalwr?'

'Nag oedd, mae'n debyg,' atebodd Magi.

'Nag oedd, doedd o ddim,' cadarnhaodd William. 'Mi weithiodd Nhad yn galed ac mi fu'n ddarbodus, ac yn ara deg mi dalodd ei ddyledion i bawb. Dyn fel'na oedd o.' Roedd balchder amlwg yn ei lais. 'Ond, mi roedd Nhad wedi gwneud bargen â'r bobol y benthycodd yr arian ganddyn nhw – y basa fo'n mynd i weithio iddyn nhw am ddim os na fedra fo dalu'r arian yn ôl, ac y basan nhw'n cael cymryd unrhyw beth oddi arno fo: gwartheg, ceffylau, defaid, moch. Unrhyw beth. Dyna oedd y fargen.'

Nodiodd Magi ei phen eto.

'Ond fel y deudis i, mi dalodd Nhad bob dimai goch yn ôl, felly doedd arno fo ddim i neb.'

'Nag oedd,' cytunodd Magi.

'Felly, wyt ti'n gweld bod yn rhaid i titha gadw at dy fargen hefyd?'

'Wrth gwrs y gwna i,' cadarnhaodd Magi. 'Fydd dim raid i chi dalu cyflog i mi nes y byddwch chi wedi cael arian y c'nebrwn yn ôl.'

Trodd William i edrych i'r tân am eiliad, cyn cymryd cam yn nes at Magi. Gwargrymodd nes bod ei drwyn bron â chyffwrdd ei hwyneb.

'Tydi hi ddim mor hawdd â hynny,' meddai'n ddistaw.

'O? Pam?' Gwyddai Magi fod tymer William ar droi, ac edrychodd tua'r drws gan obeithio y deuai rhywun i mewn i'r tŷ.

'Pam?' bloeddiodd William yn fygythiol. Cymerodd gam yn ôl o wyneb Magi a sythu i'w lawn daldra. 'Mi ddeuda i wrthat ti pam. Mi oedd gan dy dad a dy fam ddyled i mi. Wnaethon nhw ddim talu am wenith a cheirch i mi droeon. Ro'n i'n meddwl y basan nhw'n talu i mi un diwrnod, ond na – ches i ddim dimai ganddyn nhw. Erioed.'

Ni wyddai Magi be i'w ddweud. Nid oedd erioed wedi clywed ei rhieni'n sôn fod arnyn nhw arian i William Weirglodd Wen.

'Felly, pan glywis i fod dy dad wedi marw a dy fod ti wedi dod i oed gweini, mi feddyliais y baswn yn cael fy arian yn ôl drwy dy weithio di'n galed, heb ddim cyflog.'

'O'r gorau – gwnewch hynny tan y cewch chi'ch arian yn ôl am y gwenith a'r ceirch,' meddai Magi, wedi cynhyrfu drwyddi. Roedd arni eisiau dianc oddi wrth William, ac roedd yn barod i gytuno i unrhyw beth petai'n gadael llonydd iddi.

'Wel, Magi,' meddai William yn araf, â gwên filain, 'ma' petha wedi newid eto, yn do, gan fod dy fam wedi marw.'

Ni allai Magi gredu fod William yn gwenu wrth sôn am farwolaeth ei mam.

'Wyt ti'n cofio'r fargen wnaeth Nhad?'

Gwyddai Magi, wrth edrych ar wyneb William, na ddylai ateb.

'Be fedri di 'i roi i mi fel tâl? Be sy gen ti? Ceffylau? Defaid? Gwartheg?'

'Dim ond ychydig o ieir ac un fuwch. Mi gewch chi nhw i gyd.'

Chwarddodd William yn uchel.

'Hen fuwch a phedair iâr? Dyna'r oll?'

Teimlai Magi'r dagrau'n pigo. Roedd yn ceisio taro bargen â dyn hollol afresymol am rywbeth na wyddai ddim amdano, ac ar ben hynny, roedd yn chwerthin am ben yr ychydig o anifeiliaid a oedd gan ei mam.

'Be arall sgin ti?'

'Dim.'

'O oes – ma' gin ti rwbath arall i'w gynnig i'r fargen. Yn lle oeddat ti'n byw?'

'Yn y Bwthyn Bach,' atebodd Magi.

'Dyna chdi. Y Bwthyn Bach,' ailadroddodd William, fel petai'n cymeradwyo Magi am ateb ei gwestiwn yn gywir.

Sylweddolodd Magi yn araf beth oedd bwriad William.

'Ond chewch chi ddim cymryd fy nhŷ! Mae o'n fwy o werth nag ychydig o wenith a cheirch.'

'Sgin ti rwbath arall?'

Ysgydwodd Magi ei phen.

'Dyna ni 'ta. Dyna ydi'r fargen, Magi. Dy dŷ i dalu dyledion dy rieni,' meddai, a cherddodd i ffwrdd gan adael Magi yn fud ac yn llonydd fel delw.

Pennod 6

Er bod y gaeaf ar ddarfod roedd mwgwd o niwl yn mygu'r haul. O gefn y drol, prin y gallai Magi a Cadi weld cefn crwm Huw y gwas yn ei gyrru. Syllai Magi ar ei thraed, ac er iddi gael ysgytiad bob hyn a hyn wrth i'r olwynion rowlio'n swnllyd i mewn ac allan o'r pyllau dŵr, ni chododd ei golygon. Er bod ei dagrau wedi pallu, roedd yn dal i fyw'r hunllef felltigedig oedd wedi ei hamgylchynu ers marwolaeth ei mam. Weithiau byddai'n ei beio hi am farw a'i gadael yn amddifad yn y fath lanast. Pam nad edrychodd hi lle roedd hi'n cerdded? Sut y bu hi mor flêr a syrthio? Heddiw eto roedd ei phen yn llawn gwewyr, ac fel petai ar fin hollti'n ddau.

Tŷ corff. Roedd hi'n mynd i'r tŷ corff. Ni allai mwyach ddweud ei bod yn mynd adref wedi bygythiad William. Nid oedd wedi clywed neb yn sôn am ddyled ei thad erioed o'r blaen – tybed ai ei thwyllo oedd William er mwyn iddo gael ei grafangau barus ar ei chartref? Ond eto, roedd wedi dweud wrthi mai'r bwriad o'r dechrau oedd iddi weithio yn y Weirglodd Wen am ddim nes roedd hi wedi talu dyled ei thad. Felly mae'n rhaid bod William yn credu bod ei rhieni mewn dyled iddo, a'i fod wedyn wedi gweld cyfle annisgwyl i feddiannu'r Bwthyn Bach pan fu farw ei mam. Byddai dwyn tŷ plant diniwed mor hawdd â dwyn pêl glwt oddi ar fabi. Ond dim ond gair William oedd ganddi, a phwy fuasai'n ymladd drosti yn ei erbyn i brofi bod ei thad yn ddieuog? Neb.

Yn hollol ddirybudd atseiniodd sgrech hir, boenus o'u blaenau. Cododd y ceffyl ar ei ddau droed ôl a thaflwyd Magi a Cadi i drwmbal y drol. Ar ôl codi a dod ati ei hun gwelodd Magi gysgod dynes o'u blaenau yn y niwl a'i breichiau ar led. Wrth iddi ddynesu sylweddolodd Magi pwy oedd hi.

'Y chdi eto, yr hen gnawes bach. Mi wyt ti wedi mynd yn

wraig fawr rŵan, yn dwyt, yn trafeilio yn y drol 'ma yn lle cerdded.'

'Symud o'r ffordd, Betsan,' gorchmynnodd Huw yn ddiamynedd. 'Mi ydan ni ar ein ffordd i gadw gwylnos i fam Magi.'

Am eiliad, tybiodd Magi iddi weld tosturi yn wyneb Betsan cyn iddi hercio'n ôl i'w murddun gan felltithio'n uchel.

'Ma' hi o'i cho', yr hen Fetsan 'na. Paid â chymryd dim sylw ohoni.' Rhoddodd Cadi ei braich am ysgwyddau Magi. 'Yn ôl y sôn, mi gollodd 'i theulu i gyd i ryw haint pan oedd hi'n hogan ifanc, a fu hi byth 'run fath ar ôl hynny.'

'Ella yr a' i o ngho', achos mi ydw i wedi colli pawb hefyd.'

'Na, mi fyddi di'n iawn. Mae gen ti Sioned, yn does?'

Edrychodd Magi i lawr unwaith eto i waelod y drol. Bu i'r cyfarfod annisgwyl â Betsan gorddi ofnau eraill ynddi. Gwyddai na allai weini am byth. Be ddigwyddai iddi ar ôl iddi fynd yn rhy hen? Beth petai neb eisiau ei phriodi? Sut gâi hi arian i fyw? Meddyliodd am dynged Betsan, a dychmygu'r caledi o frwydro yn ei blaen er iddi golli ei theulu i gyd. Ond roedd Cadi yn iawn – roedd ganddi hi Sioned.

Ond petai William Jones yn marw'n sydyn, yna buasai'n cael ei chartref yn ôl iddi hi a Sioned. Petai'n disgyn i lawr rhyw glogwyn, neu neidr wenwynig yn ei frathu, neu petai'n cael rhyw goblyn o gamdreuliad fel y cafodd Gruffudd Pant y Berllan a marw yn y fan a'r lle mewn llai na hanner awr ... neu petai rhywun yn ei fygu tra oedd yn cysgu yn ei wely. Ni allai Magi gredu ei bod yn dychmygu'r fath bethau, ond heddiw roedd anghyfiawnder yn ei llethu. Ym mêr ei hesgyrn, gwyddai nad oedd ei thad yn ddrwgdalwr, ac nad oedd arni hi yr un ddimai i William Jones.

* * *

Agorodd Magi ddrws y Bwthyn Bach a chamu ar flaenau ei thraed dros y rhiniog a Cadi wrth ei chwt. Ni wyddai pam roedd hi'n ceisio bod mor ddistaw.

'O, Magi bach. Sut wyt ti?'

'Bechod o'r mwya.'

'Biti, biti.'

'Ia wir.'

'Y beth bach.'

'Ty'd yma i gael ryw damaid i fwyta.'

'Ty'd i'r siambr i ti gael gweld dy fam. Mae Siani Prys wedi ei gosod yn daclus iawn.'

Roedd oddeutu dwsin o gymdogion yno, i gyd yn siarad ar draws ei gilydd fel na wyddai Magi ar bwy i wrando gyntaf. Rhedodd Sioned ati a gafael yn dynn yn ei llaw.

'Magi! Wyt ti'n dŵad yn ôl adra i fyw efo fi rŵan? Mi wna i dy helpu di efo pob dim. Mi wna i bob dim y gofynni di i mi 'i wneud. O, tyrd yn d'ôl, Magi!'

'Mi gawn ni weld, Sioned. Mi gawn ni weld.' Wrth iddi edrych ar wyneb ei chwaer, oedd yn llawn gobaith, daeth delwedd o wyneb sarrug a hyll William Jones ar ei draws.

Cyflymodd calon Magi wrth feddwl am orfod gweld ei mam yn ei harch. Cymerodd Cadi ei braich yn dyner ac aeth y ddwy drwodd i'r siambr. Prin yr adnabu Magi'r ystafell gan fod y waliau wedi eu gorchuddio â chynfasau gwynion a dail llawryf wedi cael eu gosod drostynt yma ac acw fesul pâr ar ffurf croes. Roedd y gadair a fyddai fel rheol wrth y bwrdd yn y gegin wedi cael ei chario drwodd – yno, tybiai Magi, y bu'r cymdogion yn eu tro yn gwylio'r corff. Sylwodd ar y ddwy gannwyll yn olau, un ym mhen yr arch a'r llall wrth ei throed. Symudodd yn nes er mwyn cael cipolwg ar ei mam. Roedd hi'n edrych mor ddieithr, ei hwyneb yn wahanol rywsut, a'r bowlen llawn halen ar ei brest yn ychwanegu at yr elfen afreal oedd i'r holl sefyllfa. Gwyddai y dylai ddweud ei phader ond roedd ei chalon yn curo fel morthwyl. Teimlodd ddüwch yn cau amdani a chwys ar ei thalcen. Rhedodd allan i'r awyr iach a Cadi ar ei hôl. Safodd y ddwy y tu allan am sbel heb yngan gair cyn mentro yn ôl i ganol y cymdogion.

'Noswaith dda, Magi.' Dychrynwyd Magi gan lais mwyn Mr

Roberts, yr offeiriad, wrth ei hochr. 'Dewch i mewn, y ddwy ohonoch chi. Tydach chi ddim isio dal rhyw haint yn eich brest yn y tamprwydd yma.'

Ar ôl iddo gynnal gwasanaeth syml ac offrymu gweddi, ac wrth i'r nos gau am y Bwthyn Bach, ffarweliodd yr offeiriad â hwy – a dechreuodd y miri a'r canu. Roedd digon o gwrw a chacennau i bawb, a thân cynnes ar yr aelwyd. Sgwrsiai'r merched yn frwd drwy'i gilydd a thaniodd un neu ddau o'r dynion eu cetyn, ac yng nghesail ei chymdogion teimlai Magi'n glyd a diogel. Gwyddai y buasai'r cyfan yn dod i ben gyda'r wawr, ond penderfynodd fwynhau eu cwmni a'u cyfeillgarwch mor hir ag y gallai. Daeth Sioned i eistedd ar ei glin gan glymu ei breichiau bach am ei gwddw, a diflannodd ofnau Magi. Hudwyd hi i freichiau'r werin a'i magodd.

Ni wyddai Magi pryd y syrthiodd i gysgu ond gwelodd y wawr yn torri a chlywodd yr adar yn dechrau canu a cherdded ar y to. Roedd pawb heblaw Siani Prys wedi mynd adref, ond gwyddai y deuai'r ffyddloniaid i gyd yn ôl i'r cynhebrwng.

*   *   *

Tynnwyd plethen ddu'r orymdaith tua'r llan gan yr arch. Cofiai Magi iddi gerdded ar hyd yr un llwybrau i'r fynwent i gynhebrwng ei thad, yr offeiriad ar y blaen yn canu ei gloch a'r un galarwyr ffyddiog yn ei ddilyn. Gafaelodd Cadi yn ei braich a gafaelodd hithau yn llaw fechan Sioned i gerdded yn dawel i'r llan.

Yn ystod y gwasanaeth clywyd sŵn carnau ceffylau'n carlamu tuag at yr eglwys a siffrwd rhywrai'n sleifio i un o'r seddi cefn. Trodd rhai eu pennau yn reddfol i weld pwy oedd wedi dod i mewn i'r eglwys ond daliodd Magi i syllu ar arch ei mam. Pan ddaeth yn amser i roi'r offrwm nid oedd gan Magi un dim i'w roi. Rhoddodd ei phen i lawr yn euog tra cyfrannodd gweddill y gynulleidfa eu hoffrwm.

'Offrwm Magi a'r Weirglodd Wen.' Clywodd Magi lais

cyfarwydd Osian yn siarad â Mr Roberts, yr offeiriad, a chododd ei phen i edrych arno. Nid edrychodd Osian arni. Yn hytrach, cerddodd yn ôl i'w sedd yng nghefn yr eglwys at ei dad.

Eto, yn y fynwent, cyfrannodd William Jones i'r arian rhaw uwch bedd ei mam, a rhoi ychydig bach mwy o dâl i Siani Prys am y bwyd a'r cwrw. Erbyn hyn roedd gair wedi mynd ar led yn esbonio pwy oedd y ddau ddyn hael o'r tu allan i'r plwy. Aeth rhai i ysgwyd llaw â William Jones a chanu ei glodydd – tra oedd sawl un o'r merched yn edmygu ei fab.

'O, mi ydach chi'n ddyn hael, yn talu am g'nebrwn mam un o'ch morynion.'

'Dim llawer fasa'n gwneud hynny.'

'Ma' raid eich bod yn meddwl y byd o Magi.'

'Tydi hi'n bechod nad oes 'na fwy o feistri fel chi.'

'Halen y ddaear.'

'Ia wir.'

Ni fedrai Magi ddioddef dim mwy o'u canmol, a cherddodd yn araf ymysg y beddau, o'u clyw, nes iddi weld William ac Osian yn gadael ar gefn eu ceffylau. Wedyn aeth yn ci hôl at Sioned.

'Paid â mynd yn d'ôl i'r Weirglodd Wen, Magi. Aros yma efo fi.' Tynnai'r fechan ar lawes Magi.

'Paid â phoeni, 'mach i. Mi ddo' i'n ôl ymhen dim – mi gei di weld.' Gwnaeth Magi ei gorau i ymddangos yn ddewr a chryf o flaen ei chwaer. 'Cofia fod yn hogan dda i Siani.'

Diflannodd cryfder Magi wrth iddi afael yn dynn yn ei chwaer fach, a brysiodd Siani Prys atynt.

'Ma' well i ti fynd rŵan, Magi, cyn iddi hi fynd yn rhy hwyr a thywyll. Ma' Huw yn barod efo'r ceffyl yn yr harnais.'

Sychodd Magi ei llygaid a chymerodd ennyd o ddod ati ei hun.

'Diolch yn fawr, Siani, am bopeth.'

'Croeso, 'mach i – a ph'run bynnag, mi dalodd William Jones swm gweddus iawn i mi. Mwy nag oedd angen. Ty'd acw pan ddaw pen tymor – mi fydd 'na groeso mawr i ti. A paid â phoeni am Sioned. Mi fydd hi'n iawn efo fi. Pob bendith, Magi.'

Ysai Magi am droi ei chefn ar Huw a'i drol a mynd adref efo Sioned a Siani. Gwyddai y byddai'r afon ddagrau'n dechrau llifo petai'n agor ei cheg i ffarwelio, felly dringodd yn fudan i'r drol efo Cadi, y ddwy a'u breichiau'n llawn o fenyn, siwgr a chacennau yn rhoddion gan y cymdogion. Ni wyddai Magi sut y medrai byth dalu'n ôl iddynt. Ar ôl cychwyn dechreuodd deimlo'n euog am beidio rhoi'r nwyddau i Siani Prys – wedi'r cyfan, roedd digon o fwyd yn y Weirglodd Wen. Wrth basio bwthyn Betsan, gwaeddodd Magi ar Huw i arafu.

'Bydd yn ofalus, Magi. Ma' hi o'i cho',' rhybuddiodd Cadi.

Neidiodd Magi o'r drol gyda sachaid o flawd, ychydig o fenyn a dwsin o wyau. Gadawodd y bwyd ar y rhiniog a churo ar y drws cyn rhedeg yn ôl i gyfeiriad y drol.

'Brysia, neidia i mewn,' gwaeddodd Cadi wrth weld y drws yn agor.

Dringodd Magi i'r drol mor gyflym ag y gallai a chleciodd Huw ei dafod i sbarduno'r ceffyl. Trodd Magi i edrych dros ei hysgwydd. Safai Betsan yng nghanol y ffordd.

'Diolch i ti'r cythraul bach, ond y tro nesa dyro rywfaint o gig i mi hefyd.'

Edrychodd Magi a Cadi ar ei gilydd heb symud gewyn, a dim ond pan oedd y drol wedi teithio'n ddigon pell o fwthyn Betsan y dechreuodd y ddwy ymlacio. Rhoddodd Magi ei llaw ar draws ei gwefusau i guddio'r wên oedd, yn ei thyb hi, yn anaddas ar ddydd cynhebrwng ei mam, ond yn ofer. Chwarddodd y ddwy yn afreolus.

'Cig,' bloeddiodd Magi'n uchel. 'Ble dwi'n mynd i gael cig?'

'Go damia, mi anghofiodd Lowri roi'r cig moch i mi i'w roi i Meinir.' Poerodd William yn syth fel saeth o gil ei geg wrth gnoi ei faco. 'Y peth cynta ddeudis i wrth Lowri'r bora 'ma oedd iddi gofio rhoi'r cig moch i mi cyn mynd i Dŷ Grug. Go damia las. Merchaid!'

Roedd Tomos wedi gweld William mewn tymer ddrwg lawer gwaith, ond anaml y byddai'n dweud beth fyddai wedi'i bigo. Gwyddai Tomos mai'r peth gorau oedd ceisio cadw'i ffrind yn ei hwyliau orau y gallai.

'Duwcs, paid â phoeni. Mi gawn ni o tro nesa,' atebodd Tomos yn sionc. Torchodd ei lewys a mynd i nôl cwningen oedd yn hongian ar hoel ar wal gefn y gegin gorddi. 'Rho dy glun i lawr, William.'

Pan drodd Tomos yn ei ôl sylwodd fod William eisoes wedi eistedd. Poerodd ar ei ddwylo ac aeth ati i flingo'r gwningen â'i holl nerth. 'Mi gawn ni hon i ginio heddiw. Paid â phoeni am y cig moch.'

'Ella daw Lowri â'r cig yma pan welith hi 'i chamgymeriad,' grwgnachodd William.

Gorffennodd Tomos y blingo mewn dau funud ac aeth i nôl cyllell i'w thorri'n ddarnau yn barod i Siân wneud cinio â hi.

'Duwcs, ma' hi wedi bod yn brysur yma'n ddiweddar, w'sti, William. Mae'r offeiriad a'r athrawon yn ôl ac ymlaen yma o'r eglwys bob munud, yn paratoi ar gyfer yr ysgol.'

'Wel, fydd 'na neb o'r Weirglodd Wen yn dŵad i dy ysgol di.'

'Dwyt ti ddim yn genfigennus mai yma bydd yr ysgol yn hytrach nag yn y Weirglodd Wen, siawns?' gofynnodd Tomos yn gellweirus.

'Nac'dw i, y diawl! Ma' croeso i ti gadw ysgol yma yn Nhŷ

Grug, ond fydd 'na neb o'r Weirglodd Wen yn 'i mynychu hi.'

'Ond pam, yn enw'r dyn, William?'

'Wel, gad i mi egluro i ti, Tomos,' meddai William, yn gwneud ei hun yn gyfforddus. 'Meddylia di am hyn – os bydd y gweision a'r morynion yn mynychu'r ysgol gyda'r nos ar ôl gorffen eu gwaith, mi fyddan nhw'n blino, ac mi ddôn nhw yn eu holau a'u pennau'n llawn o sothach. Sut wyt ti'n meddwl y basan nhw erbyn y bora? Wel, mi ddeuda i wrthat ti. Mi fasan nhw i gyd fel brych llo bach – yn dda i ddiawl o ddim i neb. Tydw i ddim isio bwydo gweision a morynion i ddim!'

'Ond, William, ella basan nhw'n dŵad yn eu holau yn llawn egni am 'u bod nhw wedi bod yn rhywle gwahanol. Meddylia sut fyddan nhw ar ôl ffair pen tymor. Pawb yn llawn hwyliau ac efo mwy o nerth ac ynni nag ar ddiwrnod arferol. Ella mai felly y basan nhw ar ôl bod yn yr ysgol.'

'Na, Tomos. Mi fasa'r cythreuliaid bach yn salach gweithwyr na maen nhw rŵan. Mi dwi'n gwybod hynny, yn saff o fod.' Plygodd i lawr i dynnu telpyn mawr o fwd oddi ar ei esgid.

'Ond William ...'

'P'run bynnag, pa werth sy 'na mewn dysgu merchaid i ddarllen? Wnân nhw ddim ond priodi a chael plant, a phwy erioed glywodd am fam neb yn darllen?' Gollyngodd William ei ben yn ôl i orffwys ar goler ei grys fel petai'r syniad yn un chwerthinllyd.

'Tydw i ddim yn cytuno efo chdi, William. Mae Meinir am fynd.'

'Yna, wna i ddim cytuno iddi briodi Osian,' atebodd William yn sarrug.

'William?'

Sylweddolodd William ei fod wedi siarad yn fwy chwyrn nag yr oedd wedi bwriadu ei wneud. Chwarddodd yn annisgwyl o uchel.

'Doeddwn i ddim o ddifri, Tomos! Nag oeddwn, siŵr. Mi gawn ni briodas fawr ddechrau'r flwyddyn nesa ... mis Ionawr. Dydd Calan.'

Edrychodd Tomos arno drwy gil ei lygaid. Nid oedd yn hollol sicr mai cellwair yr oedd William.

'Sut ma' Meinir erbyn hyn?' gofynnodd William mewn llais mwy tosturiol, i newid y pwnc. 'Ydi hi wedi gwella rhywfaint?'

'Ydi, ma' hi ar i fyny heddiw,' atebodd Tomos gan roi ei gyllell i lawr.

'Mi oedd hi'n ddrwg gan Osian nad oedd o wedi medru bod efo hi ddoe, ond mi fu'n rhaid i ni fynd i'r c'nebrwn. Mi aethon ni ar gefn y stalwyn a'r hen gaseg ddu, ac mi ddaethon yn ein holau bron yn syth ar ôl y gwasanaeth. Ma'r hen gaseg ddu wedi blino'n gynddeiriog. Prin ma' hi wedi bod ar ei thraed heddiw. Mi gollodd un o'i phedolau hefyd ... 'ta waeth, ma' Meinir yn well, a dyna ydi'r peth pwysica.'

'Ia wir,' cytunodd Tomos. 'Un munud roedd hi'n helpu Siân i bobi, a'r munud nesa mi oedd hi ar lawr yn ymladd i geisio cael 'i gwynt. Mi oeddan ni'n meddwl 'i bod hi'n mynd i'n gadael ni. Oeddan wir. Does gen i ddim syniad be faswn i'n neud heb fy hogan bach. Dim ond ag un plentyn y cafodd Siân a finna ein bendithio, a be faswn i'n neud heb 'run?'

Plygodd William ei ben. Roedd siarad wedi mynd yn drech na'i gyfaill.

'Dos drwadd i'r tŷ i'w gweld hi, William.'

Yn y Weirglodd Wen, cofiodd Lowri am y cig moch.

'Mae pen Nhad fel gogor,' meddai'n ddig. 'Ma' siŵr 'i fod o'n disgwyl i mi fynd yno ar 'i ôl o efo'r cig. Magi, mi gei di fynd. Mae o yn y bwtri ar y bwrdd.'

Ufuddhaodd Magi. Roedd yn ddarn mawr o gig, wedi cael ei lapio mewn darn o ddefnydd gwyn, ac yn hynod o drwm. Ochneidiodd wrth feddwl am orfod ei gario'r holl ffordd i Dŷ Grug, ond cychwynnodd ar ei thaith.

Curodd William ar y drws yn ysgafn, a galw 'helô' yn dawel. Doedd arno ddim eisiau deffro'r claf os oedd hi'n cysgu. Adnabu Siân ei lais.

'Ty'd i mewn, ond gad y drws ar agor. Ma' hi'n llesol cael awyr iach drwy'r tŷ a chael gwared ar oglau'r eli 'na roddon ni ar frest Meinir.'

Tynnodd William ei gôt a'i rhoi ar fachyn y tu ôl i'r drws, ac eisteddodd wrth y bwrdd gyferbyn â Siân.

'Wyddost ti be, mi ydw i wedi mynd braidd yn drwm fy nghlyw ar ôl y pigyn ges i yn fy nghlust dros y Dolig,' meddai Siân. 'Prin y clywis i dy lais di.'

'Na, dim ond galw'n ddistaw wnes i,' eglurodd William.

'P'run bynnag, wyddost ti'r eli 'ma ...'

Rhoddodd William ei law fawr ar law Siân, a thawelodd. Edrychodd y ddau ar ei gilydd yn ddwys a gofidus.

O'r diwedd, cyrhaeddodd Magi Dŷ Grug. Gwthiodd y cig yn erbyn y wal â'i chorff er mwyn rhyddhau ei llaw i guro ar y drws, ond cyn iddi allu gwneud hynny clywodd lais William.

'... sut mae fy hogan bach i?'

'Ma' hi'n well, siŵr o fod,' atebodd Siân.

Nid oedd Magi erioed wedi clywed William yn siarad mor dyner. Gwyddai na ddylai sefyll ar y rhiniog yn gwrando ond ni fedrai beidio – roedd arni eisiau clywed mwy.

'Yr andros fawr, ma'r eli 'na'n beth da. Ogla uffernol, ond dyna fo, ma' ...'

'Taw am yr eli 'na bob munud, wnei di, Siân? Ma' raid i ni wneud rwbath ynglŷn â Meinir ac Osian. 'Chân nhw ddim priodi.'

'Mi ydw i wedi bod yn ceisio'i pherswadio hi i beidio â'i briodi o gan ddeud y basa fo'n mynd ar ôl genod eraill ar y cyfle cynta.'

'Rydw inna wedi bod yn gwneud 'y ngora i dynnu sylw'r hogyn at genod eraill!' Roedd anobaith yn llais William erbyn hyn. 'O holl genod y plwy, pam oedd raid i Osian ddewis Meinir?'

'Ma' Tomos druan wedi bod yn poeni cymaint amdani yn ei salwch, ac ma' hynny'n gwneud i mi deimlo mor euog, hyd yn oed ar ôl yr holl flynyddoedd ...' Dechreuodd Siân wylo.

'Cheith hanner brawd a hanner chwaer ddim priodi. Tasan nhw'n cael plant, mi fasa rhyw wendid arnyn nhw, yn siŵr o fod!'

'Paid â chrio, Siân. Cofia na fasa gen ti ddim plentyn o gwbwl oni bai amdana i. P'run bynnag, y peth pwysica rŵan ydi atal y briodas.'

Roedd Magi'n syfrdan. Clywai ei gwaed yn curo yn ei gwddw a'i thalcen a theimlai'n benysgafn. Yn sydyn, dechreuodd y cig ddisgyn i lawr rhyngddi hi a'r wal. Ceisiodd gael gafael arno i'w godi'n ôl ond roedd yn rhy drwm, a llithrodd drwy'i dwylo i'r llawr.

'Be oedd y sŵn 'na?' gofynnodd William.

'Pa sŵn? Chlywis i ddim,' atebodd Siân.

Ni feiddiai Magi symud gewyn. Daliodd ei gwynt. Petai'n curo ar y drws rŵan, efallai y buasai William a Siân yn sylweddoli ei bod wedi bod yno'n ddigon hir i glywed eu sgwrs.

'Duwadd – Magi!

Neidiodd Magi mewn dychryn.

'O, Tomos, chi sy 'na!'

'Mi ddoist ti â'r cig. Diolch yn fawr.' Plygodd i'w godi oddi ar y llawr. 'Wel, paid â stwna yn fanna – dos i mewn. Mae William drwadd efo Siân.' Aeth y ddau i mewn.

'Drychwch pwy oedd yn sefyll ar y rhiniog fel robin goch bach!' Trodd William a Siân i edrych ar Magi, cyn troi i edrych ar ei gilydd.

'Be sy?' gofynnodd Tomos yn gynhyrfus. 'Ydi Meinir yn iawn?'

'Ydi, ma' Meinir yn iawn,' atebodd ei wraig.

'O – ro'n i'n dechra meddwl bod rwbath mawr o'i le wrth edrych ar wynebau'r ddau ohonoch chi.'

'Trafod y tywydd tamplyd 'ma ydan ni. Does ryfedd yn y byd fod Meinir wedi cael clefyd ar ei brest.'

Roedd ateb Siân yn ddigon i fodloni Tomos, a cheisiodd Magi ymddwyn yn hollol ddi-hid o dan lygaid barcud William, oedd yn ei gwylio'n ofalus.

Pan gyrhaeddodd Magi yn ôl i'r Weirglodd Wen roedd Cadi wrthi'n pobi.

'Sut ma' Meinir heddiw?'

Disgynnodd Magi'n un swp ar y gadair a rhoi ei phen yn ei dwylo.

'O, bobol bach,' ebychodd Cadi, 'ydi hi mor ddrwg â hynna?'

'Nac'di. Ma' hi'n mynd i fod yn iawn,' atebodd Magi'n swta.

'Wel, be sy 'ta?'

'Ma' William yn ddyn ofnadwy.'

'Ma' pawb yn gwybod hynny,' meddai Cadi gan wenu.

'Na, Cadi. Mae o'n waeth nag ofnadwy. Mae o wedi gwneud rwbath mawr i Tomos Tŷ Grug – i'w ffrind penna.'

'Be, Magi?'

'Tomos druan.'

'Deud wrtha i, Magi!' Roedd Cadi ar fin colli ei hamynedd.

Yn araf bach ailadroddodd Magi sgwrs William a Siân.

'Wyt ti'n siŵr, Magi? Ella dy fod di wedi camddallt.'

'Na, Cadi. Mi wn i'n iawn be glywis i,' atebodd Magi.

Ystyriodd y ddwy'r newyddion yn fud cyn i Magi neidio ar ei thraed â rhyw egni syfrdanol.

'Dwi am ddeud wrth William 'mod i'n gwbod mai fo ydi tad Meinir!'

'Pam, yn enw'r dyn? Wyt ti wedi mynd yn hollol hurt?

'Mi ydw i hefyd am ddeud wrtho fo 'mod i am ddeud ei gyfrinach wrth Osian os na gytunith o i roi fy nhŷ'n ôl i mi.'

'Wyt ti wedi colli dy synhwyrau? Fasa dy fywyd di ddim gwerth ei fyw tasat ti'n herio'r Mistar!'

'Mi ddeuda i wrtho fo fory.'

*   *   *

Deffrodd Magi o flaen Cadi. Ymestynnodd ei chorff nes bod bodiau ei thraed bron â chyrraedd allan o waelod y gwely. Roedd ganddi dasg anodd o'i blaen, ond teimlai'n hynod hyderus. Cododd yn ddistaw, gwisgo amdani a rhoi ei gwallt yn ei le cyn mynd i lawr y grisiau. Erbyn i Cadi godi, roedd Magi wedi gorffen golchi pentwr o ddillad a'u rhoi ar yr eithin i sychu ac yn eistedd ar risiau llofft yr ŷd. Roedd yr haul yn codi'n araf yn y dwyrain ac yn codi sglein ar ddail ifanc y coed derw. Yn ôl pob golwg roedd yn mynd i fod yn ddiwrnod hyfryd, o ystyried mai diwedd mis Mawrth oedd hi. Llanwodd Magi ei hysgyfaint yn araf â'r awyr iach a sychu chwys dychmygol oddi ar ei thalcen.

Roedd hi am gornelu William heddiw: rhannu ei gyfrinach, ei drywanu i ddyfnderoedd ei galon. Gwyddai na fuasai'r gŵr mawr yn gallu dygymod â'r stori amdano fo a Siân Tŷ Grug ar wefusau pawb yn yr ardal, ac roedd hefyd yn sicr na fuasai William eisiau troi'r drol yn ei berthynas â Tomos, ei gymydog a'i ffrind. Fyddai hyd yn oed Tomos ddim yn gallu maddau i William am frad mor giaidd â hyn.

Roedd yn henderfynol o gael ei thŷ yn ôl. Beth fuasai ei rhieni wedi'i feddwl ohoni os na fuasai o leia'n rhoi cynnig ar sicrhau dyfodol iddi hi a Sioned? Edrychodd Magi yn syth o'i blaen gan gymryd arni fod William yn sefyll yno, a dweud: 'Mistar, mi wyddoch chi'n iawn 'mod i wedi clywed pob dim ddeudoch chi a Siân ddoe. Mae Tomos wedi bod yn ffrind i chi ers blynyddoedd, a dyma sut rydach chi'n talu iddo am ei gyfeillgarwch? Mi ddyla fod arnoch chi gywilydd mawr. A be am Osian a Meinir? Maen nhw'n frawd a chwaer, ac ar fin priodi. Mistar, os na rowch chi'r Bwthyn Bach yn ôl i mi, mi ddeuda i wrth Tomos – ac Osian a Meinir a phawb. Be sy gynnoch chi i'w ddeud am hynny?' Gorffennodd Magi ei llith gan ddychmygu William yn crefu arni i gau ei cheg, ac yn addo ei thŷ yn ôl iddi. Dringodd i lawr grisiau llofft yr ŷd a cherdded yn ôl i'r tŷ gyda hunanhyder ym mhob cam.

Pan ddaeth William i lawr o'r llofft ychydig yn ddiweddarach, sylwodd Cadi ar yr olwg filain oedd yn ei lygaid pan edrychodd ar Magi.

'Paid â bod dy hun efo fo,' siarsiodd Cadi, pan oedd y ddwy ohonynt yn y bwtri.

'Does gen i ddim ofn y cythraul rŵan,' meddai Magi'n herfeiddiol.

Synnodd Cadi ei chlywed yn siarad mor ddewr.

'Wel ... paid â bod yn ormod o ddynes. Wyddost ti ddim be neith dyn fel fo os caiff o ei gornelu.'

Ar ôl awr o blicio tatws a moron clywodd Magi sŵn cerddediad trwm, unigryw, William yn croesi'r buarth. Cyflymodd ei chalon. Llowciodd gwpanaid o laeth enwyn a rhedeg allan ar ei ôl i'r stabl. Doedd hi erioed wedi bod yno o'r blaen. Lle'r dynion oedd y stabl, ac yn llofft y stabl byddai'r gweision yn cysgu.

Wrth iddi nesáu ato, gwelai fod y stabl yn lle tywyll, diffenestr. Ni welsai'r wal gefn lygedyn o haul erioed, ac yn erbyn y wal honno roedd hen daclau'r ceffylau ar hyd yr oesau yn bentyrrau blêr. Go brin y gwyddai neb beth oedd yno'n hollol, a go brin fod rhyw lawer o wahaniaeth gan neb beth oedd yno chwaith.

Yn erbyn y wal ar y chwith roedd bwrdd cul yn ymestyn bron o'r drws i ddyfnderoedd y tywyllwch yn y cefn, ac arno hen focsys, hoelion, pedolau a phob math o gelfi, i gyd yn ddwl a llwyd. Roedd William yn gwargrymu dros y bwrdd â morthwyl yn ei law, yn curo hen bedol yn ôl i'w siâp.

'Mistar?' mentrodd Magi alw arno o'r drws. Nid edrychodd William arni na stopio curo'r bedol.

'Mistar Jones,' meddai eto.

'Be tisio?' gofynnodd, heb droi ei ben.

'Mistar, mi wn i mai chi ydi tad Meinir.' Ni allai Magi gredu mai hi oedd yn siarad. Rhoddodd William y bedol ar y bwrdd, ac yn ara deg trodd i edrych yn herfeiddiol ar Magi, y forthwyl yn ei law.

'O ia – a sut mae o'n fusnas i ti'r diawl? Ro'n i'n gwbod dy fod ti'n clustfeinio ar stepen drws Tŷ Grug ddoe.'

'Dwi am ddeud wrth Osian,' meddai, gan geisio cadw ei llais yn gryf a gwastad. Aeth William yn fud, ac edrychodd ar ei draed. 'Ond ddeuda i ddim os ca' i fy nhŷ'n ôl.' Yn yr eiliadau

hir o ddistawrwydd dechreuodd Magi gredu ei bod ar fin ei
drechu.

Cododd William ei ben.

'Sut wn i y cadwi di at dy air?' gofynnodd.

'Mi fedrwch chi ddibynnu arna i, Mistar Jones. Ddeuda i
ddim gair wrth neb.'

Dechreuodd William gerdded yn araf tuag ati.

'Na wnei siŵr,' meddai mewn llais mwyn.

'Felly mi ga' i fy nhŷ yn ôl?'

'Cei siŵr iawn,' meddai, 'os ddeudi di ddim wrth neb.'

Ni allai Magi gredu pa mor hawdd fu taro'r fargen â William.

'Diolch,' meddai, a throdd i gychwyn yn ôl ar draws y buarth
i'r tŷ.

'Magi ... cyn i ti fynd, ty'd yma i mi gael dangos yr hen
gyfrwy 'ma i ti. Wyt ti'n meddwl y basa fo'n iawn i'r hen gaseg?'
Nid ocdd William erioed wedi bod mor gyfeillgar â hi, felly
dychwelodd Magi, er y gwyddai na allai roi ei barn ar y cyfrwy.
Yn sydyn, gafaelodd William yn dynn ei braich a'i thynnu ar ei
ôl i gefn y stabl. Teimlai Magi ci hun yn yn baglu ac yn taro'i
choesau wrth gael ei llusgo i'r tywyllwch. Gwthiodd William hi
i lawr. Syrthiodd ar rywbeth caled a theimlodd lafn miniog yn
claddu i'w chefn. Safai William fel cawr drosti wrth dynnu ei
wregys lledr oddi am ei wasg. Syrthiodd ei glos am ei bengliniau.

'Wyt ti am ddeud wrth Osian rŵan, y diawl? Pwy wyt ti'n
feddwl wyt ti'r uffern, yn deud wrth William Jones, y Weirglodd
Wen, be 'di be? Dwyt ti ddim yn mynd i ddeud wrth Osian, a
dwyt ti ddim yn mynd i gael dy dŷ yn ôl chwaith.' Roedd arogl
sur William yn llenwi ei ffroenau a'i cheg a throdd ei phen i'r
ochr. 'Tro i edrych arna i'r cythraul.'

Ufuddhaodd ond daliodd ei gwynt, yn barod am y gurfa
oedd yn sicr o'i blaen.

Cododd William ei sgert a gafael yn ei choes. Plygodd yn
nes ati.

'Os na fyddi di'n cau dy geg, mi fyddi di yn yr un cyflwr â'r
forwyn oedd yma o dy flaen di.' Sgrechiodd Magi, ond

rhoddodd William ei law ar draws ei cheg. 'Cau dy geg, ddeudis i, os nad wyt ti isio clustan hefyd,' bygythiodd. 'Ma' gafael yn dy goes di yn fy atgoffa o Myfi ... ond mi oedd Myfi wedi dysgu peidio â sgrechian.'

Ni wyddai Magi beth i'w wneud. Ni fu erioed mewn sefyllfa mor frawychus. Crefodd ar William i'w gollwng, gan wingo a chicio hynny allai hi.

'Mi adawa i i ti fynd ... y tro yma.' Cododd William ei glos pen-glin a chau ei wregys yn ôl am ei ganol. 'Dos, y diawl, a phaid byth â meddwl y gwnei di fistar arna i!'

Ymbalfalodd Magi drwy'r llanast nes yr oedd hi'n ôl yn yr awyr iach. Rhedodd i'r tŷ ac yn syth i'r llofft, ei hwyneb fel y galchen. Gorweddodd yn swp bach ar y gwely, yn crynu fel deilen. Rŵan gwyddai pwy oedd tad babi Myfi.

Pennod 8

Tynnodd Rhys Llain y Dryw ei fysedd drwy'i wallt cyn taro'i gap yn ôl ar ei gorun. Sodro'i wallt o dan ei gap oedd yr unig ffordd i gadw'r modrwyau aur o dan reolaeth. Roedd llawer o'i ffrindiau wedi dweud wrtho y byddai ei wallt yn denu'r genethod, ac yn ddeunaw oed, roedd o'n hyderus na fuasai'n colli ei wallt, fel ei dad, cyn iddo ddod o hyd i wraig. Gwargrymodd fymryn i fynd i mewn i sgubor Tŷ Grug, neu 'yr ysgol' fel y galwai pawb y lle erbyn hyn. Fe'i trawyd gan gymysgedd o aroglau canhwyllau'n llosgi a gwair ffres ar lawr.

Roedd cryn ddeg ar hugain o bobol wedi ymgynnull yno'n barod. Eisteddai teulu Tŷ Grug yn selog ar un o'r meinciau, ac yn ôl pob golwg nhw oedd yr unig rai oedd wedi cael amser i dwtio ychydig arnynt eu hunain. Roedd pawb arall wedi dod yn syth o'u gwaith, ac arogl y tir a'r anifeiliaid ynghlwm wrth eu dillad a'u gwalltiau.

Chwarddodd criw o lanciau'n afreolus o gornel chwith y sgubor. Aeth Rhys atynt i wrando ar stori Sioni'r Graig, yn falch fod rhai o'i ffrindiau wedi penderfynu dod i ddysgu darllen hefyd.

Wedi i fwy o bobol gyrraedd, y mwyafrif ohonynt yn weision a morynion, curodd Mr Roberts yr offeiriad ei ddwylo i dawelu'r dosbarth. Cymerodd Rhys gipolwg sydyn o'i gwmpas. Ni wyddai'n sicr sut i ymddwyn na beth i'w ddisgwyl. Roedd wedi mynychu gwasanaethau'r eglwys droeon a gwelodd ryw debygrwydd rhwng y ddau le – efallai mai presenoldeb yr offeiriad oedd yn gyfrifol am hynny.

Ni wyddai'n hollol pam y daeth i'r ysgol. Roedd yn awyddus i ddysgu darllen, mae'n debyg, ond roedd y cyfle i gyfarfod pobl ifanc eraill, yn enwedig genethod, yn apelio mwy ato na'r gwersi. Roedd wedi clywed cryn dipyn o sôn am forwyn fach newydd y Weirglodd Wen, a meddyliai'n sicr y buasai hi yno. Gadawodd i'w lygaid lithro'n araf o un fainc i'r llall a gwenodd yn slei ar un neu ddau yr ochr arall i'r sgubor.

'Croeso i chi i gyd i'r ysgol,' anerchodd Mr Roberts hwy. 'Mae'n dda gweld cymaint ohonoch yma heno ar ôl diwrnod hir o waith. Diolch o galon i chi am eich cefnogaeth. Mi fuaswn yn hoffi estyn fy niolchgarwch diffuant i deulu Tŷ Grug am adael i ni gynnal yr ysgol yma.' Gwenodd ac ymgrymu i gyfeiriad Tomos a Siân. 'Hefyd mae'n fraint o'r mwyaf gen i gyflwyno i chi ddau feistr galluog a dawnus. Byddant yn gymorth i chi yn ystod yr wythnosau nesaf pan fyddwch yn dysgu darllen gair Duw ein Tad yn yr Ysgrythur Lân, a dysgu rhannau o'r Catecism.'

Trodd y ddau athro i edrych ar eu disgyblion. Safai'r ddau fel delwau, un bob ochr i Mr Roberts. Suddodd calon Rhys. Roedd wedi tybio y câi ychydig o hwyl yn yr ysgol, ond ar ôl gweld y meistri hunanbwysig, newidiodd ei feddwl yn llwyr. Edrychai un o'r meistri'n fwy llym a sarrug na'r llall, a gobeithiai Rhys nad hwnnw fyddai ei athro ef.

'Mae'r ddau yn feistri profiadol iawn ac wedi cael eu hyfforddi gan y cewri, Griffith Jones a Madam Bevan,' meddai Mr Roberts.

'Pwy?' gofynnodd un o'r dynion.

'Taw,' ceryddodd ei wraig gan roi hergwd iddo.

'Yn ddiweddar, maen nhw wedi dysgu degau ar ddegau o bobol a phlant i ddarllen ar hyd a lled Cymru. Rhagwelaf yr un llwyddiant yma hefyd yn Sarn Mellteyrn. Wrth ddyfalbarhau a mynychu'r ysgol yn ddiwyd a chyson, dylech lamu yn eich blaenau a gwneud cynnydd aruthrol yn eich dawn i ddarllen. Felly, dyma Mr Parry ar fy llaw chwith a Mr Pritchard ar y dde.' Plygodd y ddau eu pennau wrth i Mr Roberts eu cyflwyno.

'Mr Roberts, diolch o galon am eich croeso cynnes a'ch geiriau caredig,' meddai Mr Pritchard. 'Cyfarchion i chi hefyd, ysgolheigion. Da eich gweld yn meddu ar yr egni, y brwdfrydedd a'r awch i ddysgu darllen, ond mae'n rhaid i chi sylweddoli na all Mr Parry na minnau drosglwyddo ein dawn i chi heb gytundeb llwyr a diffuant ar eich rhan chi.'

'Yn union,' ategodd Mr Parry. 'Fel yr eglurodd Mr Roberts, rydym yn crwydro o ardal i ardal yn dysgu pobol a phlant i ddarllen. Fel rheol, byddwn yn cynnal yr ysgolion yn ystod misoedd y gaeaf yn unig ond roedd Mr Roberts yn awyddus iawn i ni ddod i'ch plith er ei fod yn wanwyn. Byddwn yma am dri mis, a hoffem ddechrau'r wers heno drwy ddysgu'r wyddor.'

Ar ôl treulio munudau maith yn dysgu'r wyddor, edrychodd Rhys o'i gwmpas. Roedd arno ofn mai fo oedd yr unig un na allai wneud na phen na chynffon o'r llythrennau. Edrychodd i gyfeiriad y drws. Tybed a allai sleifio allan heb i neb ei weld, neu efallai ddweud ei fod yn wael? Cawsai ei siomi braidd nad oedd morwyn fach y Weirglodd Wen yno. Erbyn iddo sylwi'n fanylach, nid oedd neb o'r Weirglodd Wen yn bresennol. Efallai eu bod wedi anghofio am yr ysgol, ncu bod William Jones wedi darganfod cant a mil o swyddi i bawb fel na allen nhw ddod.

Rhoddodd Rhys gynnig arall ar geisio dysgu'r wyddor, a'r tro hwn cafodd fwy o lwyddiant. Anghofiodd bopcth am y forwyn fach a gwrando'n astud ar y meistri. Nid oedd Mr Pritchard mor filain ag y tybiodd, ac ymlaciodd Rhys fymryn i ganolbwyntio ar ddysgu adnabod y llythrennau.

'Dwi'n falch 'mod i wedi dŵad yma heno,' sibrydodd Rhys yng nghlust Sioni'r Graig. Nodiodd hwnnw ei gytundeb.

Draw yn y Weirglodd Wen roedd pawb a'u pennau yn eu plu. Syllai Lowri, Cadi a Magi yn fud i'r tân – ond roedd calonnau'r dair yn yr ysgol.

'Pam fod rhaid i Nhad fod mor styfnig?' gofynnodd Lowri o'r diwedd. 'Mi fydd pawb yn medru darllen ond ni, hyd yn oed y plant, ac yn cael hwyl am ein penna' ni.'

'Ma' siŵr na faswn i byth bythoedd yn medru dysgu darllen beth bynnag,' meddai Cadi. 'Ma' isio bod yn alluog iawn i fedru darllen.'

'Mi faswn *i*'n dysgu darllen taswn i'n cael hanner siawns,'

meddai Magi, a'i llais yn finiog fel siswrn. Trodd y ddwy arall i
edrych arni mewn syndod. 'A rhyw noson mi ydw i am fynd i'r
ysgol,' meddai'n herfeiddiol.

'Wel, ma'n well i ti beidio â deud wrth Nhad,' rhybuddiodd
Lowri.

'Ddeith o ddim i wybod, os na ddeudith rhywun wrtho fo!
Ddaw un ohonoch chi efo fi?'

Edrychodd y ddwy ar ei gilydd cyn ysgwyd eu pennau.

'O'r gora – mi a' i fy hun ryw noson,' meddai Magi. Cododd
ac aeth i'r bwtri am ddiod o lefrith.

Pennod 9

'Dydd Sul yr Ynyd, dydd Sul hefyd,
Dydd Sul a ddaw, dydd Sul gerllaw,
Dydd Sul y Meibion, dydd Sul y Gwrychon,
Dydd Sul y Blodau, Pasg a'i ddyddiau,'

Llafarganai Cadi wrth bobi, ei breichiau'n symud gyda rhythm y pennill.

'Pa ddydd Sul sy nesa, Cadi'?' gofynnodd Magi.

'Wel, y dydd Sul dwytha, os wyt ti'n cofio, mi aeth y gweision adra i weld eu mamau. Ma'n siŵr dy fod ti'n cofio i Iolo anghofio cael rwbath i'w fam, felly mi ges i afael ar ryw hen ganhwyllbren iddo fo o rywle.'

'Tybed be feddyliodd 'i fam o pan gafodd hi ganhwyllbren oedd yn gant oed?' chwarddodd Magi.

'Felly, dydd Sul y Gwrychon, neu Sul y Pys, sydd nesa,' meddai Magi, gan ateb ei chwestiwn ei hun.

'Ia, felly ma' raid i ni roi'r pys i fwydo mewn llefrith heno cyn mynd i'n gwlâu. Fory, gadael iddyn nhw sychu ac ar ôl hynny mi fyddan nhw'n barod i'w berwi ddydd Sul,' eglurodd Cadi. Gwyddai Magi yn iawn sut i wneud y pys ar ôl gweld ei mam yn eu paratoi a'u berwi, ond wnaeth hi ddim dweud hynny wrth Cadi.

'Wyt ti'n gwbod pam fod yn rhaid i bawb fwyta pys ar Sul y Pys, Cadi?'

'Am mai dyna ydan ni wedi'i neud erioed.'

'Ond pam?'

'Sut y gwn i?'

'Pam roedd yr hen bobol bob amser yn gwisgo du yn ystod y Grawys 'ta?' gofynnodd Magi eto.

'Tydw i ddim yn gwybod yr ateb i hynna chwaith. Paid â

holi, Magi, a ty'd i fy helpu fi efo'r pobi 'ma. Tydi meddwl gormod ddim yn lles i neb.'

'Pam?' gofynnodd Magi.

Trodd Cadi ei phen yn araf i edrych arni a gwyddai Magi y dylai fod yn ddistaw, ond mentrodd un cwestiwn arall.

'Pam 'i bod hi'n anlwcus priodi yn ystod y Grawys?'

Sylweddolodd Cadi mai tynnu ei choes hi oedd Magi, a gafaelodd mewn dyrnaid o flawd a'i daflu ati.

'Ha – mi wyt ti'n edrych fel hen ddynes rŵan efo dy wallt gwyn,' chwarddodd Cadi. 'Mae'n well i ti wisgo du!' Ysgydwodd Magi ei phen a disgynnodd y blawd fel haenen denau o eira ar y llawr.

'Ni saif eira yn Ebrill

Mwy nag wy ar ben ebill.'

Ciciodd Magi'r blawd o gwmpas y bwtri wrth ganu, gan godi ei choesau'n uchel a brasgamu'n blentynnaidd, ond rhewodd pan sylwodd fod Cadi wedi distewi ac yn edrych i gyfeiriad y drws. Trodd ei phen yn araf a gweld Osian, oedd a gwên fechan ar ei wyneb. Gwridodd Magi a rhuthrodd i nôl yr ysgub.

'Paid â stopio dawnsio o f'achos i,' meddai Osian. Rhoddodd Magi ei phen i lawr ac ysgubodd fel gwalch.

'Pam 'i bod hi'n anlwcus priodi yn ystod y Grawys?' gofynnodd Osian wrth droi i fynd allan o'r bwtri.

'Ma' raid 'i fod o'n gwrando arnon ni ers meitin,' sibrydodd Cadi ar ôl iddo fynd yn ddigon pell, a rhoddodd Magi ei phen yn ei dwylo.

Bu'r ddwy yn gweithio'n ddiwyd wedi hynny nes bod y dorth olaf wedi ei chrasu. Agorodd Cadi'r drws allan ac aeth y ddwy i sefyll ar y rhiniog er mwyn i'r awel oeri eu bochau cochion.

'Be wna i, Cadi, pan fydd hi'n Sul y Blodau? Fedra i ddim mynd i dwtio bedd Mam a rhoi bloda arno fo.'

Crychodd Cadi ei thalcen.

'Hidia befo.'

'Hidia befo?' ailadroddodd Magi'n syn.

Sylweddolodd Cadi ei bod wedi siarad yn fyrbwyll a brysiodd i gywiro'i hun.

'Am ddeud o'n i yr aiff Siani Prys a Sioned i roi bloda ar fedd dy fam a dy dad.'

Roedd Magi'n adnabod Cadi'n ddigon da erbyn hyn i wybod nad oedd malais yn ei geiriau, ond doedd hynny, hyd yn oed, ddim yn ddigon i'w chysuro.

*　　*　　*

Fore Sul y Blodau daeth Lowri i lawr o'r llofft wedi'i lapio'i hun yn ei charthen ac yn edrych yn wantan iawn. Roedd gwrid ar ei hwyneb ac edrychai ei llygaid yn glwyfus. Aeth yn syth i eistedd o flaen y tân.

'Dos yn ôl i dy wely,' cynghorodd Cadi hi. 'Mi edrychith Magi a finna ar ôl pob dim.'

'Ond mi ddylwn i fynd i'r llan i dwtio bedd Mam a rhoi tusw o friallu arno fo,' meddai Lowri, bron â chrio.

Roedd yn anodd gwybod p'un ai gwaeledd ynteu ei hanallu i fynd i'r llan a barai'r boen fwyaf iddi. Penderfynodd Cadi beidio dweud 'hidia befo', gan gofio ymateb Magi yr wythnos cynt.

'Mi aiff Osian,' meddai, gan geisio ymddangos yn hwyliog, 'ar ôl i mi hel tusw o friallu iddo fo. Mae 'na ddigonedd ohonyn nhw'n tyfu ar lan yr afon.'

Nid oedd gan Lowri egni i anghytuno, a chan nad oedd ganddi stumog i fwyta dim, aeth yn ei hôl i'r llofft yn ei chwman. Aeth Cadi i chwilio am Osian.

Yn ystod y nos roedd wedi bwrw cawod drom, a disgleiriai pelydrau'r haul yn y pyllau ar y buarth. Cododd Cadi ei llaw i gysgodi ei llygaid wrth gamu rhyngddynt, ac ar ôl cyfleu ei neges i Osian, oedd wrthi'n carthu'r beudy, aeth yn ei blaen tuag at yr afon.

Roedd y gawod wedi gwneud y llethr i lawr at lan y dŵr yn fwdlyd a llithrig. Cododd Cadi ei sgert er mwyn ei chadw'n lân, a throediodd yn ofalus i gyrraedd y briallu. Teimlai ei hun yn llithro bob hyn a hyn ar y glaswellt gwlyb, ond cyrhaeddodd y briallu a chasglu cryn ddwsin ohonynt cyn cychwyn yn araf yn ôl i fyny'r llethr. Roedd bron â chyrraedd y brig pan redodd ffwlbart ar draws ei thraed. Yn ei dychryn, sglefriodd i lawr y llethr a disgyn fel sachaid o flawd. Roedd yn dal i afael yn y briallu ond roedd gwayw annioddefol yn ei ffêr chwith. Prin y gallai roi ei phwysau ar ei throed a diolchodd nad oedd yn bell iawn o'r tŷ.

Herciodd yn ei hôl i'r tŷ a thaflu'r briallu ar y bwrdd, yn griddfan yn uchel. Rhuthrodd Magi o'r bwtri.

'Be goblyn ddigwyddodd i ti?'

Adroddodd Cadi stori'r gwymp.

'Fedra i ddim mynd efo Osian i'r fynwent rŵan. Ma' raid i ti fynd, Magi. Mi fasat ti'n medru cymryd arnat mai bedd dy fam ydi o, a ...'

'Cadi!' dwrdiodd Magi. 'Sut ar y ddaear fedra i gymryd arna' mai bedd Mam ydi bedd mam Osian? Wyt ti wedi colli dy synhwyrau? Mi gei di fynd efo Osian – mi wna i ffon i ti!'

'Na, Magi, nid dyna roeddwn i'n drio'i ddeud,' meddai Cadi'n gyflym, yn sylweddoli ei bod wedi rhoi ei throed ynddi unwaith yn rhagor. 'Gan na fedri di ddim mynd at fedd dy fam, ro'n i'n meddwl ella basat ti'n medru deud rhyw weddi fach drosti wrth helpu Osian i dwtio bedd 'i fam o.'

Meiriolodd Magi, gan sylweddoli bod ei chyfaill mewn cryn boen, a chytunodd i fynd i'r fynwent, petai Osian yn mynnu.

Pan ddaeth Osian i'r tŷ ar ôl gorffen carthu dangosodd Cadi'r clais dugoch, chwyddedig iddo, a oedd erbyn hyn wedi ymledu ar draws ei ffêr a thipyn o'i throed.

'Felly ro'n i'n meddwl y basa Magi'n mynd efo chdi i roi'r briallu 'ma ar fedd dy fam,' meddai, gan amneidio at y tusw llipa ar y bwrdd.

'Magi, mi gei di benderfynu a wyt ti isio dŵad efo fi,' meddai Osian, ar ôl eiliadau hir o dawelwch.

'Chdi ydi'r mistar – chdi ddylai benderfynu,' atebodd Magi.

'Mi benderfyna i drostach chi,' torrodd Cadi ar eu traws, wedi cael digon ar y tin-droi. 'Magi, dos efo Osian i'r fynwent. Dyma'r briallu. Ewch rŵan cyn i chi newid eich meddyliau.' Roedd Cadi yn falch o gael llonydd i rwbio'i ffêr.

Roedd y llwybr i'r eglwys yn fudr dan draed, felly cerddodd y ddau ar y glaswellt.

'Faint oedd dy oed di pan fu dy fam farw?' gofynnodd Magi.

'Deg.'

'O.' Wyddai Magi ddim a ddylai fod wedi gofyn, na beth i'w ddweud nesaf.

'Mi syrthiodd i lawr y grisia, a marw yn y fan a'r lle.'

'O, brensiach!'

'Roedd Nhad efo hi yn y llofft. Mi oeddan nhw'n ffraeo a gweiddi ar ei gilydd, fel y byddan nhw'n gwneud ... rwbath ynglŷn â Nhad yn mynd i Dŷ Grug yn rhy aml.'

'O.'

'Mi ddeudodd Nhad nad oedd hi'n edrych i ble oedd hi'n mynd gan 'i bod hi mewn tymer mor ddrwg, a dyna pryd syrthiodd hi i waelod y grisia.'

Ceisiodd Magi ddychmygu'r digwyddiadau.

'Fu hi erioed 'run fath acw ar ôl hynny.' Clywodd Magi'r tristwch yn llais Osian. 'Mi oedd ganddi wallt du, tonnog. Weithia, mi fydda i'n trio gweld ei hwyneb yn fy meddwl, ond mae'n anodd. Dwi wedi sylwi na fedra i ddim gweld ei hwyneb i gyd ar unwaith, dim ond darna ohono fo. Wedyn mi fydda i'n trio meddwl sut olwg sydd arni yn ei harch erbyn hyn, ac wedyn ...'

'Osian bach, paid â siarad fel'na. Tria'i chofio hi fel roedd hi pan oedd hi'n fyw. Dyna fydda i'n drio wneud pan fydda i'n meddwl am Mam a Nhad.'

Trodd Osian ei ben i edrych ar Magi a gwenodd wên drist.

'Ia, mi wyt ti'n iawn.'

Daeth y ddau at ddarn cul o lwybr oedd yn agos at ddibyn serth, ac eglurodd Osian mai tirlithriad mewn storm fawr oedd wedi difrodi'r tir.

'Mewn gwirionedd,' meddai, 'ddylen ni ddim cerdded ar hyd y llwybr 'ma achos mae o'n dal i fod braidd yn simsan, ond mae'n gynt na mynd trwy'r cae.'

Cytunodd Magi.

Yn y fynwent, anelodd Osian yn syth at fedd ei fam. Aeth i lawr ar un pen-glin ac ar ôl ychydig eiliadau tawel dechreuodd glirio'r glaswellt a'r chwyn cyn rhoi'r briallu ar y bedd. Sylwodd Magi fod coesau'r blodau wedi eu gwasgu cymaint yn ei llaw nes eu bod yn llaith ac yn glynu wrth ei gilydd.

'Bloda i chi, Mam,' sibrydodd.

Cododd y ddau a cherdded yn araf tuag at y llidiart. Daeth dynes i'w cyfarfod yn cario plentyn bach yn ei breichiau. Roedd ganddi un friallen yn ei llaw a llifai dagrau i lawr ei hwyneb. Pan welodd Osian, newidiodd ei gwedd.

'Bore da, Mair,' meddai Osian wrth fynd heibio iddi.

Ni ddywedodd y ddynes air, ond tynnodd ei gwynt i mewn drwy'i thrwyn yn uchel. Roedd y tristwch ar ei hwyneb wedi troi'n gasineb, ac edrychodd Magi ar Osian am eglurhad.

'Mam Myfi, fu'n forwyn acw,' oedd ei ateb.

Pennod 10

'Dacw 'nghariad i lawr yn y berllan,
Tw-rym-di ro rym-di ra-dl-i-dl-al,
O na bawn i yno fy hunan,
Tw-rym-di ro rym-di ra-dl-i-dl-al,
Dacw'r tŷ, a dacw'r sgubor,
Dacw ddrws y beudy'n agor,
Ffal-di-ra-dl-i-dl-al, ffal-di-ra-dl-i-dl-al,
Tw-rym-di ro rym-di-ra-dl-i-dl-al.'

Bloeddiai criw mawr o fechgyn eiriau'r gân nerth esgyrn eu pennau. Roedd cwrw Began, Sarn Fawr, wedi cael dylanwad eithaf negyddol ar y donyddiaeth, ond wedi bod yn gymorth mawr at gryfder y lleisiau. Crwydrent yn igam-ogam, ynghlwm wrth ei gilydd heb yr un ohonynt i'w weld yn tywys y lleill. Nid oedd ganddynt fawr o reolaeth dros eu breichiau a'u coesau a baglent yn ddiddiwedd dros eu traed eu hunain a thraed pawb arall, ond doedd neb yn cwyno gan ei bod yn ffair Clamai, a hwythau wedi bod yn gweithio fel coblynnod ers misoedd.

Fel pob Calan Mai ers cyn cof bu gweision a morynion y fro yn edrych ymlaen at weld ei gilydd am hwyl a miri, a Cadi, Magi a gweision y Weirglodd Wen yn eu plith. Nid oedd yn fawr o daith i'r Sarn o'r Weirglodd Wen, ond aeth Cadi, Magi a Lowri i'r ffair yn y drol, am nad oedd Lowri eisiau cerdded. Marchogaeth wnaeth Osian a'i dad, a thybiai Magi mai tipyn o orchest oedd hynny gan fod William eisiau pwysleisio i bawb ei fod yn ddigon cefnog i feddu ar ddigon o dir i gadw ceffylau.

Roedd Magi wrth ei bodd yn cael teithio drwy'r coed, heibio caeau'r Weirglodd Wen, heibio Tŷ Grug a'r eglwys a heibio'r felin wrth fynd i lawr yr allt serth i'r pentref. Dyma'r tro cyntaf i Magi gael golwg iawn ar Sarn Mellteyrn.

Gwelodd fod y pentref mewn dyffryn coediog â thair lôn yn cyfarfod ei gilydd yn ymyl y dafarn, ac nid oedd yn bosibl gadael y pentref heb ddringo un o'r gelltydd. Roedd pont yn uno dwy o'r lonydd ac oddi tani llifai'r afon drwy frwyn a gwreiddiau rhai o'r coed. Meddyliodd Magi pa mor braf fyddai byw mewn pentref, a pha mor hapus fyddai Sioned o gael digon o blant eraill i chwarae â nhw.

Roedd Magi wedi cael mymryn o gyflog gan Osian ac roedd arni eisiau prynu het neu gap i Sioned fel roedd hi wedi addo, a rhywbeth i Siani Prys am edrych ar ei hôl. Nid oedd arni eisiau dim iddi ei hun, ond prynodd bâr o sanau i Siani gan hen wreigen o'r Bala, a chap i Sioned o stondin arall. Wrth dalu am y cap sylwodd ar bentwr o siolau brethyn wedi eu plygu'n daclus, a chofiodd fel y bu i'w mam gynnig ei siôl ei hun iddi cyn iddi gychwyn i'r Weirglodd Wen. Llifodd ton fawr o hiraeth drosti.

'Ty'd, Magi, mi ydan ni yn y ffair!' Torrodd Cadi ar draws ei myfyrdod. 'Ew, mi ydan ni'n mynd i gael hwyl – ella medrwn ni ddŵad o hyd i gariad i ti!'

Yn ei miri, rhedodd Cadi yn syth i ganol y côr symudol, meddw. Gafaelodd un ohonynt ynddi, a chwarddodd y lleill wrth afael amdani nes ei bod yn gwingo fel pry mewn gwe.

'Gollyngwch fi, y diawliaid,' gwaeddodd, gan gymryd arni ei bod yn flin, a llwyddodd i'w thynnu ei hun yn rhydd yn eithaf rhwydd.

'Ylwch – mae 'na *ddwy* o genod yma,' meddai un arall o'r llanciau pan welodd Magi.

'Nag oes, chdi sy wedi yfed gormod. Mi wyt ti'n gweld dau o bob dim!' meddai un arall.

Rhywsut neu'i gilydd, er gwaethaf cyflwr niwlog ei ben, cafodd Rhys Llain y Dryw weledigaeth glir.

'Morwyn fach Weirglodd Wen wyt ti, yntê?' gofynnodd i Magi. Cymerodd ddau neu dri cham simsan tuag ati a chymerodd Magi ddau gam neu dri yn ôl, gan wasgu braich Cadi a chuddio'r tu cefn iddi. 'Dwi'n meddwl y do' i efo chi'ch dwy

... i gadw cwmpeini i chi.' Llithrodd geiriau Rhys o'i geg heb fwlch rhyngddynt.

'Mi ddo' inna hefyd,' datganodd y llanc cyntaf. 'Rhisiart ydw i, a dwi'n gweini ym Meillionydd. A Rhys Llain y Dryw ydi'r llob yma.' Cydiodd Rhisiart yn llaw Cadi a'i thynnu'n glòs tuag ato a rhoi clompen o gusan iddi ar ei boch.

Ni feiddiai Rhys fod mor fyrbwyll efo Magi, oedd yn edrych i lawr ar ei dwylo. Rhoddodd Rhys ei law dan ei gên a chodi ei hwyneb tuag ato.

'Dwi mor hyll fel na fedri di sbio arna i?' gofynnodd, gan wneud llygaid llo bach arni.

Cododd Magi ei golygon. Yn sefyll o'i blaen roedd llabwst o hogyn cryf oedd yn ceisio'i orau glas i'w chael i wenu. Estynnodd Rhys ei law tuag ati, ac ar ôl eiliad neu ddwy gafaelodd Magi ynddi gan wenu'n gynnil. Roedd Cadi a Rhisiart wedi diflannu, felly dechreuodd y ddau gerddcd law yn llaw drwy'r dyrfa. Teimlai Magi'n rhyfedd – roedd hwn yn brofiad newydd, estron – a lledodd ei gwên. Er nad oedd Rhys yn olygus iawn, sylwodd Magi fod ei wallt yn odidog. Buasai'n rhoi'r byd am gael cyrls fel ei rai o.

'Ty'd, mi awn ni i'r dafarn.'

'O, na! Tydw i erioed wedi bod mewn tafarn,' atebodd Magi'n bryderus.

'Wel,' meddai Rhys ar ôl meddwl am ennyd, 'be am i mi fynd i mewn i nôl diod, ac mi gei ditha aros amdana i y tu allan. Dim ond dau funud fydda i.'

Wrth aros am ei gwrw yn y dafarn brysur, dechreuodd meddwl Rhys grwydro. Doedd o ddim wedi disgwyl y byddai Magi mor ddel pan aeth o i chwilio amdani yn y ffair. Clywsai ei bod yn berchen ar dyddyn bach a thipyn o dir, a byddai hynny'n unig wedi bod yn ddigon i'w ysgogi i'w phriodi, ond byddai cael gwraig ddeniadol yn codi ei statws ymysg yr hogiau eraill hefyd. Roedd yr amseru'n berffaith, myfyriodd, a'i fam ar fin geni plentyn arall. Ac un ar ddeg ohonyn nhw yn eu tyddyn bychan yn barod, roedd ei fam wedi crybwyll droeon ei bod yn amser iddo chwilio am wraig. Byddai gwraig *a* chartref newydd yn well fyth. Allai o ddim peidio â brolio'i lwc pan welodd rai o'r bechgyn eraill wrth y bar.

Pan ddaeth allan, roedd Magi'n aros amdano.

'Cymer ddiod o'r cwrw 'ma.' Gwthiodd Rhys ei dancard i'w llaw.

'Tydw i erioed wedi yfed cwrw o'r blaen.'

'Mae 'na dro cynta i bob dim.'

Cododd Magi'r tancard yn araf at ei gwefusau a chymryd cegaid o'r cwrw. Roedd blas da arno – llawer gwell na dŵr a llaeth enwyn – ac yfodd ychydig mwy.

'Ma' well i ti beidio yfed llawer mwy,' chwarddodd Rhys, 'neu mi fyddi fel meddwyn!' Gorffennodd Rhys y cwrw mewn un dracht, a gadawodd ei dancard ar silff ffenestr y dafarn.

'Fasat ti'n hoffi cael rwbath o'r ffair?' gofynnodd Rhys.

'Does gen i ddim mwy o arian i brynu dim arall.'

'Does dim rhaid i ti gael arian,' gwenodd Rhys yn slei. 'Ty'd efo fi – mi gawn ni weld be fedrwn ni 'i gael i ti.'

Ni wyddai Magi beth oedd bwriad Rhys, ond dilynodd ef at stondin lle roedd dynes yn gwerthu basgedi ac ysgubau.

'Be ddefnyddioch chi i wneud y 'sgubau 'ma?' gofynnodd Rhys iddi.

'Bedw,' atebodd honno'n ddi-serch. Gallai synhwyro nad oedd Rhys yn bwriadu prynu dim, felly aeth i siarad â chwsmer arall. Gafaelodd Rhys mewn ysgub fechan a chymryd arno ei fod yn sgubo'r llawr.

'Rho hwnna'n ôl,' dwrdiodd y stondinwraig.

'Sbïwch!' Edrychodd Rhys dros ei hysgwydd, ac amneidio at rywbeth y tu ôl iddi. 'Mae 'na darw wedi dŵad yn rhydd!' Trodd y ddynes mewn braw a rhedodd Rhys i'r cyfeiriad arall efo'r ysgub yn ei law. Pan sylweddolodd Magi beth oedd yn digwydd, rhedodd hithau nerth ei thraed.

'Dowch yn eich hola, y diawliaid bach!'

Wnaeth Rhys a Magi ddim stopio rhedeg nes eu bod ymhell o olwg y stondinwraig flin.

'Welaist ti 'i hwyneb hi pan oedd hi'n meddwl bod tarw y tu ôl iddi?' chwarddodd Rhys.

'Do ... Be wnei di efo'r ysgub?'

'Ei rhoi hi i ti.'

Yn erbyn ei hegwyddorion, penderfynodd ei derbyn.

'Diolch, ond paid â dwyn dim byd arall.'

'O'r gora,' meddai Rhys, gan gymryd arno'i fod wedi derbyn ei gerydd.

Cerddodd y ddau yn eu blaenau drwy'r ffair. Roedd Rhys yn gwmni da, ac wrth i effaith y cwrw gilio, dechreuodd ddweud hanes ei deulu. Fo oedd yr hynaf o naw o blant, ac un arall ar ei ffordd, a chwynai nad oedd ei gartref yn ddigon mawr i'r teulu mwyach. Synnodd Magi fod Rhys yn gwybod cymaint amdani – gwyddai fod ei mam wedi marw yn ddiweddar a'i thad ers rhai blynyddoedd, gwyddai fod ganddi chwaer fach a gwyddai fod ganddi dyddyn. Pan ofynnodd iddo sut y cafodd yr holl wybodaeth, eglurodd fod rhai o'r bechgyn a fynychai'r ysgol wedi dweud llawer o'i hanes wrtho, ac wedi dweud ei bod hi'n ddel iawn. Roedd yn siomedig, meddai, pan ddarganfu nad oedd Magi'n mynychu'r ysgol yn Nhŷ Grug.

Gwnaeth yr holl ganmoliaeth iddi deimlo fel brenhines, ond roedd Magi hefyd ar dân eisiau gwybod mwy am yr ysgol.

'Mae'n rhaid dysgu'r wyddor a dysgu'r Catecism,' eglurodd Rhys. 'Wedyn, ar ôl dysgu'r wyddor, mi fyddan ni'n barod i ddechra darllen y Beibl.'

'Ydi hi'n anodd dysgu'r wyddor?'

'Mae rhai'n dysgu'n gyflymach nag eraill. Mi ydw i'n un ara deg iawn, yn cael trafferth cofio p'run ydi "b" a ph'run ydi "d", ond mi ydw i wedi bod yn trio dysgu rhannau bach o'r Catecism ar fy ngho'.'

'Mi faswn i'n hoffi medru darllen,' meddai Magi'n frwdfrydig, 'ac mi ydw i am ddŵad i'r ysgol ryw noson heb i'r mistar wybod.'

'Da iawn wir. Mi gei di ista efo fi, ac ella baswn i'n medru dy helpu di.'

Tra oeddynt yn siarad am yr ysgol daethant ar draws Osian a Meinir. Roedd Meinir yn falch o weld Magi a chododd ei llaw arni, ond edrychodd Osian ar Rhys a Magi heb ddweud gair. Gafaelodd Magi yn dynnach yn llaw Rhys a'i dynnu drwy'r llu o bobol yn y ffair.

Treuliodd Magi oriau hapus yng nghwmni Rhys. Roedd ganddo ddwsinau o hanesion a straeon i'w dweud, ac ar ôl cerdded o gwmpas a sgwrsio â'r naill a'r llall eisteddodd y ddau ar glogfaen ar ymyl y ffordd. Ymhen dim, ac ar ei ben ei hun, ymddangosodd Osian.

'Rhys, mi faswn i'n hoffi gair efo chdi.'

'O?'

'Ar ben dy hun.' Amneidiodd Osian i gyfeiriad ochr arall y lôn, a cherddodd Rhys ar ei ôl yno, allan o glyw Magi. Tybed oedd Osian am ofyn i Rhys ddod i'r Weirglodd Wen i weini, dyfalodd Magi.

Pan ddaeth Rhys yn ei ôl roedd pob cyhyr yn ei wyneb yn dynn a'i freichiau ymhleth. Safai Osian yng nghanol y lôn.

'Ma' raid i mi fynd rŵan,' meddai Rhys, 'ac ma' Osian yn deud 'i bod hi'n amser i titha gychwyn am adra hefyd.'

'Mi wela i di yn yr ysgol,' sibrydodd Magi.

'I'r dim.' Dechreuodd Rhys blygu ymlaen i roi cusan i Magi, ond gwelodd Osian drwy gil ei lygad a phenderfynodd beidio.

'Ty'd, Magi, ma'n rhaid i ni fynd adra.' Roedd llais Osian yn galetach nag arfer.

Teimlai Magi'n flin fod y ffair wedi dod i ben iddi mor ddisymwth, ond aeth yn ufudd at Osian.

'Lle ma' Meinir?'

'Ma' hi wedi mynd adra'n barod.'

Roedd yn dechrau nosi, y stondinwyr yn dechrau codi'u pac a'r da byw yn cael eu tywys i'w cartrefi newydd. Rhoddodd Osian ei fraich am ysgwydd Magi a'i thynnu hi mor dynn tuag ato nes y gallai glywed ei galon yn curo drwy'i grys.

'Ma' raid i rywun edrych ar d'ôl di, yn rhaid,' meddai. Gwyddai Magi y dylai fod yn ddig hefo fo am wneud iddi adael

Rhys, ond rywsut, wrth iddi edrych arno yn y gwyll, nid oedd yn ddig o gwbl. Roedd hi wedi cael amser gogoneddus yn y ffair, ac roedd hi'n cerdded drwy'r dorf efo Osian yn gofalu amdani. Gollyngodd yr ysgub yn ddistaw ar ochr y ffordd.

'Does 'na'm dau funud ers i Meinir fynd adra, ac ma' gin Osian hogan arall ar 'i fraich!' gwaeddodd rhywun o'r tu ôl iddynt.

'Ei forwyn o ydi hi,' gwaeddodd llais arall.

'Mi ydan ni'n gwbod pwy fydd yn cynhesu 'i wely o heno!'

Llifodd swildod dros Magi ond gwasgodd Osian hi'n dynnach.

'Paid â gwrando arnyn nhw.'

Sylweddolodd Magi nad oedd arni ofn Osian mwyach. Efallai ei bod yn teimlo'n saff am ei bod yng nghanol torf. Ceisiodd gofio a oedd hi wedi ei ofni o gwbl.

Pennod 11

Disgleiriai dafnau o wlith ar frodwaith cywrain y pryfed cop, ac yng nghysgodion bôn y cloddiau tyfai ugeiniau o fwtsias y gog. Cerddai Osian o amgylch y defaid a'i ffon fugail yn ei law. Roedd wedi bod yn fis Mai anarferol o boeth ac er ei bod yn gynnar, roedd yr haul yn gryf drwy'r cymylau tenau. Oedd, roedd yn argoeli'n ddiwrnod ardderchog i gneifio. Roedd yr hen welleifiau wedi cael eu hogi'r noson cynt a'u llafnau wedi eu hadnewyddu fel eu bod yn loyw a miniog ar gyfer y gorchwyl a oedd o'u blaenau.

Wrth i Osian nesáu at y tŷ clywai chwerthin a gweiddi. Roedd yn anodd peidio ag ymuno â miri'r gweision a'r cneifwyr, yn enwedig wrth glywed brefiad uchel Sioni'r Graig, a gresynai fod yn rhaid iddo dorri ar draws yr hwyl a'u gyrru allan i gneifio.

Roedd Lowri, Meinir, Cadi a Magi wedi bwydo pawb, ac i'w gweld yn mwynhau ffraethineb a bywiogrwydd y meibion. Gwelodd Osian fod Rhys Llain y Dryw wedi cornelu Magi wrth ddrws y bwtri, ond yn ôl yr olwg ar ei hwyneb, roedd hi'n reit fodlon ar hynny.

'Dowch rŵan, hogia,' galwodd Osian arnynt, gan guro'i ddwylo. 'Ma'r defaid yn chwys diferol yn eu cotia.' Wrth i'r dynion adael y tŷ, sylwodd Magi ar Osian yn tynnu Rhys i un ochr.

'Cofia be ddeudis i wrthat ti yn y ffair,' rhybuddiodd. Plygodd Rhys ei ben, ei anniddigrwydd yn amlwg ar ei wyneb, a gadawodd i Osian fynd allan o'i flaen. Felly, doedd Osian ddim wedi gofyn i Rhys ddod i weini yn y Weirglodd Wen wedi'r cwbl, sylweddolodd Magi.

'Dowch i ista i lawr am fymryn tra ma' hi'n ddistaw,' meddai Lowri, 'cyn i ni ddechra paratoi cinio. Diolch byth ein bod ni wedi gwneud y gacan gneifio neithiwr, yntê?'

Ar ôl ennyd o orffwys aeth y merched yn ôl at eu

dyletswyddau. Er gwaetha'i phrysurdeb, myfyriodd Magi dros berthynas Osian a Rhys. A oedd Osian yn ei fygwth? Os felly, pam? Ysai am drafod y peth â Cadi, ond bu Meinir neu Lowri o fewn eu clyw drwy gydol y bore.

Wrth i baratoadau'r cinio ddod i drefn, aeth Meinir a Lowri i'r llofft i fesur gwely Osian gan fod Meinir eisiau gwneud cwilt newydd erbyn y briodas. Gwelodd Magi ei chyfle a brysiodd at Cadi am sgwrs.

'Ella nad ydi Osian yn meddwl fod Rhys yn ddigon da i ti,' mentrodd Cadi.

'Wel, tydi o'n ddim o'i fusnas o!' mynnodd Magi, er iddi dybio y gallai fod sail i hynny. Clywsant Lowri a Meinir yn dod yn eu holau i lawr y grisiau, a thewi.

'Ma' pob dim yn barod rŵan,' meddai Lowri, 'felly dowch allan am fymryn i weld y cneifio.'

Eisteddodd y pedair ar y glaswellt, i ffwrdd oddi wrth arogl y coginio ac ager llaith y crochan. Roedd Magi wrth ei bodd yn gweld y cneifwyr wrth eu gwaith, a phan ddaeth amser cinio, aeth pawb â'u bwyd allan i'r haul i'w fwyta.

Roedd pawb yn gorweddian yn swrth ac yn fodlon pan ymddangosodd William Jones o un o'r stablau.

'Codwch, y diawliaid!' taranodd, gan droi at ei fab. 'Does gen ti ddim math o awdurdod dros neb na dim byd, nag oes Osian? Sut fistar fyddi di pan fydda i dan y dywarchen? Un andros o sâl, mi faswn i'n deud, yn gadael i'r hogia 'ma lolian ar lawr yn lle gweithio.'

Cododd Osian heb yngan gair. Caeodd ei ddyrnau'n dynn a cherdded tuag at y defaid, a dilynodd y lleill yn fud.

Tyfodd cysgodion y cneifwyr a'r defaid yn hirach wrth i'r dydd hwyrhau, ac erbyn i'r ddafad olaf gael ei chneifio roedd pawb yn ddistaw a difywyd. Llosgai eu gwarrau'n goch a phrin yr oedd ganddyn nhw ddigon o nerth i gasglu'r cnu at ei gilydd i'w yrru i'r felin.

Cyn i Rhys fynd am adref aeth i chwilio am Magi, oedd yn hel y cadachau sych oddi ar y gwrych.

'Dwyt ti ddim wedi deud dau air wrtha i ers y bora 'ma,' cwynodd, gan wneud sioe o'i siom.

'Mi wyt ti wedi bod yn brysur efo'r defaid, yn do?' Ar ôl gweld agwedd Osian, teimlai Magi'n ansicr sut i ymateb i Rhys.

'Wyt ti am ddŵad i'r ysgol heno?' gofynnodd. 'Mi ddeudist ti yn y ffair y basat ti'n dŵad.'

'Mi faswn i'n hoffi mynd, ond be tasa rhywun yn deud wrth William Jones?'

'Tydw i ddim yn meddwl y basa neb yn achwyn arnat ti, 'sti. Fedra i ddim meddwl am yr un ffrind triw sydd gynno fo heblaw Tomos Tŷ Grug. Sleifia allan o'r tŷ a thy'd i'r ysgol heno.' Edrychodd Rhys o'i gwmpas rhag ofn bod rhywun yn eu gwylio, yna rhoddodd gusan ar foch Magi cyn troi am adref.

Roedd y wefr yn dal i wibio drwy gorff Magi pan aeth yn ôl i'r tŷ efo'r cadachau sychu llestri. Gwyddai Cadi wrth edrych ar ei hwyneb fod ganddi rywbeth o bwys i'w ddweud.

'Mi ydw i am fynd i'r ysgol heno! Paid â deud dim wrth neb,' sibrydodd yn isel, gan godi ar flaenau ei thraed a churo'i dwylo'n ysgafn.

'Wna i ddim, siŵr – ond be am weddill y disgyblion?'

'Ma' Rhys yn deud na ddeudan nhw ddim am fod pawb yn casáu William Jones.'

'Wel, gobeithio wir. Wn i ddim be fasa William yn 'i neud tasa fo'n dod i wybod.'

Roedd Magi mor hapus fel nad oedd arni eisiau meddwl am y canlyniadau, ond cyfaddefodd wrth Cadi nad oedd yn siŵr p'un ai eisiau gweld Rhys, mynd i'r ysgol ynteu anufuddhau i ddeddfau William Jones oedd yn ei chyffroi fwyaf.

'Os gofynnith rhywun lle ydw i, deud wrthyn nhw 'mod i wedi mynd am dro i weld y defaid.'

* * *

Cafodd Magi groeso mawr yn yr ysgol, ac ar ddiwedd y wers

synnodd ei bod wedi gallu dysgu cymaint o'r wyddor heb fawr iawn o ymdrech.

'Erbyn fory mi fyddi di wedi eu hanghofio nhw i gyd,' meddai Rhys. 'Mi fydd hynny'n digwydd i mi bob tro. Ty'd – mi ddanfona i di adra.'

Cychwynnodd y ddau law yn llaw, heb yngan gair, ar hyd y llwybrau oedd rhwng Tŷ Grug a'r Weirglodd Wen. Roedd pen Magi yn llawn o'r ysgol, a phen Rhys yn llawn o beth i'w wneud nesaf efo Magi. Wedi'r cwbl, doedd hi ddim wedi cwyno pan roddodd gusan iddi ar ei boch.

Roedd yn noson hynod o dawel oni bai am ambell ddafad yn brefu yn y pellter a sisial y glaswellt hir y naill ochr i'r llwybrau yn erbyn eu coesau. Pan ddaethant yn nes at y Weirglodd Wen cliriodd Rhys ei wddf.

'Ma'r Weirglodd Wen 'ma'n dŷ mawr iawn.'

'Ydi, mae o,' cytunodd Magi. 'Mae'r stafelloedd yn fawr, a'r llofftydd ...' Trodd at Rhys a gweld golwg bell yn ei lygaid. 'Dwyt ti ddim yn gwrando arna i, nag wyt?'

Yn araf, daeth Rhys ato'i hun.

'Be am dy dyddyn di? Ydi o'n dŷ mawr?'

Ni wyddai Magi'n iawn beth i'w ddweud. Nid oedd arni eisiau dweud fod William Jones wedi bygwth cymryd ei thŷ oddi arni.

'Wel?' gofynnodd eilwaith, ond cyn i Magi gael amser i hel ei meddyliau, ffarweliodd Rhys a diflannu yn ei ôl ar hyd y llwybr gan ei gadael yn gegrwth. Ond wrth iddi droi i gyfeiriad y drws cefn, cafodd Magi eglurhad am ei ddifianiad disymwth. Roedd Rhys wedi gweld Osian ychydig eiliadau o'i blaen.

'Noswaith dda, Magi. Lle wyt ti wedi bod?'

'O ... dim ond am dro bach.'

'Efo Rhys?'

Ceisiodd Magi ddyfalu beth ddylai ei ddweud, ond penderfynodd nad oedd wedi gwneud dim o'i le.

'Ia.'

Oedodd Osian, a dechrau gwneud patrymau yn y llwch â'i sawdl.

'Ty'd am dro bach efo fi rŵan 'ta,' meddai o'r diwedd. 'Mae'n noson hyfryd.'

Daeth braw mawr drosti – beth petai Osian wedi clywed ei bod wedi mynychu'r ysgol yn groes i ddymuniadau ei dad?

'Na, dim diolch,' atebodd yn swta. 'Dwi wedi blino gormod.'

'O'r gorau.'

Meddyliodd Magi iddi weld rhyddhad ar ei wyneb am eiliad. 'Nos da, Magi.'

Brysiodd Magi at y drws cefn rhag ofn i Osian newid ei feddwl, ond wrth godi'r glicied cymerodd gipolwg dros ei hysgwydd a gweld ei fod yn dal i sefyll yn ei unfan, a'i law ar ei dalcen.

'Sut oedd yr ysgol?' gofynnodd Cadi'n ddistaw pan aeth i'r tŷ.

'Mi wnes i fwynhau fy hun, cofia.'

'Be – yr ysgol 'ta cwmni Rhys?' pryfociodd Cadi, gan bwnio asennau Magi efo'i phenelin.

I gau ceg Cadi, adroddodd Magi sut yr oedd Osian yn aros amdani.

'Be? Mi ddeudist ti wrth Osian na fasat ti'n mynd am dro efo fo? Ydi'r ysgol 'na wedi dy wneud di'n hollol hurt?'

'Na, Cadi. Doedd o ddim isio mynd â fi am dro go iawn. Isio deud y drefn wrtha i oedd o am fynd i'r ysgol. Ma'n siŵr 'i fod o'n gwybod rywsut lle es i.'

Ond drannoeth, ni ddywedodd Osian y drefn wrthi, er iddi ei weld droeon.

Mynychodd Magi'r ysgol yn gyson, gan fwynhau'r gwersi, ac o dipyn i beth dysgodd ddarllen yn syndod o dda. Weithiau byddai'n ymarfer ysgrifennu llythrennau'r wyddor yn y menyn â llafn cyllell ar ôl corddi, neu yn y lludw ar yr aelwyd â phric. Droeon eraill, wrth blicio afal, gwnâi ffurf llythyren â'r stribed o groen.

Tybiai ei bod yn cael ychydig mwy o barch gan Mr Pritchard a Mr Parry na'r disgyblion eraill. Roedd wedi dysgu darllen yn well na'r mwyafrif, a nawr ac yn y man byddai'r meistri'n gofyn iddi fynd i helpu rhai o'r lleill. Ond pan ganfu nad oedd ond pythefnos ar ôl cyn i'r ysgol adael yr ardal, suddodd ei hysbryd i'r dyfnderoedd. Meddyliai pa mor ddiflas fyddai'r dyddiau, a dim i edrych ymlaen ato gyda'r nos.

Penderfynodd y buasai'n prynu Beibl pan gâi arian, rhag iddi anghofio'r hyn a ddysgodd, a thyngodd y byddai'n dysgu Sioned i ddarllen hefyd, fel y câi hithau ymuno yn y byd dirgel a fodolai rhwng y cloriau.

Un noson, wrth ddychwelyd o'r ysgol, roedd Cadi'n disgwyl amdani ar riniog y Weirglodd Wen, yn crynu fel deilen.

'Be sy, Cadi? Wyt ti'n iawn?' gofynnodd Magi iddi.

'O, Magi, ma'r Mistar yn gwybod dy fod ti wedi bod yn mynd i'r ysgol.' Roedd y cryndod wedi effeithio ar lais Cadi hefyd.

'Pwy ddeudodd wrtho fo?'

'Tomos Tŷ Grug, ond doedd o ddim wedi bwriadu deud. Mi anghofiodd, ac mi froliodd dy fod ti'n medru darllen rŵan bron cystal â'r meistri. Aeth William yn gandryll, a deud wrtha i am hel dy betha di.' Cododd Cadi'r cwdyn o'r tu ôl i'r drws.

'Ond, Cadi, does gen i unman i fynd! Be wna i?'

'Wn i ddim, Magi bach.' Roedd y ddwy yn eu dagrau, yn cydio'n dynn yn ei gilydd. Rhoddodd Cadi'r cwdyn yn nwylo Magi.

'Mi ydw i wedi rhoi mymryn o fwyd ynddo fo i ti.'
'Diolch.'

'Cadi,' gwaeddodd William o'r tŷ. 'Efo pwy wyt ti'n siarad?'
'Dos!' sibrydodd Cadi'n frysiog, a chaeodd y drws.

Pennod 12

Cyn i Magi allu gadael y Weirglodd Wen teimlodd boen yn lledaenu ar hyd gwaelod ei bol. Ymhen llai na hanner munud credai Magi fod ei pherfedd yn cael ei wasgu yn glepyn caled. Plygodd yn ei hanner a daliodd ei gwynt, ac er mawr ryddhad iddi, ciliodd y boen.

Nid oedd ganddi ddimai o arian na modd o ennill cyflog. Sylweddolodd yn sydyn nad oedd ganddi ychwaith unman i gysgu. Meddyliodd am deulu Tŷ Grug – wedi'r cyfan, Tomos oedd yn gyfrifol am ei chyflwr a dylai deimlo dyletswydd i'w helpu. Meddyliodd am Siani Prys, ac er y buasai Sioned yn falch o'i gweld, roedd cartref Siani yn rhy bell iddi gerdded yno heno. Meddyliodd am Rhys, ond ni wyddai yn iawn lle roedd ei fwthyn, ac yn ôl Rhys roedd eu cartref dan ei sang beth bynnag.

Wedi pwyso a mesur, penderfynodd Magi nad oedd dim amdani ond mynd i Dŷ Grug. Gallai ddychmygu pa mor ddrwg y teimlai Tomos o glywed am ei sefyllfa, ac efallai y buasai'n mynd i siarad efo William yn y bore a'i berswadio i'w chymryd yn ôl. Dechreuodd deimlo'n llawer gwell, a chychwynnodd yn hyderus ar ei thaith.

Pan atebodd Tomos ddrws Tŷ Grug, ymddangosai fel petai wedi bod yn disgwyl ei hymweliad. Dechreuodd siarad cyn iddi gael siawns i agor ei cheg.

'Drycha yma, 'ngeneth i, ma' hi'n ddrwg iawn gen i am ddeud wrth William dy fod ti wedi bod yn dod i'r ysgol, ond ma'n rhaid i ti sylweddoli nad o'n i wedi bwriadu deud wrtho fo. Damwain oedd hi.' Roedd ei lais yn fwy awdurdodol nag arfer.

'Mi wn i na fasach chi'n deud wrth William yn fwriadol, Tomos – ond ga i aros yma heno? Does gen i unman arall i fynd.'

'Magi, mi faswn i'n gadael i ti aros yma ryw dro arall, ond nid heno,' atebodd yn yr un llais cadarn.

'Ond, Tomos, mi ydw i'n crefu arnoch chi!' Gwyddai Magi fod ganddo galon dyner a gobeithiai y gallai ei berswadio.

'Na, Magi. Fedra i ddim.'

'Ond pam, Tomos? Pam?' Roedd llais Magi ar fin torri.

'Tasa William yn cael ar ddallt dy fod ti'n aros yma heno, ar ôl iddo fo dy droi di allan o'r Weirglodd Wen, ella basa fo'n gwrthod rhoi caniatâd i Meinir briodi Osian. Dyna'r rheswm, Magi. Mi fydda i'n amau weithiau nad ydi William isio i Osian briodi Meinir p'run bynnag, felly mi fasa hyn yn esgus iawn iddo roi cap nos ar bob dim,' eglurodd Tomos.

'O,' meddai Magi'n dawel, cyn i'r boen erchyll gydio yn ei bol eto. Plygodd yn ei hanner gan riddfan yn uchel.

'Waeth i ti heb â smalio dy fod di'n wael. Chei di ddim aros yma. Ma'n ddrwg gen i, Magi, am bob dim, ond felly ma' hi.' Caeodd Tomos y drws ac aeth yn ôl i ddüwch Tŷ Grug i ymladd â'i gydwybod.

Ciliodd y boen eto a daeth Magi ati ei hun. Gobeithiai i'r ncfoedd nad oedd rhyw salwch cas arni, a hithau'n ddigartref. Cafodd ei siomi'n arw yn Tomos. Gallai dyn clên fel fo, hyd yn oed, fod yn hunanol wrth warchod ei deulu, syweddolodd. Roedd gwaed yn dewach na dŵr, ond wyddai o ddim mai dŵr oedd Meinir iddo fo. Teimlai Magi gythraul ynddi oedd yn ysu am ddweud y gwir wrth Tomos, ond penderfynodd beidio. Fuasai o ddim yn ei choelio p'run bynnag.

Sylweddolodd Magi fod yn rhaid iddi dreulio'r nos yn yr awyr agored. Ar ôl y machlud, er ei bod yn noson sych a thawel, dechreuodd oeri. Penderfynodd Magi gyfri'r munudau tan y wawr, pan allai ddechrau cerdded yn ôl i'w chynefin, at Siani Prys a Sioned, gan ei bod yn sicr na allai gysgu winc. Gallai ddychmygu wyneb llawen Sioned wrth sylweddoli bod ei chwaer wedi dod yn ôl ati, a gwyddai na fuasai Siani yn ei throi hi i ffwrdd. Yna, pan ddeuai'r ffair ben tymor, buasai'n cael ei chyflogi gan fferm arall – Tregarnedd neu Frynodol, efallai.

Ni theimlai Magi'n euog. Wnaeth hi ddim o'i le ym marn neb ond William Jones, a gwyddai pawb ei fod *o*'n hollol afresymol. Roedd Betsan yn llygad ei lle pan ddywedodd wrthi mai lle ar y diawl oedd y Weirglodd Wen, ond byddai ganddi hiraeth am Cadi, Lowri a'r gweision. Roedd Cadi wedi bod yn ffrind ffyddlon iddi ac efallai na welai mohoni byth eto. Yna meddyliodd am Rhys. Tybed fyddai o'n teimlo'n euog am ei pherswadio i fynd i'r ysgol?

Cerddodd i gyfeiriad yr eglwys. Gwyddai am lwyn helyg yno fyddai'n gysgod iddi.

Yn araf daeth y cnoi yn ôl i'w bol. Beth petai'n marw allan yma, yn y nos, ar ei phen ei hun? Buasai'n rhoi'r byd am gael cysur ei mam. Trodd ei sylw at y llwybr o dan ei thraed. Gwyddai fod llecyn eithaf peryglus o'i blaen – cofiodd sut y bu i Osian ddweud wrthi am y tirlithriad, a bod y ddaear yn dal i fod yn ansad – a chymerodd bwyll. Rhoddodd ei phecyn i lawr ger y llwyn helyg a cheisio'i gwneud ei hun yn gysurus. Nid oedd ganddi fawr o stumog i fwyta'r bwyd a roddodd Cadi iddi, felly gwnaeth ei hun mor gyfforddus ag y gallai a chau ei llygaid yn dynn.

Yn sydyn, clywodd lais dynes. Llamodd ei chalon. Bwgan, meddyliodd. Roedd arni ofn agor ei llygaid a cheisiodd guddio drwy swatio i lawr gymaint ag y gallai. Ni feiddiai anadlu. Roedd rhywun arall yn siarad hefyd – dyn y tro yma. Agorodd Magi ei llygaid yn araf a thrwy frigau meinion yr helyg gwelodd gysgodion dyn a dynes yn wynebu'i gilydd ar fin y clogwyn. Ni allai glywed eu geiriau, ond yng ngoleuni'r lleuad gwelodd fod y ddynes wedi'i chyffroi, yn chwifio'i breichiau o gwmpas ei phen yn wyllt, a'r dyn yn llonydd a ddistaw. Craffodd Magi er mwyn gweld a allai eu hadnabod, ond roedd yn rhy dywyll iddi eu gweld yn glir. Yna gwaeddodd y ddynes nerth esgyrn ei phen;

'Chdi oedd o! Mi wyt ti wedi difetha 'mywyd i!' Yna, yn hollol ddirybudd, gwthiodd y dyn dros ymyl y clogwyn. Ni chafodd y dyn amser i'w achub ei hun, ac edrychodd y ddynes dros y dibyn am eiliad cyn brasgamu i ffwrdd.

Rhoddodd Magi ei dwy law ar draws ei cheg i'w hatal ei hun rhag sgrechian. Ni allai gredu'r hyn a welsai. Ceisiai amgyffred pwy oedd y ddau, a beth oedd rhyngddynt. Efallai fod y ddynes eisiau lladd y dyn ... efallai ei bod *wedi* ei ladd! Llechodd yn is yn yr helyg. Ni feiddiai fentro allan nes y gwyddai fod y ddynes wedi mynd yn ddigon pell.

Wedi sawl munud hir, tawel, mentrodd Magi at ymyl y clogwyn. Edrychodd i lawr yn ofnus, ac yn y gwaelod, yng ngoleuni'r lleuad, gwelodd y dyn yn gorwedd yn berffaith llonydd. Curai calon Magi fel calon dryw. Gallai wneud un o ddau beth. Gallai gymryd arni nad oedd wedi gweld dim, neu gallai geisio dringo i lawr y clogwyn i weld a oedd y dyn angen cymorth.

Dewisodd grafangio i lawr y clogwyn. Gan ei bod yn defnyddio'i holl egni i geisio darganfod darnau o graig neu ddyrneidiau o laswellt i afael ynddynt, roedd yn chwys diferol erbyn iddi gyrraedd y gwaelod.

Troediodd yn ddistaw tuag at y dyn. Gorweddai mor llonydd â chorff a'i ben i lawr yn y glaswellt. Syllodd arno. Ni allai ddweud oedd o'n anadlu ai peidio. Gafaelodd yn ei ysgwydd, ac yn araf trodd y dyn ar ei gefn.

'Osian!' sibrydodd mewn syndod.

Gwibiodd ei llygaid dros bob rhan o'i gorff. 'Osian, deffra!' Ysgydwodd ei fraich. 'Ma'n rhaid i ti ddeffro! Chei di ddim marw!' Rhoddodd Magi law grynedig ar ei frest a theimlo, gyda rhyddhad, ei fod o'n anadlu, ond sylwodd fod gwaed yn llifo o'i wallt i lawr ei dalcen. Gwyddai y dylai geisio cadw Osian yn gynnes, felly tynnodd ei chlog a'i rhoi o dan ei ben, ac aeth i chwilio am rywbeth i'w roi drosto. Daeth o hyd i redyn yn tyfu nid nepell oddi wrthynt a phenderfynodd y byddai'n well na dim, felly ymbalfalodd yn y tywyllwch i dorri cymaint ag y gallai ei gario. Taenodd y rhedyn yn ofalus dros Osian ac aeth yn ei hôl i dorri mwy iddi ei hun. Gorweddodd mor glòs ag y gallai at Osian er mwyn ei gadw'n gynnes.

* * *

Deffrodd Magi yn oer ac yn anghyfforddus, a phan geisiodd agor ei llygaid cafodd ei dallu gan lesni'r bore. Llifodd digwyddiadau'r noson cynt yn ôl i'w chof. Trodd i edrych ar Osian, ac yng ngolau dydd gwelodd fod ei wyneb yn frith o friwiau bychain. Roedd ei grys gwaedlyd wedi ei rwygo mewn sawl man a sylwodd fod ganddo gleisiau a chlwyfau dwfn ar ei freichiau a'i gorff. Ni wyddai sut yn y byd y gallai ei helpu.

Cododd ar ei heistedd yn ddistaw a symudodd Osian ei ben i'r ochr. O leia roedd hynny'n arwydd ei fod yn ymwybodol. Wrth iddi godi ar ei thraed teimlodd wlybaniaeth ar ei choesau. Cododd ei dillad a gwelodd waed yn llifo i lawr ei choes. Ni allai gofio brifo wrth ddringo i lawr y clogwyn. Yna, daeth popeth yn glir – cofiodd am y cadachau a roddodd ei mam iddi, a bod Cadi hefyd yn cael poenau yn ei bol. Teimlodd ryddhad nad oedd am farw! Gobeithiodd fod Cadi wedi rhoi'r cadachau yn ei phecyn, ond hyd yn oed petaen nhw yno, wyddai hi ddim yn iawn beth i'w wneud â nhw.

Roedd yn fore hyfryd, ac oni bai am dincial afon Soch yn llifo dros y gro, roedd y tawelwch yn fyddarol. Gwyddai Magi y byddai'n rhaid iddi fynd yn ôl i'r Weirglodd Wen i ddweud wrthynt am Osian, ond nid oedd arni eisiau gweld William Jones. Felly, am y tro, gorweddodd yn ei hôl i fwynhau'r bore. Ymhen sbel, cododd ar ei phenelin. Nid oedd erioed wedi cael cyfle i edrych ar Osian mor fanwl o'r blaen. Roedd yn olygus iawn. Teimlai y gallai edrych arno drwy'r dydd, a gwyddai y byddai genethod y fro i gyd yn eiddigeddus ohoni petaen nhw'n gwybod ei bod wedi gorwedd wrth ei ymyl drwy'r nos. O'r diwedd, gafaelodd yn ei law a sibrwd yn dawel yn ei glust i'w ddeffro. Trodd Osian ei ben tuag at y llais ac agorodd ei ygaid.

'Magi ... Magi, ble ydw i?' Prin yr oedd ganddo ddigon o nerth i siarad.

'Mi ydan ni ar waelod y clogwyn ger yr eglwys. Mi gest ti dy ... mi syrthiaist ti i lawr y clogwyn.'

Ceisiodd Osian godi ond methodd. Bu'n dawel am sbel.

'Magi,' gofynnodd o'r diwedd, 'pam wyt ti yma?'

Ni wyddai Magi beth i'w ddweud.

'Wel?'

'Wyt ti'n cofio unrhyw beth am neithiwr?' gofynnodd Magi'n bwyllog.

'Nac'dw – un dim. Dyna pam 'mod i'n gofyn i ti,' meddai'n ddiamynedd. 'Tydw i'n gwbod dim.'

O'r diwedd, mentrodd Magi ddweud y gwir.

'Mi gest ti dy wthio i lawr y clogwyn gan ryw ddynas. Mi welis i bob dim o'r tu ôl i'r llwyn helyg 'na. Mi oedd hi'n gweiddi arnat ti am rwbath, a wedyn, mwya sydyn, mi wthiodd hi di i lawr y clogwyn.'

Gwelodd Magi wyneb Osian yn newid wrth iddo gofio digwyddiadau'r noson cynt.

'Mair Rhedynfa!'

'Pwy?'

'Mair Rhedynfa,' meddai Osian. 'Mam Myfi, y forwyn oedd gweini acw o dy flaen di. Mi fu hi farw wrth eni ei mab.'

'Pam mae hi'n ddig efo chdi?'

'Mae Mair yn credu'n bendant mai fi ydi tad y babi, ac yn fy meio i am farwolaeth Myfi.' Tawodd Osian am ennyd. 'Magi,' meddai o'r diwedd, gan droi i edrych yn ddwys i'w llygaid, 'nid fi ydi'r tad, sti.'

'Naci, mi wn i.'

'Sut wyddost ti? Be wyt ti wedi'i glywed?'

'Wn i ddim ddylwn i ddeud wrthat ti.' Difarai Magi iddi agor ei cheg mor fyrbwyll.

'Deud wrtha i,' gorchmynnodd Osian. 'Mi fu bron i mi gael fy lladd!'

Gwelodd Magi ei fod o ddifri, felly yn araf ac yn bwyllog dywedodd y stori am William yn cymryd ei thŷ. Bu'n ofalus i beidio â dweud gormod am yr hyn a ddigwyddodd yn y stabl efo William, ond dywedodd ei bod wedi dod i ddeall mai fo oedd tad babi Myfi. Eglurodd hefyd fod William wedi dod i wybod ei bod wedi mynychu'r ysgol ac mai dyna'r rheswm pam y cawsai ei gyrru o'r Weirglodd Wen, ond gofalodd beidio â sôn yr un gair mai William oedd tad Meinir. Ar ôl gwrando ar y cyfan, gorweddodd Osian yn ei ôl yn llipa i geisio treulio'r newyddion dychrynllyd.

'Diolch i ti am ddeud y cwbl wrtha i. Does dim rhyfedd bod Mair wedi 'ngwthio i lawr y clogwyn felly.'

Ni wyddai Magi ai rhyddhad a deimlai Osian ynteu cywilydd, ar ôl dod i glywed am ymddygiad ei dad.

'Ro'n i'n gwbod dy fod di'n mynd i'r ysgol.'

'Sut?'

'Mi welis i chdi'n cychwyn yno droeon, ond ddeudis i ddim wrth neb,' meddai, gan gilwenu. Gwenodd Magi hefyd.

'Diolch.'

'Diolch i titha am edrych ar f'ôl i drwy'r nos.' Cododd ar ei eistedd er mwyn rhoi ei fraich amdani. 'Does dim isio i ti boeni, Magi – fydd dim raid i ti adael y Weirglodd Wen. Mi wna i'n siŵr y cei di ddŵad yn d'ôl,' meddai'n dyner.

Caeodd Magi ei llygaid yn fodlon. Ni allai feddwl am well lle yn y byd i fod yr eiliad honno.

'Osian!' Sgrechiodd llais o ben y clogwyn. 'Be wyt ti wedi bod yn 'i wneud efo Magi allan yn fama drwy'r nos?'

'O ... Meinir,' meddai Osian yn ddistaw, ac aeth yn llipa ym mreichiau Magi.

'Osian – y diawl!'

'Mi a' i i siarad efo hi,' meddai Magi, 'a deud 'mod i wedi dy weld ti'n syrthio i lawr y clogwyn neithiwr. Ma'n siŵr 'i bod hi'n gwybod am fy helyntion i erbyn hyn. Wedyn, mi geith hi fynd i'r Weirglodd Wen i nôl y gweision i dy gario di i fyny'r clogwyn.' Crafangiodd Magi i fyny at Meinir.

'Mae o'n edrych yn iawn i mi, ac yn medru dy wasgu di'n ddigon tyn,' meddai Meinir yn sarrug ar ôl gwrando ar yr hanes.

'Nac'di, Meinir, mae o'n wan fel cath bach. Fedar o ddim symud. Ma' raid i ti fynd i'r Weirglodd Wen i ofyn i'r gweision am help.'

Roedd Meinir ar fin mynd pan welodd ychydig o waed ar ffêr Magi, ac aeth yn gandryll.

'Mi wela i'n iawn be wyt ti ac Osian wedi bod yn 'i neud, y butain bach! Mi ddylwn i dy wthio di i lawr y clogwyn 'ma!'

'Be wyt ti'n feddwl? Tydw i ddim wedi gwneud dim efo Osian, dim ond ceisio'i gadw fo'n gynnas drwy'r nos,' llefodd Magi, heb ddeall awgrym Meinir.

'Tydw i erioed wedi caru yn y gwely efo Osian. Mi oeddwn i isio aros tan y basan ni'n priodi,' gwaeddodd, 'a rŵan mi wyt ti wedi difetha pob dim!' Roedd Meinir yn lloerig, a wyddai Magi ddim a âi hi i'r Weirglodd Wen ai peidio, felly penderfynodd gychwyn yno ei hun, ar ôl nôl y pecyn o'r llwyn helyg a bwyta'r hyn roedd Cadi wedi ei roi ynddo'n awchus.

Pennod 13

Pan welodd William ei fab yn cerdded yn araf tuag ato ar draws y buarth gyda'r ddau was, un bob ochr iddo, sgwariodd a phlethu ei freichiau. Sylwodd yn syth fod cerddediad Osian yn simsan a'i wyneb yn frith o friwiau bychain.

'Mae'n edrych yn debyg fod Osian wedi bod mewn cwffas,' meddai, gan droi at y gweision. Ni ddywedodd Osian na'r gweision air. 'Ac yn ôl yr olwg sy arno fo ... mi gollodd,' ychwanegodd yn wawdlyd, a chwarddodd yn uchel. Roedd yn dal i chwerthin pan gyrhaeddodd Osian ato. 'Pwy oedd hi? Y? Pwy oedd yr hogan roddodd gurfa i ti? Ma' raid 'i bod hi'n ...'

Cyn i William orffen ei frawddeg, gafaelodd Osian yng nghrys ei dad gyda hynny o nerth oedd ganddo a'i wthio yn erbyn grisiau llofft yr ŷd. Rhoddodd hergwd i'r hen ddyn nes iddo daro'i ben yn erbyn y wal gerrig, yna cerddodd tuag at y tŷ heb hyd yn oed edrych yn ei ôl. Safodd y gweision yn syfrdan, gan edrych ar ei gilydd bob yn ail â'u meistri.

Yn raddol, daeth William ato'i hun. Teimlai'n grynedig, ond roedd yn benderfynol o beidio dangos hynny.

'Tasa 'mreichia i ddim ymhleth,' ceisiodd egluro, 'fasa Osian byth wedi medru 'ngwthio i fel'na.' Roedd cefn pen William yn llosgi ac yn pigo ond nid oedd arno eisiau ei rwbio o flaen ei weision. 'Ma' raid 'i fod o'n dal yn feddw.'

'Siŵr iawn.'

'O bobol bach, na fasa!'

Cytunodd y dynion, er eu bod yn gwybod yn wahanol.

I fyny yn y llofft, eisteddai Osian ar ei wely. Roedd ei anadl yn fyr a churai ei galon yn drwm. Nid oedd erioed wedi breuddwydio y buasai'n meiddio cyffwrdd yn ei dad. Roedd wedi bod eisiau ei daro fwy nag unwaith, ond ofnai'r canlyniadau. Ond heddiw, gwyddai Osian na fentrai ei dad daro'n ôl. Daeth llun sydyn o'i dad a'r forwyn i'w ben, a dechreuodd ei waed ferwi. Ofnai na fyddai byth yn gallu cael gwared â'r llun hwnnw. Credai'n sicr fod ei dad wedi bygwth Myfi â rhywbeth – Duw a ŵyr beth – oherwydd fuasai merch ifanc fel hi erioed wedi mynd o'i gwirfodd efo dyn o'i oed o. Cofiodd Osian mor ofnus yr oedd Myfi o William a chywilyddiodd ei fod yn perthyn i'r fath fwystfil. Doedd gan ei dad ddim cydwybod, yn amlwg, ac roedd yn siŵr o fod yn gwybod mai fo oedd yn gyfrifol am gyflwr Myfi.

Cododd ar ei draed a tharo drws y llofft â'i ddwrn gan ddychmygu wyneb ei dad yno, a chiciodd ei wely. Cofiodd bob gair creulon a ddaethai o enau William dros y blynyddoedd, gan sylweddoli ei fod, hyd yma, wedi gwthio'r atgofion annifyr hynny i gefn ei feddwl.

'Osian?' Clywodd Osian lais Cadi y tu allan i ddrws y llofft. 'Be sy? Mi glywis i andros o glec, a meddwl ella dy fod ti wedi syrthio.'

Cymerodd Osian anadl hir i sadio'i lais.

'Na, Cadi, dwi'n iawn. Ty'd i mewn.'

Eisteddodd Osian ar erchwyn ei wely cyn i Cadi ddod drwy'r drws i geisio dangos iddi fod popeth fel y dylai fod.

'Welist ti Magi'r bora 'ma?' gofynnodd.

'Do, ond wnaeth hi ddim aros yn hir. Doedd arni ddim isio gweld dy dad.'

'Wyddost ti i ble aeth hi?'

'Mi ddeudodd ella basa hi'n mynd i aros efo Siani Prys a Sioned am sbel.'

Edrychodd Osian ar y llawr ond ni ddywedodd air.

'Dos yn ôl i orwedd,' meddai Cadi, gan baratoi i adael, 'ac mi ddo' i â diod gynnes i ti.'

'Diolch.' Gwenodd wên drist ar y forwyn.

Nid oedd am faddau i'w dad y tro hwn fel yr oedd wedi gwneud bob tro arall. Druan o Magi, meddyliodd. Dewisodd edrych ar ei ôl a'i gadw'n gynnes drwy'r nos er ei bod wedi gorfod gadael y Weirglodd Wen. Hi oedd wedi nôl y gweision i'w helpu i ddod adref – oni bai am Magi dyner, ffeind, buasai'n dal i fod yno – a gwyddai fod yn rhaid iddo ddod o hyd iddi a dod â hi'n ôl.

Doedd Osian ddim yn ofni ei dad mwyach. Roedd cyfaddef hynny iddo'i hun yn rhyddhad, ac addawodd y byddai pethau'n newid yn y Weirglodd Wen o hynny allan. Gresynodd nad oedd ganddo frawd neu ddau – petai tri mab yn sefyll fel un yn erbyn y diafol, yna ni fuasai dewis gan William ond ildio. Fel yr oedd pethau, gwyddai na fuasai'r gweision yn meiddio dweud dim yn erbyn William rhag iddynt golli eu gwaith, a fyddai Lowri chwaith yn dda i ddim.

Daeth Cadi yn ei hôl efo'r ddiod, gan ddweud bod Meinir yn y gegin fawr yn aros i'w weld. Roedd Osian wedi anghofio'n llwyr am Meinir.

Pan aeth Osian i lawr ychydig funudau'n ddiweddarach cafodd ei gyfarch gan lygaid milain Meinir yn rhythu arno.

'Be oeddat ti'n ei wneud efo Magi neithiwr?' gofynnodd o'r diwedd mewn llais oedd mor finiog â siswrn.

'Syrthio i lawr y clogwyn wnes i, ac mi welodd Magi ...'

'Bydd ddistaw! Mi ddeuda i wrthat ti be ddigwyddodd. Mi gafodd dy dad wared arni am nad oedd hi'n dda i ddim. Mi est ti ar 'i hôl hi, a phan oeddach chi'n pasio'r clogwyn mi gymrist ti gam gwag a syrthio, ac mi ddringodd Magi ar dy ôl di. Ar ôl hynny mi benderfynoch chi gysgu allan drwy'r nos efo'ch gilydd. Sut arall y basa Magi yn gwybod dy fod di yn y gwaelodion, yn y tywyllwch? Ma' raid dy fod ti'n meddwl 'mod i'n hollol hurt. Mi fydd Magi'n disgwyl babi rŵan, 'run fath â'r forwyn o'r blaen. Ro'n i'n gwrthod credu'r straeon amdanat ti a babi Myfi cyn heddiw, ond rŵan does gen i ddim hyder na ffydd ynot ti o gwbwl, y diawl!'

'Meinir, wnes i ddim ...'

'Eglura i mi sut y gwelodd Magi chdi'n gorwedd yn y tywyllwch?'

'Mi oedd hi'n swatio i gysgu yn y llwyn helyg pan welodd hi fi'n dŵad yn ôl am adra, a syrthio, a ...'

'Cau dy geg! Mi ydw i mor siomedig, Osian.' Trodd ei dicter yn ddagrau.

Teimlai Osian nad oedd fawr o wahaniaeth beth ddywedai o, a ph'run bynnag, doedd ganddo mo'r nerth i ddadlau. Ei unig obaith oedd y buasai Meinir yn dod at ei choed.

Ar ôl i Meinir adael, eisteddodd yn ddifywyd ger y tân. Doedd ganddo ddim syniad fod pobol wedi bod yn amau mai fo oedd tad babi Myfi. Tybed oedd ei weision a'i ffrindiau yn meddwl hynny hefyd, ac yn trafod y peth y tu ôl i'w gefn?

Yn sydyn, clywodd sŵn trwm traed ei dad, a churodd ei galon yn gyflymach pan welodd William yn dod i mewn a chwip yn ei law.

'Osian, yr uffern!' gwaeddodd. 'Mi wn i nad oeddat ti'n feddw y bora 'ma. Os meiddi di 'nghyffwrdd i eto, mi fyddi di allan ar y plwy!' Cododd ei chwip a tharo Osian yn egr ar ei ysgwydd. 'Cofia di mai fi ydi'r mistar yn y tŷ yma.'

Roedd yr hyder a deimlodd Osian yn y llofft wedi pallu'n gyfan gwbl, a sylweddolodd ei fod dan reolaeth William o hyd. Ond gwyddai hefyd na fyddai'r casineb a deimlai at ei dad byth yn cilio.

Pennod 14

Cerddai Magi'n wyllt tuag at dŷ Siani Prys. Er y gwyddai y buasai Siani yn deall ei sefyllfa ac yn ei chredu, ailadroddodd yr hyn yr oedd am ei ddweud drosodd a throsodd yn ei phen, gan ddewis ei geiriau'n ofalus i bwysleisio drygioni a ffaeleddau William Jones.

Prin y meddyliodd Magi am Betsan, yr hen wraig wallgof, nes iddi gyrraedd ei bwthyn blêr a'i gweld yn eistedd ar gadair yn y drws.

'Lle ma' dy drol di heddiw, foneddiges?' gofynnodd Betsan yn wawdlyd. 'Tydi hi ddim yn ben tymor. Lle wyt ti'n mynd?'

Nid oedd ar Magi fawr o awydd siarad.

'Mi ydw i wedi gadael y Weirglodd Wen,' meddai, gan obeithio y byddai hynny'n ddigon, a cherddodd yn ei blaen.

'Aeth petha'n ddrwg arnat ti?' gwaeddodd Betsan ar ei hôl. 'Mi wnes i dy rybuddio di, yn do?'

Trodd Magi yn ei hôl.

'Do, mi aeth petha'n ddrwg,' meddai'n herfeiddiol. Y peth olaf roedd ar Magi eisiau ei glywed rŵan oedd Betsan yn gorfoleddu yn ei buddugoliaeth.

'Ty'd yn d'ôl i ddeud be ddigwyddodd,' plediodd Betsan gan wenu'n gynnil, yn ysu am stori. Daeth ton o dosturi dros Magi.

'Ar un amod,' ochneidiodd.

'Be 'di'r amod?'

'Na ddeudwch chi ddim y dylwn i fod wedi gwrando arnoch chi, a rhyw sothach felly!'

'O'r gorau. Ddeuda i ddim. Dim ond gwrando,' meddai Betsan yn ufudd. 'Oes gen ti fwyd efo chdi?' gofynnodd yn obeithiol.

'Does gen i ddim hyd yn oed crystyn.'

'O Dduw mawr,' meddai Betsan yn flin.

'Ydach chi isio cael clywed y stori, 'ta be?' gofynnodd Magi, yr un mor flin.

'Oes. Dechra arni rŵan.'

Eisteddodd Magi ar fymryn o laswellt ger y drws, ac er bod y ddwy wedi bod ym mhennau'i gilydd, dywedodd Magi ei stori wrth yr hen wraig yn araf a phwyllog. Ar ôl i Magi orffen, eisteddodd y ddwy yn fud am funudau.

'Os wyt ti'n hollol siŵr mai'r bwystfil William Jones 'na ydi tad y babi, ac nid Osian, pam yn enw'r dyn wyt ti'n mynd i dŷ'r Siani 'na?' gofynnodd Betsan o'r diwedd.

'Be arall fedra i ei wneud?'

'Dwi'n gwbod be faswn i'n 'i wneud,' meddai Betsan yn bwysig. 'Mi faswn i'n mynd i ddeud y gwir wrth Mair Rhedynfa. Paid â gadael i'r diawl ennill!' Ysgydwodd Betsan ei phen i gadarnhau ei geiriau.

Troellodd Magi gudynnau o'i gwallt o amgylch ei bysedd. Nid oedd erioed wedi meddwl am fynd i siarad â Mair. Beth petai Betsan yn iawn, meddyliodd, ond ar y llaw arall gwyddai Magi nad oedd Betsan lawn llathen.

'Mi fasa'n well i ti fynd i Redynfa,' cynghorodd Betsan, 'yn lle ista yn fama fel tasat ti o dy go'. Y fi sy i fod o 'ngho', w'sti.'

Tybiodd Magi iddi weld y wên leiaf ar ei gwefusau.

'Na, Betsan, dwi am fynd i fyw efo Siani Prys. Dwi'n malio 'run botwm am William Jones a'i deulu. Mi gân' nhw wneud fel y mynnon nhw rŵan.' Cododd ar ei thraed er mwyn ailafael yn ei siwrnai.

'Ty'd â bwyd i mi'r tro nesa, nid ryw bwt o stori. Fedra i ddim bwyta stori,' gwaeddodd Betsan ar ei hôl.

Cerddodd Magi am oddeutu hanner milltir, yn dal i feddwl beth ddywedai wrth Siani, ond bob hyn a hyn clywai eiriau Betsan a dechreuodd amau ei phenderfyniad i beidio â dweud y gwir wrth Mair Rhedynfa. Mae'n siŵr na fuasai Mair yn ei chredu beth bynnag, ac y buasai ei siwrnai'n un seithug. Ar y llaw arall, wrth feddwl am Osian yn gorfod cymryd y bai am droseddau ei dad, penderfynodd fod yn rhaid iddi fynd yn ei hôl. Nid oedd arni eisiau gweld Betsan eto, felly aeth ychydig allan o'i ffordd a cherdded drwy'r rhos y tu cefn i'w bwthyn.

Wrth gerdded yn ei hôl sylweddolodd Magi nad oedd wedi bwyta nac yfed dim drwy'r dydd, a bod y gwaed wedi rhedeg i lawr ei choesau hyd at ei chlocsiau. Ceisiodd lanhau ychydig arni ei hun gyda dail tafol unwaith neu ddwy, ond wnaeth hynny fawr o les gan fod y gwaed wedi sychu ar ei chroen. Ysai am gysur a bwyd gan Siani – wy un o'r cywennod neu frechdan, efallai – ond doedd fawr o obaith am hynny. Clustfeiniodd am sŵn ffrwd, ond nid oedd yr un i'w chlywed yn unman. Efallai na ddylai fod wedi troi yn ei hôl wedi'r cyfan. Pam ddylai hi geisio cadw ochr Osian? Nid oedd ganddi hi neb i edrych ar ei hôl hi. Tybed ai gweld William yn gorfod wynebu ei gamweddau oedd ei bwriad? Y cyfan a wyddai Magi oedd ei bod ar fin disgyn gan gymaint ei blinder. Disgynnodd i'r llawr y tu ôl i bentwr o frwyn, mor llipa â chadach. Nid oedd wahaniaeth ganddi a oedd y ddaear yn wlyb ai peidio. Caeodd ei llygaid a chysgodd yn drwm.

Pan ddeffrodd roedd yn dechrau nosi a niwl yn cau am y rhos. Dechreuodd gerdded, a chyn bo hir gwelodd y Weirglodd Wen yn y gwyll. Meddyliodd mor wahanol oedd ei hamgylchiadau heno i'r tro cyntaf y cyrhaeddodd yno. Gwyddai na fyddai croeso iddi yno, hyd yn oed i gael diod o ddŵr, felly ymlwybrodd o lech i lwyn tuag at y ffynnon oedd yng nghornel y cae gan ddiolch am gwrlid y niwl. Gwnaeth ei dwylo'n gwpan ac yfed y dŵr oer, iachusol am funudau maith. Gan deimlo ychydig yn well, aeth yn ei blaen i Redynfa.

Pan gyrhaeddodd ben ei thaith gwelodd fod y drws ar agor, a thrwy lewyrch anwastad y tân sgleiniai ambell blât yn felyngoch ar y dresel a safai yn erbyn y wal gefn. Clustfeiniodd Magi am ennyd ond nid oedd smic i'w glywed o'r tŷ, felly curodd ar y drws. Yn ei nerfusrwydd curodd braidd yn drymach nag y buasai wedi'i wneud fel arfer, ac yn syth, clywodd sgrech hir plentyn bach.

'O drapia, a fynta bron â chysgu!' Roedd y llais o'r tŷ yn un blin a diamynedd. 'Dowch i mewn; mae'r drws ar agor.'

Roedd Mair yn eistedd wrth y tân yn ceisio tawelu bachgen bach a oedd erbyn hyn yn beichio crio ac yn gwingo fel pysgodyn mewn rhwyd.

'O'r nefoedd drugaredd, mi fydd o'n effro am oria rŵan,' cwynodd, cyn edrych i weld pwy oedd yn gyfrifol am ddeffro'r babi.

'Myf...?' ffwndrodd Mair pan welodd Magi yn sefyll o'i blaen. 'Duwch, na,' meddai'n ddig. 'Pwy wyt ti?' Craffodd ar Magi, yn amlwg ddim yn ei chofio o'r diwrnod hwnnw yn y fynwent.

'Magi.'

'Magi?' gofynnodd Mair. 'Plentyn pwy wyt ti? Ydw i'n nabod dy deulu di?'

'Na, dwi ddim yn meddwl ... ond mi o'n i'n forwyn fach yn y Weirglodd Wen tan ...'

'Y Weirglodd Wen? Ydi pob dim yn iawn yna?' gofynnodd yn wyllt.

'Ma' gin i rwbath i'w ddeud wrthach chi.'

'Be? Does 'na neb wedi mar... does 'na ddim byd o'i le yno, nag oes?'

'Na, mae pawb yn iawn,' atebodd Magi, yn sicr fod Mair yn poeni iddi ladd Osian.

Edrychai Mair yn flinedig ac aflêr, a'r ystafell hefyd yn anhrefnus. Ar y bwrdd roedd platiau a chwpanau budron, a doedd dim arwydd bod neb wedi tynnu'r lludw o dan y tân ers dyddiau. Hongiai rhyw ddilledyn neu glwt ar gefn pob cadair.

'Wel, paid â sôn am y lle, 'ta. Ma' clywed enw'r tŷ fel gwenwyn i mi,' meddai Mair yn swta, ond roedd ei rhyddhad yn amlwg.

Ni wyddai Magi sut y medrai ddweud ei stori ac ufuddhau i orchymyn Mair, felly doedd dim amdani ond dweud y gwir plaen.

'Nid Osian ydi tad y babi.'

Trodd Mair ei phen i edrych ar Magi a syllodd y ddwy ar ei gilydd.

'Pam ddylwn i dy goelio di?' gofynnodd Mair o'r diwedd. 'Wnaeth y diafol 'na dy dalu di i ddeud clwydda wrtha i?'

'Naddo,' atebodd Magi'n bendant. Dechreuodd deimlo'n benysgafn a chaeodd düwch amdani fel mantell.

Pan ddaeth ati ei hun roedd ganddi gur mawr yn ei phen. Roedd yn gorwedd ar y llawr â chwilt y babi drosti a siôl dan ei phen. Ceisiodd godi ar ei heistedd.

'O, mi wyt ti ar dir y rhai byw, felly,' meddai Mair, ac aeth i nôl diod o ddŵr iddi.

'Wyt ti isio rwbath i fwyta?'

'O oes, os oes ganddoch chi rwbath bach,' meddai Magi'n ddiolchgar.

'Ma' gin i fymryn o lymru ar ôl. Mi a' i i'w nôl o i ti.'

Llwyddodd Magi i godi i'r gadair agosaf.

'Pa bryd gest di fwyd ddwytha?' gofynnodd Mair wrth roi'r bowlen iddi.

'Fedra i ddim cofio ... Diolch yn fawr i chi am hwn.'

Gadawodd Mair iddi fwyta ac aeth i ymorol am y babi. Pan ddaeth yn ôl roedd ychydig o wrid yn ôl yn wyneb Magi.

'Felly, pwy ydi tad Idwal bach?'

'William Jones, y mistar,' atebodd Magi.

'Paid â deud clwydda. Fasa Myfi byth wedi gadael i ddyn mor hen a hyll fynd yn agos ati hi. Trio cadw part yr Osian 'na wyt ti eto, yntê,' cyhuddodd Mair.

'Naci, Mair. Mi gaiff Duw mawr fy nharo'n farw'r funud 'ma os ydw i'n deud clwydda wrthach chi.'

'O'r gora – deud sut wyt ti'n gwbod.'

Adroddodd Magi ei stori gan ddechrau gyda'i noson gyntaf yn y Weirglodd Wen. Pan ddisgrifiodd sut y bu i William gyfaddef popeth yn y stabl, dechreuodd Mair wylo.

'Mi ladda i'r diawl. Gwnaf, wir.'

'Pwy fasa'n edrych ar ôl Idwal bach wedyn, a chitha dan glo? Mi geith o ei haeddiant, mi gewch chi weld,' sicrhaodd Magi hi. 'Mi eith o i uffern a chael 'i gnoi gan gŵn bach Gehenna. Mi glywis i rywun yn deud hynna am bobol ddrwg.'

Roedd Magi'n difaru ei bod wedi dweud cymaint wrth Mair – bu'r newyddion yn llawer gwaeth ysgytwad iddi na'r syniad mai Osian oedd tad Idwal.

'Myfi bach annwyl, pam na ddeudist ti wrtha i?' gofynnodd Mair, fel petai ei merch yn sefyll o'i blaen. 'Ma' raid bod gin ti ormod o gywilydd i ddeud y gwir.' Trodd at Magi. 'Ro'n i'n casáu Osian cymaint am beidio priodi Myfi. Mi roedd Robat a finna am fynd i'r Weirglodd Wen i'w rhoi nhw yn eu lle, ond mi wnaeth Myfi ein hatal ni gan ddeud nad oedd arni isio'i briodi o. Doedd Robat a finna ddim yn 'i chredu hi – roeddan ni'n meddwl fod mab y Weirglodd Wen yn ŵr rhy fawr i briodi'n Myfi ni. O Magi, ma'n dda gen i dy fod ti wedi deud y cwbwl wrtha i. Bechod o'r mwya nad ydi Robat yma heno.'

'Lle mae o?'

'Mae o wedi mynd i weld 'i dad. Mi ddaw yn 'i ôl fory. Magi, mi gei di aros yma heno. Does gen ti unman arall i fynd, nag oes?'

'Nag oes. Diolch yn fawr, Mair. Yn y bora, mi a' i at Siani Prys a Sioned.'

Teimlai Magi'n hapus ei bod wedi gallu gwneud cymwynas ag Osian, er na fyddai byth yn ymwybodol o hynny. Nid oedd wahaniaeth ganddi chwaith petai William yn dod i wybod beth roedd hi wedi ei ddwoud amdano.

'Ma'n well i ti fynd i dy wely rŵan,' meddai Mair. 'Mi wyt ti wedi ymlâdd.'

'Ga' i ofyn un peth i chi gynta, Mair?

'Cei, siŵr.'

'Wn i ddim be i'w wneud efo'r gwaed 'ma.' Dangosodd Magi ei choesau iddi.

'O, 'mach i, mi wyt ti angen cadach, yn dwyt. Aros yn fama ac mi a' i i nôl un i ti.'

Daeth Mair yn ei hôl efo darn hir o ddefnydd ac eglurodd i Magi sut i'w wisgo.

'Am faint fydd hyn yn para?'

'O, dim ond am ryw bedwar, bump diwrnod.'

'A pha mor aml?'

'Bob rhyw fis.'

'Am byth?'

'Paid â phoeni, Magi bach. Mi ddoi di i arfer efo nhw. Ma' raid i ti wisgo cadach glân bob diwrnod. Mi ro' i un arall i ti, ac mi gei di olchi hwn fory. Mi gei di gysgu yng ngwely Myfi,' meddai. 'Does neb wedi cysgu ynddo fo ers i Myfi ... ein gadael ni.'

Nodiodd Magi ei phen a dilyn Mair i'r llofft.

'Os clywi di sŵn siarad uchel o'r gegin, paid â phoeni. Ma' Llew, fy mrawd, am daro i mewn, medda fo, ac mi fydd o'n go uchel 'i gloch fel rheol. Mi ddeuda i wrtho fo dy fod ti yma, yn y gobaith y bydd o chydig bach distawach.'

Wrth orwedd yn y gwely, meddyliodd Magi am Myfi. Petai William wedi ei threisio yn y stabl gallai hithau fod wedi ei chael ei hun yn yr un cyflwr â hi. Cysgodd yn syth er bod ei meddwl ar garlam, ond deffrodd yn sydyn mewn braw. Cilagorodd un llygad ac yn y tywyllwch gwelodd arlliw o wyneb dyn o fewn modfedd i'w hwyneb, ei anadl yn boeth ac yn drwm ar ei boch. Tybiodd am eiliad mai William Jones oedd o, a chymerodd arni ei bod yn dal i gysgu.

'Ty'd o'ma – ma' hi'n deffro,' clywodd Mair yn sibrwd.

Ni feiddiai Magi symud gewyn, ond ar ôl i Mair a'r dyn adael y llofft cododd ar ei heistedd a llithro o'r gwely'n ddistaw. Wrth i'w llygaid gynefino â'r tywyllwch, sylwodd eu bod wedi gadael y drws yn gilagored. Ar flaenau ei thraed, ac mor ddistaw ag y gallai, aeth tuag ato. Wrth geisio clustfeinio cofiodd Magi fod Mair wedi dweud fod ei brawd yn galw a gwawriodd arni pwy oedd y dyn – ond ni allai ddeall pam roedd o wedi dod i'r llofft i'w gweld. Trodd yn ei hôl am y gwely.

'Ia, hi ydi hi,' meddai llais y dyn o'r gegin.

Rhewodd Magi yn ei hunfan.

'Ia, hi ydi hi,' meddai wedyn. 'Merch Leusa'r Bwthyn Bach.'

Roedd Magi'n adnabod y llais. Llew'r porthmon. Llonnodd,

ac roedd ar fin mynd i lawr y grisiau i'w gyfarch pan glywodd eiriau nesaf Llew.

'Magi ydi hi, yn siŵr o fod ... mae ganddi hi chwaer, Sioned. Faswn i ddim yn synnu taswn i'n dad i Magi!' meddai, a gorchest yn ei lais.

'Paid â siarad lol,' meddai Mair.

'Ar fy marw,' mynnodd Llew gyda chwerthiniad bach. 'Roedd 'i mam hi wedi gwirioni efo fi.'

'Wyt ti wedi cael gormod o gwrw, Llew?'

'Na, dwi mor sobor â'r rheithor ar bnawn Sul.'

'Choelia i mo hynny,' chwarddodd Mair.

'Mi ges i hwyl efo Leusa,' broliodd Llew, 'ac mi fydda hi'n ymddiried yndda i i dalu ei dyledion hi. Mi gymrwn i'r arian ganddi, ond weithia fyddwn i ddim yn talu i'r bobol, yn enwedig os oeddan nhw'n gefnog, fel gŵr y Weirglodd Wen.'

'O, Llew, ddylat ti ddim bod wedi gwneud hynny,' ceryddodd Mair.

'Wel, doeddat ti ddim cwyno pan fyddwn i'n rhoi chydig o arian i ti bob hyn a hyn.'

'Ond mi o'n i'n meddwl mai dy arian di oedd hwnnw!'

'Be? Rhoi f'arian fy hun i ti? Byth! Tydw i ddim yn hollol wirion. A pheth arall, mi oedd gan Leusa ryw gelc bach o arian mewn cist fach gopr. Rhyw ddiwrnod, dwi'n bwriadu mynd yn ôl i'r Bwthyn Bach i geisio cael gafael arni. Mi gei di ryw geiniog neu ddwy yn rhagor wedyn,' meddai, a chwarddodd eto.

'O, Llew, taw! Os ydi'r arian yn perthyn i rywun, yna perthyn i'r plant mae o.'

'Ond fy mhlentyn i ydi Magi, felly fy arian i ydi o,' rhesymodd Llew yn fuddugoliaethus.

Ni allai Magi gredu bod ei mam wedi cael ei thwyllo gan rywun y tybiai ei fod yn ffrind mor dda iddi. Ni allai chwaith ddychmygu bod Llew yn ddim mwy na ffrind i'w mam. Aeth yn ôl i'w gwely yn teimlo fel petai eisiau cyfogi.

Pennod 15

Ar ei thaith i dŷ Siani drannoeth, ni theimlodd Magi na phant na bryn na charreg dan ei thraed. Ni chlywodd y gwynt na'r heulwen ar ei boch, a gwibiodd y perthi a'r coed ar ochrau'r llwybrau heibio heb iddi sylwi arnynt. Anghofiodd fwyta'r frechdan a roddodd Mair iddi cyn iddi gychwyn, a phan gyrhaeddodd dŷ Siani nid oedd arni'r mymryn lleiaf o flinder. Curodd ar ddrws Siani a cherdded i mewn.

'Ma' Magi wedi dŵad yn ôl. Ma' Magi wedi dŵad yn ôl!' bloeddiodd Sioned. Rhedodd y fechan tuag ati ar gymaint o ras nes y bu bron iddi gael ei thaflu i'r llawr.

'Sioned! Mi rwyt ti wedi tyfu, yn dwyt? Sut wyt ti?'

Nid atebodd Sioned, dim ond dal i weiddi, a rhedeg o'r tân i'r drws yn ôl ac ymlaen yn ddiddiwedd. Daeth Siani i'r tŷ yn frysiog wrth glywed y fath weiddi.

'Magi!' ebychodd, 'ydi pob dim yn iawn?'

'Ydi. Meddwl y baswn i'n dŵad yma i'ch gweld chi am ddiwrnod neu ddau.'

Gwyddai Siani na fyddai morynion yn ymweld â neb am ddiwrnod neu ddau, ond er lles Sioned wnaeth hi ddim holi mwy.

'Wel, da iawn. Dwi'n falch iawn o dy weld di.'

'A finna hefyd,' gwaeddodd Sioned, gan wasgu Magi mor dynn ag y gallai.

'Sioned, dos allan i ganu i'r ieir fod Magi wedi dŵad yn 'i hôl,' anogodd Siani.

Eisteddodd Magi ar ôl i Sioned fynd allan, ac aeth Siani i nôl diod o ddŵr iddi. Cofiodd Magi am y frechdan a'i bwyta'n araf efo'r dŵr.

'Be sy'n bod, 'mach i?' gofynnodd Siani.

'Dim. Fel y deudis i, isio'ch gweld chi a Sioned o'n i.'

Edrychodd Siani arni â'i llygaid addfwyn.

'Fedri di mo 'nhwyllo i. Mi wn i fod rwbath o'i le. Cymer dy amser i ddeud.'

Anghofiodd Magi'r llith roedd hi wedi'i pharatoi gan fod ei phen yn llawn â geiriau Llew. Oedd ei thad wedi amau rhywbeth am Llew a'i mam, ac ai dyna pam roedd yn casáu'r porthmon? Byddai ei mam yn mwynhau cwmni Llew ac ni theimlodd Magi erioed fod dim arall rhyngddynt, ond ar y llaw arall roedd yn eithaf amlwg mai Sioned oedd ffefryn ei thad. Roedd clywed bod Llew wedi bradychu a thwyllo'i mam hefyd wedi ei dychryn – edrychai'n debyg nad oedd wedi talu dyledion ei mam i'r Weirglodd Wen a bod William yn llygad ei le pan fynnodd fod ganddo hawl i feddiannu'r Bwthyn Bach.

Roedd Siani yn dal i edrych arni, yn aros am eglurhad.

'Wn i ddim lle i ddechra,' meddai Magi o'r diwedd.

'Mi wna i chydig o frywas i ni, ac mi gei di hel dy feddylia. Tydi o'n ddim gwahaniaeth gen i os cymri di drwy'r nos i ddeud yr hanes.'

Sylweddolodd Magi mor braf oedd hi ym mwthyn Siani. Ymlaciodd fymryn.

Ar ôl i Sioned fynd i'w gwely, treuliodd Magi gryn awr yn adrodd ei helyntion yn y Weirglodd Wen. Torrai Siani ar ei thraws yn barhaus i ofyn am fwy o fanylion, yn methu credu bod un mor ifanc wedi profi cymaint o ofid.

'Does ganddo fo ddim hawl i gymryd y Bwthyn Bach oddi arnat ti,' meddai Siani wedi i Magi orffen, 'ond tydw i'n neb ond hen ddynes heb ddylanwad ar neb na dim. Fedra i wneud dim i dy helpu di i gael dy gartref yn ôl, ond taswn i'n gweld William mi fasa fo'n cael cael blas fy nhafod i.'

'O, Siani, tydw i ddim yn disgwyl i chi fedru helpu, ond ydach chi'n meddwl y basa Nhad wedi dewis peidio talu ei ddyledion i William?'

'Faswn i ddim yn meddwl, Magi,' atebodd Siani. 'Hyd yn oed pan oedd dy dad yn wael ac yn methu codi o'i wely, mi fydda dy fam yn rhoi arian i Llew'r porthmon i dalu i bobol drosti. Mi wn i fod Llew wedi bod yn talu am geirch i'r Weirglodd Wen i dy fam. Mi faswn i'n deud fod gan dy fam fwy o ffydd yn Llew na sawl un arall.'

'Wnaeth Mam anghofio talu weithia, ydach chi'n meddwl?' gofynnodd Magi.

'Mi oedd dy fam yn ddynas onest iawn, Magi. Fasa hi byth yn peidio â thalu i neb er 'i bod hi'n eitha anodd cael deupen llinyn ynghyd pan oedd dy dad yn wael. Mi faswn i'n deud y basa dy fam wedi trio'i gora i dalu pob dimai oedd arni i bobol.'

'Felly, tydach chi ddim yn meddwl fod arni hi arian i William Jones?'

'Twt lol! Hyd yn oed tasa arni hi arian am chydig o geirch, fasa fo ddim yn gymaint o swm â gwerth y Bwthyn Bach!'

Penderfynodd Magi beidio â dweud wrthi am sgwrs Llew a Mair y noson cynt, ond rywsut neu'i gilydd clywodd ei hun yn gofyn:

'Siani, ai Llew'r porthmon ydi fy nhad i?'

'Brensiach annwyl, pam wyt ti'n gofyn y fath beth?'

Teimlodd Magi'n ffôl am fod mor fyrbwyll ond eglurodd i Siani rywfaint o'r hyn a glywsai.

'Paid â choelio dim mae'r Llew 'na'n 'i ddeud. Dyn drwg ydi o. Mi fydd dynion fel fo yn trio brolio'u bod nhw'n fwy o ddynion nag ydyn nhw.'

'O.' Nid oedd Magi wedi clywed peth felly o'r blaen.

'Mi eith dynion fel Llew yn syth i uffern, a ma' uffern yn lle rhy dda i rai ohonyn nhw,' cysurodd Siani hi.

'Felly, tydi Llew ddim yn dad i mi?' gofynnodd eto.

'Mi wyt ti'r un ffunud â dy dad pan oedd o'n ddyn ifanc. Ma'i lygaid a'i wallt o gen ti.' Gwelodd Siani fod Magi wedi ysgafnhau drwyddi. 'Mi wyddost ti y cei di aros yma, bod croeso i ti yma bob amser, yn dwyt?'

'Mi dwi'n addo yr a' i i'r ffair ben tymor nesa i chwilio am le arall i weini.'

'Paid â phoeni dim am hynny rŵan. Mae ganddon ni ddigon o fwyd i ni'n tair am yr haf, o leia.'

Pennod 16

Roedd y prynhawniau ym mwthyn Siani yn dipyn gwahanol i brynhawniau'r Weirglodd Wen. Roedd Magi wedi dod i arfer â bod ar fynd o fore gwyn tan nos, ond yma roedd y byd yn troi ar ei echel yn dipyn arafach. Pendwmpiai Siani yn ei chadair o flaen y tân ar ôl cinio bob diwrnod, ac âi Sioned i godi cerrig i chwilota am bryfed genwair a chwilod. Byddai Magi wedi gorffen ei dyletswyddau o gwmpas y tŷ yn y bore, felly rhwng amser cinio a swper nid oedd ganddi fawr ddim i'w wneud, ac ni wyddai'n iawn sut i'w diddori ei hun.

Weithiau ni wnâi ddim o gwbl ond lled-orwedd yng nghysgod yr ysgawen a dyfai yng nghefn y tŷ, a syllu i fyny drwy'r dail ar haul Mehefin. Ar ddiwrnodau eraill crwydrai'r caeau a'r llwybrau, gan werthfawrogi'r hamdden i sylwi ar yr adar bach yn hel gwlân, cyfri petalau llygaid y dydd, gwylio malwen yn dringo i ben carreg neu dim ond gwrando ar y gog.

Gan nad oedd y Bwthyn Bach yn ddim ond rhyw filltir o dŷ Siani gallai weld ei gorn o un o'r llwybrau. Ar hyd y llwybr hwn y byddai ei mam, Sioned a hithau yn cerdded pan fyddent yn mynd i weld Siani ers talwm, ond penderfynodd beidio â dilyn y llwybr hwnnw am y tro.

Gwyddai Magi na allai fyw efo Siani am byth ond diolchai nad oedd yn rhaid iddi fynd yn ôl i'r Weirglodd Wen, er bod arni hiraeth am Cadi a'r gweision. O dro i dro ceisiai ddychmygu beth oedd pawb yn ei wneud yno. Gobeithiai Magi fod Lowri yn gwneud tipyn mwy o waith bellach i helpu Cadi. Meddyliai am Osian yn priodi Meinir heb wybod ei bod yn hanner chwaer iddo, a theimlai'n euog nad oedd wedi bod yn ddigon dewr i ddweud wrtho. Teimlai hefyd ei bod wedi gwneud cam â Rhys drwy adael mor ddisymwth heb ffarwelio ag ef.

Roedd Magi wedi dysgu peidio â meddwl am William Jones.

Pan ddeuai ei wyneb i'w chof byddai'n anniddig am oriau, felly ceisiai fynd i siarad efo Siani neu chwarae efo Sioned pan ddigwyddai hynny. O dipyn i beth, sylweddolodd ei bod yn meddwl llai a llai am y Weirglodd Wen, a gobeithiai y deuai'r amser pan na feddyliai am y lle o gwbl.

Ar brynhawniau glawog dysgodd Siani hi i weu. Roedd yn fodiau i gyd ar y dechrau, yn methu dal y gweill a rhoi'r edafedd rhyngddynt yr un pryd, ond roedd gan Siani amynedd Job a chodai un pwyth ar ôl y llall wrth i Magi eu gollwng. Ceisiodd guddio'r ffaith nad oedd ganddi fawr o ddiddordeb mewn gweu gan fod Siani'n athrawes mor frwdfrydig, felly dyfalbarhaodd ac ar ôl oriau meithion gorffennodd ddarn sgwâr, anwastad a thyllog.

'Siani, llyfr 'di hwnna ar y silff?' gofynnodd Magi un diwrnod pan oedd Siani a hithau'n twtio.

'Ia,' cadarnhaodd Siani heb fawr o frwdfrydedd.

'Pa lyfr ydi o?'

'Y Beibl.'

'Ga' i 'i weld o?'

'Cei, siŵr iawn, ond does 'na ddim llunia ynddo fo, cofia.' Tynnodd Siani y Beibl i lawr, a chyda cledr ei llaw tynnodd haenen o lwch oddi ar ei glawr cyn ei roi i Magi.

Agorodd Magi'r clawr yn araf a throi'r tudalennau nes cyrhaeddodd lyfr Genesis. Dechreuodd ddarllen yn araf.

'Yn y dech-reu-ad creodd Duw y nefoedd a'r ddaear. Yr oedd y ddaear yn af-lun-iaidd a gwag ac yr oedd ty-wyll-wch ar wyneb y dyfnder, ac ysbryd Duw yn ymsymud ar wyneb y dyfroedd.'

'Brensiach annwyl, mi wyt ti'n medru darllen yn dda!' torrodd Siani ar ei thraws.

'Ydw, rhyw chydig,' atebodd Magi, ac eglurodd ei bod wedi mynychu'r ysgol. 'Ga' i fenthyg y Beibl 'ma, i mi gael ymarfer 'i ddarllen o? Ella y medra i ddysgu Sioned i ddarllen hefyd.'

'Cei, siŵr iawn,' atebodd Siani. 'Wnei di ddarllen ychydig ohono fo i mi hefyd?'

'O gwnaf, Siani. Diolch yn fawr.' Roedd ar ben ei digon.

Treuliai Magi oriau maith yng nghysgod yr goeden ysgawen yn darllen y Beibl, a gyda'r nos darllenai'r adnodau i Siani a Sioned.

'Duwadd, mae'r Griffith Jones 'na'n ddyn peniog, yn tydi,' rhyfeddodd Siani un noson ar ôl i Magi orffen darllen am Noa a'r dilyw. 'Pwy fasa'n meddwl am gynnal ysgolion i ddysgu plant a phobol i ddysgu darllen fel hyn.'

'Ydi, mae o,' cytunodd Magi. 'Mi fyddai'r meistri, Mr Pritchard a Mr Parry, yn sôn am ryw Hywel Harris hefyd – Methodist ydi o, yn pregethu ar hyd a lled Cymru, meddan nhw. Mi ddeudodd y meistri 'i fod o wedi troi llawer o bobol i fod yn Fethodistiaid.'

'Bobol mawr.'

'Mi fyddan nhw'n sôn am ryw William Williams o Bantycelliog hefyd. Na, dim Pantyceiliog ... Pantycelyn. Mae hwnnw'n ysgrifennu penillion, ac ma' ganddo fo gciniog neu ddwy hefyd,' meddai Magi'n wybodus.

'Wcl, os daw yma efo'i benillion, mi gaiff o groeso cynnes felly,' chwarddodd Siani.

* * *

Daeth dydd Gŵyl Ifan, a thrwy gydol y dydd bu Sioned yn swnian am gael mynd i weld y fedwen haf a'r goelcerth. Yr ateb bob tro fyddai 'ar ôl swper', ac er mwyn ceisio tynnu sylw Sioned oddi ar 'amser swper', aeth Magi â hi i chwilio am ddail y fendigaid er mwyn cadw gwrachod ac ysbrydion drwg i ffwrdd.

Pan ddaeth y ddwy yn eu holau i'r tŷ, roedd cist fechan ar ganol y bwrdd.

'Yn y gist yma,' eglurodd Siani, 'mae 'na rubanau. Ewch allan eto i hel blodau, canghennau, eiddew a beth bynnag arall liciwch chi, ac mi gewch chi'r rubanau 'ma i'w haddurno ar gyfer y fedwen haf.'

'O diolch, Siani,' meddai Magi, oedd wedi cyffroi bron cymaint â Sioned.

'Y tro dwytha i mi i agor y gist yma ro'n i'n ifanc fel chdi, Magi, ac yn addurno'r fedwen haf am y tro ola,' eglurodd Siani.

'Hwn ydi'r diwrnod gora erioed!' meddai Sioned, gan ruthro allan o'r tŷ.

Y noson honno, ar un o gaeau Nyffryn, roedd arogl mwg a choed yn llosgi'n drwm yn yr awyr a llamai fflamau'r goelcerth i'r entrychion. Edrychai'r fedwen haf yn fendigedig, yn blastr o rubanau a blodau, a chododd Magi ei chwaer i fyny er mwyn iddi allu rhoi ei blodau arni. Roedd twr o blant swnllyd wedi casglu o gwmpas y crythor, yn crefu arno i adael iddynt gyffwrdd ei grwth a thincian y tannau.

Wrth iddi dywyllu daeth coelcerthi eraill i'r golwg yn y pellter, ac ymhen dim roedd dawnsio gwyllt o gwmpas y fedwen. Curai'r dorf eu dwylo i guriad alaw y crythor a chanu'n swnllyd, hapus. Dechreuodd Sioned guro'i dwylo hefyd, a dawnsiodd mewn cylch o gwmpas Siani a Magi.

Roedd Magi wrth ei bodd yn sgwrsio â'i chyfeillion, ac roedd yn ddiolchgar na soniodd yr un ohonynt am y Weirglodd Wen. Nid oedd erioed wedi dawnsio o'r blaen ac ni wyddai'n iawn beth i'w wneud, ond pan edrychodd o'i chwmpas roedd yn amlwg na wyddai'r rhan fwyaf o'r lleill sut i ddawnsio chwaith, felly rhoddodd gynnig arni. Dawnsiodd nes roedd ei phen yn troi, a chymerodd seibiant bach i gael ei gwynt ati.

'Wyt ti'n byw efo Siani rŵan? Wyt ti wedi gadael y Weirglodd Wen?' Neli'r Cwm oedd yr unig un a oedd yn ddigon hyf i holi.

'Ydw, mi ydw i wedi gadael y Weirglodd Wen,' atebodd.

'Dwi'n genfigennus iawn ohonat ti. Mi faswn i wrth fy modd yn gadael y diawl lle dwi'n gweini ynddo fo hefyd.'

'Basat?'

'Wrth gwrs – ma'r mistar fel dyn o'i go'! Mi fu'n rhaid i mi dorri gwinadd 'i draed o ddoe. Roedd 'i draed mor ddu â chefn mochyn daear ac yn drewi'n waeth na'r domen dail. Ar ôl gorffen mi es i allan i chwydu.'

'Ma' William Jones 'run fath ... ond yn waeth.'

'Gwaeth? Mi wnest ti'r peth iawn, 'ta. Mi ddoi di o hyd i fistar gwell y tro nesa. Mi gei di weld.' Oedodd Neli am ennyd. 'Dwi wedi clywed am Osian, mab y Weirglodd Wen. Ydi o mor ddel ag mae pobol yn ddeud?'

Daliodd Magi ei gwynt cyn ateb.

'Wel, ydi o?'

'Ydi, mae o,' atebodd Magi, a diolchodd ei bod yn rhy dywyll i Neli ei gweld yn gwrido.

'Anghofia am y Weirgodd Wen rŵan,' chwarddodd Neli, 'a ty'd efo fi i weld a fyddwn ni'n cyfarfod yr hogia rydan ni am eu priodi heno. Os taflwn ni ddarn o bren i'r goelcerth, a hwnnw'n clecian, mi fyddwn ni'n cyfarfod ein gwŷr heno!'

Cododd y ddwy ddarn bach o bren bob un o gwr y goelcerth. Taflodd Neli ei phren hi i'r tân gyntaf, ac ymhen dim, cleciodd yn uchel.

'Mi ydw i'n mynd i ffatio heno!' sgrechiodd yn uchel.

Taflodd Magi ei phren hithau i'r tân. Roedd arni ofn na fuasai'n clecian, ond ymhen dwy eiliad cleciodd ei phren hithau hefyd gan wasgaru gwreichion i bob cwr. Sgrechiodd Neli'n uchel eto.

'Ma'n well i titha fynd i ffatio hefyd, Magi!'

'Be ydi ffatio, Neli?' gofynnodd Magi. Credai ei bod wedi clywed y gair o'r blaen, ond roedd wedi bod yn rhy ifanc bryd hynny i gymryd diddordeb.

Ysgydwodd Neli ei phen i mewn anghrediniaeth lwyr.

'Wel, i ddechra ma' raid i ti gael ffat, sef darn o bren sy wedi ei naddu'n fflat a llyfn, efo coes arno fo i ti fedru gafael ynddo fo. Wedyn, ar hanner nos, mi wyt ti i fynd i'r ffynnon efo dilledyn, a golchi'r dilledyn hwnnw drwy ei daro fo â'r ffat gan adrodd yn uchel: "Sawl ddaw i gyd-fydio, doed i gyd-ffatio." Wedyn, mi ddaw'r hogyn wyt ti am 'i briodi atat ti.'

'O ia, dwi'n cofio rŵan,' meddai Magi gan wenu.

Ymhen dim daeth criw o enethod a bechgyn atynt i sgwrsio.

'Pwy sy am fynd i ffatio heno?' gofynnodd un o'r genethod.

'Os deudwch chi wrthon ni at ba ffynnon dach chi'n mynd, mi wnawn ni'n siŵr y byddwn ni yno,' meddai un o'r hogiau, gan ysgogi bloedd o chwerthin gan y lleill.

'Mi wna i'n siŵr y do' i ar dy ôl di i'r ffynnon,' meddai hogyn golygus efo gwallt du wrth Magi, gan wenu'n ddireidus. Roedd yn ei hatgoffa hi o Osian, a daeth pwl o swildod drosti.

Yng nghanol y sŵn a'r miri, wnaeth Magi ddim sylwi bod Siani a Sioned yn sefyll tu ôl iddi

'Mi ydw i am fynd â Sioned adra,' meddai Siani, gan roi ei llaw ar ysgwydd Magi. Roedd golwg wedi ymlâdd ar y fechan. 'Wyt ti am ddŵad efo ni?'

Gwrthododd Magi. Doedd hi ddim am golli'r hwyl anghyffredin.

Erbyn hynny, roedd tân y goelcerth yn diffodd yn araf. Mudlosgai gweddillion y boncyffion yn felyngoch ymysg llwydni'r lludw. Tynnodd rhywrai'r fedwen haf i lawr a phaciodd y crythor ei grwth.

Ar ôl ffarwelio â'r criw a gerddodd gyda hi ran o'r ffordd adref, aeth Magi i gyfeiriad y ffynnon. Roedd yn noson dawel a chynnes ac roedd y lleuad yn ddigon golau iddi allu gweld ei ffordd yn rhwydd. Pan gyrhaeddodd y ffynnon, fodd bynnag, teimlai ychydig yn ffôl wrth feddwl am adrodd y geiriau 'Sawl ddaw i gyd-fydio, doed i gyd-ffatio' wrthi ei hun ganol nos. Yna, sylweddolodd nad oedd ganddi ddilledyn i'w olchi. Roedd ar fin mynd yn ôl i'r tŷ pan gafodd syniad. Gallai olchi ei sanau. Tynnodd am ei thraed a rhoi ei sanau yn y ffynnon i'w golchi. Gwawriodd arni nad oedd ganddi ffat chwaith, ac aeth i chwilio am frigyn o'r goeden yn ei le. O'r diwedd, dechreuodd guro'r sanau â'r brigyn ac adrodd y geiriau'n dawel wrthi ei hun. Arhosodd am ennyd, ond ni ddaeth neb. Adroddodd y geiriau drachefn, drosodd a throsodd, wrth guro'r sanau â'r brigyn, ac yn sydyn, clywodd rywbeth. Roedd sŵn traed rhywun yn rhedeg tuag ati. Daeth ton o hapusrwydd ac ofn drosti yr un pryd wrth i'r traed ddod yn nes ac yn nes. Tybed oedd yr hogyn pryd tywyll wedi ei dilyn i'r ffynnon?

'Magi.'

Adnabu Magi'r llais ar ei hunion.

'Osian!'

'Magi, mae'n rhaid i ti ddŵad yn ôl i'r Weirglodd Wen. Heno.'

Pennod 17

Cododd Magi ar ei thraed, ei gwynt yn fyr.

'Pam? Be sy'n bod?' gofynnodd yn frysiog.

'Nhad sy isio i ti ddŵad yn ôl.'

'Paid â deud anwiredd. Pam y basa fo f'isio i'n ôl, yn enwedig yng nghanol y nos fel hyn?'

'Wir i ti,' mynnodd Osian. 'Ar ôl i ti adael, mi gafodd Nhad ei daro'n wael. Dim ond peswch ar 'i frest oedd ganddo fo i gychwyn, ond ddoe ac echdoe mi ddatblygodd dwymyn fawr. Mi oeddan ni i gyd yn meddwl 'i fod o ar farw, ond rywsut neu'i gilydd mae o'n dal i fod efo ni. Heno, mi ddeudodd 'i fod o isio dy weld ti am fod ganddo fo rwbath i'w ddeud wrthat ti. Felly, dyma fi.'

'Be mae o isio'i ddeud?' gofynnodd Magi.

'Wn i ddim,' cyfaddefodd Osian.

Ochneidiodd Magi. Roedd hi wedi blino, a'r peth olaf y dymunai ei wneud oedd mynd yr holl ffordd i'r Weirglodd Wen i siarad â William.

'Ella fod Nhad isio ymddiheuro i ti,' awgrymodd Osian. 'Isio rhoi'r Bwthyn Bach yn ôl i ti cyn iddo farw, am 'i fod o'n meddwl na cheith o ddim mynd i'r nefoedd heb wneud iawn am ei gamweddau.'

'Wnaeth o ymddiheuro i ti?' gofynnodd Magi. Ni allai gredu y gallai dyn fel William Jones brofi'r fath dröedigaeth.

'Wel ... naddo.'

'Os nad ydi o wedi ymddiheuro i'w fab 'i hun, yna go brin 'i fod o isio ymddiheuro i mi,' meddai Magi'n swta. 'Be taswn i'n gwrthod? Tydi dy dad ddim yn fistar arna i rŵan, a does dim rhaid i mi ufuddhau iddo fo. Mi wn i y bydd yn rhaid i mi fynd i weini ar ffarm arall yn o fuan, ond tydw i ddim isio mynd yn ôl i'r Weirglodd Wen, hyd yn oed am ddiwrnod.'

Crafodd Osian ei ben.

'Mi fasa Cadi'n hoffi dy weld ti. Mi fydd hi'n sôn am yr hwyl fyddach chi'n 'i gael efo'ch gilydd yn aml, ac mi oedd hi mor hapus pan glywodd hi 'mod i'n dŵad i chwilio amdanat ti.'

Ddywedodd Magi ddim gair.

'Magi, fedra i ddim mynd yn f'ôl hebddat ti. Mae Nhad yn dibynnu arna i.'

'Doedd ddim gwahaniaeth ganddo fo am fy nhynged i yr adeg honno, felly pam ddylwn i boeni amdano fo rŵan?' meddai Magi.

'Mi wyt ti'n iawn, Magi,' meddai Osian, 'ond mae o'n ddyn gwael, a dwi'n crefu arnat ti.'

Synhwyrodd Magi fod Osian mewn sefyllfa ddyrys. Gallai ddychmygu bod William wedi mynnu cyn iddo adael na ddylai feiddio dod yn ôl i'r Weirglodd Wen hebddi.

'Gwranda, Osian, tydw i ddim isio gweld dy dad byth eto.'

'Ond Magi ...'

Gwelodd Magi'r dagrau'n cronni yn llygaid Osian, a'r olwg o anobaith ar ei wyneb.

'O'r gora, mi ddo' i.'

'O, diol...'

'Fel ffafr i ti.'

Gwenodd Osian, ac wrth i'r ddau ohonynt gychwyn tuag at fwthyn Siani dechreuodd siarad yn nerfus.

'Ma' Beti wedi dod aton ni ers i ti adael.'

'Pwy ydi Beti?'

'Hogan bach newydd,' meddai Osian. 'Mi ddechreuodd ryw bythefnos yn ôl ... ma' hi'n gyfeillgar ac yn hynod o ddel.'

Sythodd Magi ei chefn a cherdded yn ei blaen.

'Ma' ganddi lygaid mor las â'r awyr ar bnawn braf ym Mai, a dannedd bychain del. Mi fydd hi'n gwneud pethau digri, ac mi fydd pawb yn chwerthin a chael hwyl pan fydd hi o gwmpas,' ychwanegodd Osian.

'Wel, da iawn Beti,' meddai Magi'n sych.

'Hefyd, pan fydd hi'n fy ngweld i, mi fydd hi'n rhedeg yn syth ata i.'

'Hm,' meddai Magi, gan feddwl am yr adeg y rhedodd hi i ffwrdd pan welodd hi Osian.

'Mae'r gweision i gyd wedi gwirioni efo hi.'

'Nid nhw ydi'r unig rai, ma'n debyg gen i.'

'A phob diwrnod, mi fydd Beti yn ...'

'Oes gen ti unrhyw sgwrs arall, Osian, 'ta oes raid i mi wrando ar rinweddau Beti yr holl ffordd yn ôl i'r Weirglodd Wen?' gofynnodd Magi'n swta, heb ddeall yn iawn pam roedd hi mor flin.

Caeodd Osian ei geg yn glep a cherddodd y ddau am sbel heb yngan gair. Yn raddol, ciliodd tymer ddrwg Magi.

'Sut oeddat ti'n gwbod lle i ddod o hyd i mi?' gofynnodd i Osian.

'Mi es i i fwthyn Siani,' meddai. 'Mi ddylwn i fod wedi sylweddoli y basach chi wedi mynd i ddathlu Gŵyl Ifan. Hi ddeudodd wrtha i dy fod di'n ffatio.'

'O.'

'Pwy oeddat ti'n gobeithio'i weld?' gofynnodd Osian.

'Neb.'

'Pam mynd, 'ta? Wnest ti gyfarfod rhywun yn y dathliadau Gŵyl Ifan?'

Ystyriodd Magi am ennyd beth ddylai ei ddweud.

'Do ... Emrys,' meddai, 'ac mi roedd o mor gyfeillgar tuag ata i, ac yn olygus iawn. Mi oedd ganddo fo ddannedd gwynion perffaith a llygaid gleision fel y nen ym mis Awst, ac roedd o'n deud pethau digri ac yn gwneud i bawb chwerthin. Felly, ro'n i'n meddwl y basa fo wedi rhedeg ar fy ôl i i'r fynnon.'

Edrychodd y ddau ar ei gilydd, y ddau'n gyfartal gyda'u straeon am Beti ac Emrys.

'Felly, ma' Siani'n gwybod bod dy dad isio i mi fynd i'r Weirglodd Wen heno?' holodd Magi.

'Ydi.'

Roedd Siani'n aros amdanynt yn y drws.

'O, Magi bach,' meddai'n ddistaw, rhag deffro Sioned. 'Mi

ydw i wedi casglu rhyw chydig o betha i ti.' Trodd at Osian. 'Pa bryd ddoi di â hi'n ôl?'

'Wn i ddim,' atebodd. 'Does gin i ddim syniad pam mae Nhad isio gweld Magi, felly tydw i ddim yn siŵr am faint bydd o isio siarad efo hi.'

'Cofia di, Magi,' siarsiodd Siani, 'dwyt ti ddim yn gweithio yn y Weirglodd Wen rŵan, felly does dim raid i ti wneud 'run swydd i William Jones.'

Dringodd y ddau i'r drol a rhoddodd Siani gwdyn ar lin Magi. Gafaelodd Osian yn yr awenau, a chan glecian ei dafod, trawodd ledr yr awen ar gefn y gaseg i'w chychwyn ar eu taith. Ni siaradodd y ddau fawr yn y drol. Roedd pob dim wedi digwydd ar wib; teimlai Magi nad oedd wedi cael amser i ffarwelio â Siani yn iawn, a gallai ddychmygu siom ei chwaer pan sylweddolai ei bod wedi mynd.

Pan gyrhaeddodd y ddau fuarth y Weirglodd Wen roedd y wawr ar fin torri. Tynnodd Osian y gaseg o'r harnais, a'i thywys i'r cae. Gadawodd y drol ar y buarth rhag deffro neb yn y tŷ nag yn y llofft stabl.

Trawodd arogl cyfarwydd y tŷ Magi'n syth – arogleuon coed yn mudlosgi, bwydydd a phobol yn gymysg i gyd – ond teimlai fel dieithryn. Clywodd sŵn griddfan o'r llofft, yna pwl o besychu.

'Nhad,' eglurodd Osian.

Tynnodd Magi ei chlog oddi ar ei gwar a'i phlygu sawl gwaith. Sgubodd y briwsion oddi ar y bwrdd â'i llaw cyn rhoi'r clogyn arno. Eisteddodd, a gorffwyso'i phen ar y defnydd trwchus. Lled-orweddodd Osian ar y gadair yn ymyl yr aelwyd ac ymhen ychydig funudau roedd y ddau yn cysgu'n drwm.

Deffrodd Magi i sŵn traed Cadi'n clepian ar y llawr. Cododd ei phen yn araf oddi ar y bwrdd ac edrych i gyfeiriad y tân ond roedd cadair Osian yn wag.

'Magi!' galwodd Cadi, gan frysio ati i'w chofleidio. 'Dwi mor falch o dy weld di. Ddeudodd Osian wrthat ti pam roedd William isio dy weld? Mae o wedi bod yn dawedog iawn efo ni.'

'Tydi Osian ddim yn gwybod pam,' atebodd Magi, ac eglurodd sut y bu iddo ddod i chwilio amdani.

'Mi ddaeth Osian atat ti pan oeddat ti'n ffatio?' gofynnodd Cadi mewn syndod. 'Wel, mi wyddost ti be mae hynny'n 'i olygu!'

'Taw, Cadi,' dwrdiodd Magi. 'Doeddwn i ddim yn ffatio go iawn – dim ond pric oedd gin i!'

Chwarddodd Magi wrth iddi sylweddoli am y tro cyntaf pa mor rhyfedd oedd ei stori.

Eisteddodd y ddwy am sbel yn cyfnewid newyddion. Cofiodd Magi'n sydyn am y newydd-ddyfodiad.

'Lle mae Beti?' gofynnodd.

'O, mi ddeudodd Osian wrthat ti am Beti,' gwenodd Cadi. 'Wel, mae hi'n beth bach ddel.'

'Dyna ti eto – yn canu 'i chlodydd hi, yn union fel Osian.' Roedd clywed am rinweddau Beti wedi mynd yn fwrn ar Magi. Ni allai goelio fod Cadi, o bawb, mor hapus o weld rhywun yn cymryd ei lle mor rhwydd. Oedden nhw wedi gweld ei heisiau hi o gwbl?

Cerddodd Osian i mewn ar ddiwedd y sgwrs.

'Canu clodydd pwy oeddwn i?'

'Beti,' atebodd Cadi.

'O ia – Beti ddela yn y byd.'

'Wel? Lle ma' hi 'ta?' gofynnodd Magi.

'Allan,' atebodd Osian. 'Mi ddaw hi i mewn unrhyw funud ... o, dyma hi, ar y gair!'

Trodd Magi ei phen. Yn sefyll wrth ei thraed roedd y ci bach delaf erioed yn ysgwyd ei gynffon nes bod ei gorff i gyd yn ysgwyd.

'Ci ydi Beti?' gofynnodd Magi mewn syndod.

'Ia,' meddai Osian. 'Wel, gast, a bod yn fanwl gywir.' Cerddodd Osian allan â gwên lydan ar ei wyneb, gyda Beti yn neidio a sglefrio ar ei ôl.

'Pwy oeddat ti'n feddwl oedd Beti?' gofynnodd Cadi ar ôl i Osian fynd.

'O, neb,' atebodd Magi. 'Gad i mi dy helpu di efo'r tân,' meddai, i droi'r stori.

Daeth sŵn curo uchel drwy'r nenfwd. Edrychodd Cadi i fyny tuag ato.

'William,' meddai. 'O gysidro 'i fod o'n ddyn gwael, ma' ganddo fo andros o nerth i ddyrnu efo'r ffon 'na. Well i mi fynd i weld be mae o isio.' Daeth Cadi yn ei hôl ar ei hunion. 'Isio dy weld di mae o. Wyt ti isio i mi ddŵad efo chdi?'

'Na, mi a' i fy hun,' atebodd Magi. Er na theimlai'n hyderus iawn, nid oedd arni eisiau i Cadi weld hynny. Pan gyrhaeddodd ben y grisiau, clywodd sŵn William yn cymryd ei wynt yn fyglyd o'i lofft.

'Ty'd i mewn – mi wn i dy fod di yna ...' Ceisiodd William weiddi arni cyn i beswch ei dewi.

Agorodd Magi'r drws. Roedd y drewdod yn yr ystafell yn saith gwaith gwaeth nag yr arferai fod, er bod rhywun wedi rhoi lafant ar y llawr. Dim ond wyneb llwyd ac eiddil William oedd i'w weld uwchben y dillad gwely, ei wallt yn scimllyd a blêr, a phob crych a phant yn ei wyneb wedi mynd yn ddyfnach. Roedd yn fyr ei wynt a phrin y gallai gadw ei lygaid ar agor. Trodd ei ben yn araf i edrych ar Magi.

'Ty'd yn nes,' meddai'n fyglyd, a chymerodd Magi gam yn ei blaen. 'Ty'd, stedda ar y gwely,' meddai eto.

'Na, mi sefa i.'

'Stedda!' gorchmynnodd drwy'i ddannedd.

Caeodd Magi ei dyrnau wrth eistedd ar y gwely ffiaidd.

'Magi, mi ydw i wedi bod ar farw,' meddai William, a phesychodd yn syth i'w hwyneb. Cododd ar ei thraed wrth i'w boer daro'i boch.

'Stedda!' gorchmynnodd William eto.

'Na wnaf,' atebodd Magi'n gadarn. 'Does dim raid i mi wrando arnoch chi. Tydach chi ddim yn fistar arna i rŵan.'

'Dangosa chydig bach o barch at ddyn gwael 'ta!' Plygodd Magi ei phen. 'Ro'n i'n breuddwydio amdanat ti echnos,' meddai William. 'Mi oeddat ti'n fy helpu i ddringo dros y gamfa yn y cae pella.'

Cododd Magi ei phen.

'Ai dyna'r oll oeddach chi isio'i ddeud wrtha i?' gofynnodd mewn syndod. 'Eich bod chi wedi breuddwydio amdana i?'

'Na. Ma' gin i rwbath arall i'w ddeud wrthat ti, a tydw i ddim isio i glustia neb arall fy nghlywed i. Cau'r drws.'

Caeodd Magi'r drws a sefyll yn ei hunfan.

'Ty'd, stedda ar y gwely rhag i mi orfod gweiddi.'

'Na,' mynnodd Magi, 'ma'n well gen i sefyll, ac mi fedra i'ch clywed chi'n iawn o fama.'

'Yr uffern bach. Safa, 'ta. Pan goda i o'r gwely 'ma mi fydd yn edifar gen ti am hyn,' bygythiodd William. 'Clustan ddylat ti gael am fod mor anufudd.'

Syllodd Magi arno'n herfeiddiol. Roedd yn dal i'w gasáu.

'Os na frysiwch chi a deud wrtha i, mi a' i yn f'ôl i lawr i'r gegin fawr.'

Ildiodd William, a chlirio'i wddw.

'Mi dwi isio i ti wneud yn siŵr na fydd Osian yn priodi Meinir.'

'Be?' Roedd wedi meddwl am lawer o bethau y gallai William fod eisiau eu dweud wrthi, ond nid oedd wedi ystyried hyn. Nid eisiau ymddiheuro iddi cyn marw oedd o, felly – yr un William hunanol oedd o, yn ceisio'i ddefnyddio hi i ddatrys ei drafferthion.

'Tydi o'n ddim gwahaniaeth gen i sut y gwnei di atal y briodas. Mi fyddi di'n dod yn ôl yma i weithio – mi gei di fwy o gyflog, a fydd dim raid i ti weithio mor galed ag o'r blaen.'

'Ond tydw i ddim isio dŵad yn ôl yma!'

'Ma'n rhaid i ti – ac ma'n rhaid i ti atal y briodas erbyn y flwyddyn newydd. Os na wnei di hynny erbyn dydd Calan, yna bydd yn rhaid i ti adael. Am byth.'

'Na. Nid fy nyletswydd i ydi perswadio Osian i beidio priodi Meinir,' dadleuodd Magi. Er ei bod wedi tyngu na ddychwelai i'r Weirglodd Wen, roedd Magi mewn penbleth. Petai'n aros, er lles Osian fyddai hynny. Nid oedd arni eisiau ei weld yn priodi ei hanner chwaer, ac roedd wedi difaru lawer tro na ddywedodd y gwir wrtho.

Ond roedd William fel petai'n gallu darllen ei meddwl.

'Chei di ddim deud wrtho fo mai fi ydi tad Meinir, cofia. Ma' raid i ti fod yn fwy slei na hynny.'

Styfnigodd Magi.

'Glywsoch chi fi? Tydw i ddim am ddŵad yn ôl yma i atal y briodas. Ma'n rhaid i chi ofyn i rywun arall.'

'Chdi ydi'r unig un sy'n gwybod mai fi ydi tad Meinir. Mi faswn i'n gofyn i rywun arall taswn i'n medru, ond fyddai gen i ddim math o reswm i'w roi.'

'Pam na wnewch *chi* atal y briodas? Mi ydach chi'n medru gwneud pob dim arall.'

'Na. Mi faswn i'n colli cyfeillgarwch Tomos Tŷ Grug, a phawb arall, mae'n debyg.'

'Ond be amdana i? Be fydd pobol yn 'i feddwl ohona i?'

'Dwyt *ti*'n neb,' atebodd William. 'Yr unig un sydd ar fy meddwl i ydi Osian.'

'A chi'ch hun.'

'Cau dy geg. Ma' Osian yn fab i mi. Mae o'n medru bod yn ddigon di-ddim, ond tydw i ddim isio'i weld yn priodi 'i hanner chwaer. Ma' gen i galon yn y crombil yma, w'sti.' Dechreuodd William besychu'n ffyrnig.

Sylweddolodd Magi fod William mewn lle cul. Ni allai droi at neb heblaw hi. Tybed ddylai hi ei helpu wedi'r cwbl?

'Os doi di'n ôl ac atal y briodas, yna mi gei di'r Bwthyn Bach yn ei ôl,' meddai, rhwng pyliau o beswch.

Edrychodd Magi arno'n syn.

'Wel?'

'O'r gorau,' atebodd Magi'n araf, 'ond sut wn i na fyddwch chi'n newid eich meddwl?'

'Mi fydda i bob amser yn cadw at fy ngair,' meddai. 'Dos rŵan. Dwi wedi blino. Ma' gen ti tan ddydd Calan. Dyna'r oll.' Trodd William ei ben tuag at y pared.

'Ac mi ga' i'r Bwthyn Bach yn ôl?

'Cei, ond cyflawna di dy dasg gynta.' Caeodd ei lygaid.

Pan gyrhaeddodd Magi'r gegin fawr roedd Cadi, Lowri ac Osian yno'n disgwyl amdani.

'Wel, be oedd arno fo isio?' gofynnodd Cadi'n awchus.

'Mae o isio i mi ddŵad yn ôl i weini yma,' atebodd Magi.

Edrychodd y tri ar ei gilydd yn syn.

'Be? Pam?' gofynnodd Cadi.

Teimlai Magi fod yn rhaid iddi roi rhyw ateb synhwyrol.

'Mae o isio i mi ei ddysgu o i ddarllen.'

Ysgydwodd Lowri ei phen.

'Mi ydan ni wedi bod yn meddwl ers tro 'i fod o'n dechra mynd o'i go'.'

'Mae o'n bell o'i go'! Felly, mi fu'n rhaid i mi fynd i nôl Magi yng nghanol y nos, dim ond iddo fo gael dysgu darllen!' meddai Osian yn chwyrn.

'Ella y bydd o wedi anghofio pob dim am ddysgu darllen erbyn fory, felly peidiwch â sôn dim wrtho fo.' cynghorodd Magi, a chytunodd y lleill.

Pennod 18

Roedd yn tynnu am hanner blwyddyn ers i Magi a Rhys gyfarfod yn ffair Sarn Mellteyrn, ac yn ystod yr wythnosau ers i Magi ddychwelyd i'r Weirglodd Wen roedd y ddau wedi treulio sawl awr bleserus yng nghwmni'i gilydd. Bu Magi yn Llain y Dryw sawl tro yn ystod yr haf, a chael croeso mawr. Gwyddai Magi fod ei beichiogrwydd yn arafu mam Rhys, felly gwnâi hynny a allai i helpu pan fyddai yno.

Un noson dawel yn niwedd Awst, wedi iddi fod yn cyfarfod Rhys, cerddodd Magi'n ôl i'r Weirglodd Wen yn araf, gan syllu'n fyfyriol ar y grug a'r eithin ar y bryniau yn y pellter. Pan gyrhaeddodd yr afon plygodd dros ganllawiau'r bompren i edrych ar y brithyll yn nofio'n ôl a blaen ymysg y gro a'r cerrig, ac arhosodd am ychydig i dynnu ei llaw dros risgl caled ac anwastad y coed. Llithrodd Magi i'r tŷ ac aeth yn syth i eistedd ar y fainc yn y simdde, a syllu i'r tân.

'Magi?' Roedd Cadi'n gweld golwg ryfedd ar wyneb ei chyfaill. Nid atebodd Magi.

'Magi? Be sy matar?'

'Mi ofynnodd Rhys i mi 'i briodi o.' Roedd anghrediniaeth lwyr yn ei llais.

Safodd Cadi yn fud. Gallai weld nad oedd Magi yn byrlymu â hapusrwydd a chyffro, ond gwyddai o brofiad na ddylai gynnig ei barn yn fyrbwyll ychwaith.

'Be ddeudist ti wrtho fo?' gofynnodd o'r diwedd, heb fod yn hollol sicr a oedd yn gofyn y peth iawn.

'Nad oeddwn i'n barod i briodi neb.'

'O.' Eto, ni wyddai'n iawn sut i ymateb. 'Oedd o wedi gwneud llwy i ti?'

'Nag oedd,' atebodd Magi yn ddi-hid.

'Wel, be ddeudodd o ar ôl i ti ddeud nad oeddat ti'n barod i briodi neb?'

'Mi gerddodd o i ffwrdd gan felltithio Osian,' atebodd Magi. 'Cadi, wnes i erioed feddwl fod Rhys isio 'mhriodi fi. Dim ond cael ychydig o hwyl o'n i, a dyna'r argraff roddodd Rhys i mi hefyd, tan heno. A pham fod Rhys yn melltithio Osian? Y fi ddyla fo ei melltithio, nid Osian.'

'Dwn i ddim,' atebodd Cadi'n ddryslyd.

'Mi ydw i am fynd i gael gair efo Osian.'

Roedd Osian yn eistedd ar risiau llofft yr ŷd yn naddu darn o bren, a Beti yn cysgu wrth ei draed, ond rhoddodd y darn o bren a'r gyllell yn ei boced pan welodd Magi'n cerdded tuag ato.

'Oes gin ti funud i siarad efo fi?'

'Oes, ma' gin i funuda maith,' atebodd Osian, gan wenu.

Eisteddodd Magi wrth ei ochr, gan wthio Beti o'r neilltu i wneud lle iddi ei hun.

'Wyt ti'n cofio pan gest ti dy wthio i lawr y dibyn gan Mair Rhedynfa?' gofynnodd Magi.

'Ydw,' atebodd Osian.

'Y bore wedyn, mi ddeudis i bob dim wrthat ti, yn do?'

'Do,' atebodd Osian yn araf, yn ansicr o drywydd y sgwrs.

'Wel, dwi isio i ti ddeud pob dim am Rhys wrtha i rŵan.' Sylweddolodd Magi ar ôl eiliad neu ddwy nad oedd am ei hateb.

'Osian, ma' raid i ti ddeud wrtha i, achos mi wn i fod rwbath o'i le.'

Gafaelodd Osian yn nwy law fechan Magi ac edrych yn dyner i'w llygaid.

'Mi ydw i'n crefu arnat ti i ddeud wrtha i,' ymbiliodd Magi.

Yn araf, dywedodd Osian hanes Rhys wrthi. Roedd Rhisiart, gwas Meillionydd, wedi dod ato yn y ffair i'w rybuddio fod Rhys yn brolio'i fod am briodi Magi oherwydd bod ganddi dŷ, a bod ei fam yn awyddus iddo symud i fyw i rywle arall er mwyn gwneud lle i'w babi newydd.

Cyrhaeddodd y babi hwnnw ddeuddydd yn ôl, a theimlai Osian nad cyd-ddigwyddiad oedd hynny. Gwrandawodd Magi arno'n ddistaw.

'Dwyt ti ddim yn drist?' gofynnodd Osian, gan sylwi nad oedd hi'n ymddangos yn rhy benisel.

Smaliodd Magi ei bod yn meddwl yn ddwys, cyn troi ei llygaid yn ôl i edrych ar Osian.

'Nac'dw,' meddai, gan chwerthin. 'Tydi o'n ddim gwahaniaeth gen i.'

Chwarddodd y ddau yn afreolus, gan ddeffro Beti. Ar ôl i Magi ddychwelyd i'r tŷ â gwên ar ei hwyneb, tynnodd Osian y gyllell a'r pren allan o'i boced eto ac ailddechrau naddu.

'Wel, ma' *rhywun* wedi rhoi'r gwrid yn ôl yn dy fochau di!' gwenodd Cadi pan welodd Magi'n cerdded yn ysgafndroed i'r tŷ.

'Dwi wedi bod yn siarad efo Osian.'

'Ma'n dda gen i weld 'i fod o wedi medru codi dy galon di. Lwyddodd o i newid dy feddwl di ynglŷn â phriodi Rhys?'

'Naddo,' atebodd Magi, 'ond mi ddeudodd wrtha i pam roedd Rhys isio 'mhriodi i.'

Eisteddodd y ddwy a dywedodd Magi'r holl stori wrthi.

'Y diawl drwg,' ebychodd Cadi ar ôl i Magi orffen. 'Mi ddylat ti roi cic iawn iddo fo.'

Chwarddodd Magi. Ni allai Cadi ddeall pam roedd Magi mor ddihidio, ac ni ddeallai Magi ei hun yn iawn chwaith.

Y noson honno, ni allai Magi gysgu. Cofiodd pa mor dyner yr oedd Osian wedi gafael yn ei dwylo ar risiau llofft yr ŷd, a'r hwyl a gawsant gyda'i gilydd, ond ni allai ymgolli'n llwyr i fwynhau'r atgofion a William Jones yn gysgod uwch ei phen.

'Magi,' sibrydodd Cadi, 'be sy?'

'Fedra i ddim cysgu,' sibrydodd yn ôl.

'Pam? Fel rheol mi fyddi di'n chwyrnu ymhen dau funud. Mae'n debyg i mi nad ydi William Jones yn dy weithio di'n ddigon caled y dyddia yma.'

Aeth Magi'n ddistaw. Ni allai benderfynu p'un ai tynnu ei choes oedd Cadi, ynteu a oedd mymryn o genfigen yn ei llais. Roedd yn amlwg i bawb nad oedd William mor galed arni ers iddi ddychwelyd, a byddai'n gofyn i Cadi wneud y rhan fwyaf o'r dyletswyddau erbyn hyn.

'Cadi, dwi isio deud rwbath wrthat ti,' meddai Magi o'r diwedd, 'ond chei di ddim deud wrth neb.'

Cododd Cadi ar ei heistedd yn y gwely, wedi deffro'n llwyr. Yn araf ac yn bwyllog dywedodd Magi fel y bu iddi fynd i weld Mair Rhedynfa, a sut y clywodd Llew y porthmon yn cyfaddef nad oedd o wedi talu dyledion ei mam i William Jones. Dywedodd fod William wedi mynnu bod yn rhaid iddi hi atal priodas Osian a Meinir ac y buasai'n cael y Bwthyn Bach yn ôl petai'n llwyddiannus. Soniodd hefyd am gyfaddefiad Llew y gallasai fod yn dad iddi.

'Brensiach y bratia!'

'Paid â gweiddi!' sibrydodd Magi. 'Felly, paid â deud wrth neb pam 'mod i'n ôl yma. Mi gadwist ti'r gyfrinach fod Osian a Meinir yn hanner brawd a chwaer, a dwi isio i ti wneud yr un fath eto.'

'Ddeuda i ddim gair wrth neb.'

'Cadi, fedri di feddwl am ryw ffordd o atal y briodas?' gofynnodd Magi'n obeithiol.

'Ddim yng nghanol nos fel hyn, ond mi feddylia i yn y bora,' addawodd Cadi.

Roedd Magi'n falch ei bod wedi cael bwrw'i bol, a llifodd ton o ryddhad drosti.

'Paid â phoeni, da chdi, Magi. A chofia mai'r peth gwaetha all ddigwydd ydi i ti orfod mynd yn ôl i fyw efo Siani Prys, a dysgu gweu a chwiltio!'

'Nid cael fy hel yn f'ôl sy'n fy mhoeni fi fwya, ond y ffaith nad oes gan Osian, y creadur, fath o syniad fod Meinir yn hanner chwaer iddo fo.'

'O, mi wyt ti'n meddwl am Osian, wyt ti?' meddai Cadi dan gellwair. 'Siarad a chwerthin ar risiau llofft yr ŷd, wir. Does ryfedd nad oes ots gin ti am Rhys ...'

Pennod 19

Pwysai William ar ei ffon ar gwr Cae Du yn edrych ar y gwenith. Roedd yn fore eitha tawel, ond bob hyn a hyn deuai awel i droelli'n donnau drwy bennau'r ŷd, gan newid eu lliwiau o hufen i liwiau melyngoch yr hydref.

Tynnodd William ei law drwy'r cnwd. Roedd yn dal i fod yn wantan ac roedd ei beswch yn dal i'w gadw'n effro yn y nos. Nid oedd ganddo fawr o stumog i fwyta, heblaw powlaid o datws menyn a diod o lefrith poeth i ginio, ond heddiw teimlai fel petai ei nerth yn dychwelyd. Rhoddodd un o'r hadau yn ei geg, cnodd y cnewyllyn a phoeri'r rhisgl allan. Roedd yr ŷd yn berffaith, a châi gynhaeaf llwyddiannus eto eleni.

Eleni, fel pob blwyddyn arall, y Weirglodd Wen fyddai'n cynhaeafu gyntaf, ac am bythefnos cyn i'r diwrnod mawr gyrraedd byddai William yn ceisio darogan y tywydd drwy graffu ar arferion yr anifeiliaid, yr adar a'r pryfed. Neithiwr roedd yr arwyddion i gyd, gan gynnwys y cymylau a'r machlud, yn gytûn y buasai heddiw yn ddiwrnod braf. Roedd William yn disgwyl cryn hanner cant o weision, morynion, tyddynwyr a'u gwragedd i helpu gyda'r cynhaeaf, a byddai'n talu'r ffafr yn ôl drwy yrru gweision a morynion y Weirglodd Wen i helpu ar eu ffermydd hwythau. Byddai'r tyddynwyr nad oedd angen help yn ystod y cynhaeaf yn cael eu talu gyda rhes o datws, ychydig o'r gwenith neu addewid am fenthyca caseg am ddiwrnod neu ddau, a châi pob un o'r merched gannwyll a phob dyn faco. Byddent hefyd yn cael eu gwala o fwyd – roedd Iolo'r gwas wedi lladd dwy ddafad a mochyn yn arbennig ar gyfer y cynhaeaf a bu'r morynion yn paratoi'r wledd ers dyddiau. Nid oedd William eisiau i neb allu dweud fod mistar y Weirglodd Wen yn un crintachlyd. Trodd ei gefn ar y cae er mwyn croesawu'r dynion a'r merched oedd wedi dechrau ymgynnull ar y buarth.

Roedd Magi mewn gwewyr. Synhwyrodd fod William yn edrych fel petai'n fwy o gylch ei bethau heddiw nag y bu, a phoenai y buasai'n ei chornelu er mwyn cael gwybod beth oedd wedi ei wneud i atal y briodas. Byddai Rhys yno hefyd – doedd hi ddim wedi ei weld ers iddi wrthod ei briodi. Nid oedd arni eisiau gweld Tomos Tŷ Grug chwaith, ac yn bennaf oll, nid oedd arni eisiau gweld Meinir.

Suddodd ei chalon pan ddaeth Meinir i'r tŷ.

'Be sy'n bod arnoch chi'ch dwy?' gofynnodd, pan sylwodd fod Magi a Cadi ill dwy yn edrych yn ddwys a meddylgar.

'Ma' Magi'n poeni y bydd hi'n gweld Rhys heddiw,' atebodd Cadi.

'O,' meddai Meinir heb fawr o gydymdeimlad. 'Wel, mi fydd yn rhaid i ti 'i weld o ryw dro, felly waeth i ti 'i weld o heddiw ddim.'

'Meinir, pryd wnaeth Osian ofyn i ti 'i briodi o?' gofynnodd Magi'n fyfyrgar.

Edrychodd Meinir arni'n hurt.

'Wel ... wnaeth o ddim gofyn i mi ... ond weithia does dim rhaid gofyn, yn nag oes, pan fydd y ddau ohonoch chi o'r un meddwl.'

'O,' meddai Cadi. 'Wnaeth o lwy i ti?'

'Naddo, wnaeth o ddim.'

'Ond fasat ti wedi hoffi iddo fo wneud un? Mae Osian yn ddawnus iawn efo'i ddwylo – 'run fath â'i daid, meddan nhw. Ei daid o wnaeth y dresel 'ma,' meddai Cadi, gan dynnu ei llaw drosto.

'Wel, wrth gwrs y baswn i wedi hoffi cael llwy. Pwy fasa ddim?' atebodd Meinir yn bigog.

'Felly, wnaeth Osian ddim gofyn i ti 'i briodi o, na gwneud llwy i ti, er bod ganddo fo gymaint o ddiddordeb mewn gwaith coed.' Cododd Cadi ei haeliau wrth edrych ar Magi, gan wneud yn siŵr bod Meinir yn ei gweld.

'Naddo.'

'Wyt ti'n siŵr fod Osian isio dy briodi di?' gofynnodd Magi.

'Be sy arnoch chi'ch dwy heddiw?' Cododd Meinir ei llais. 'Ma' siarad efo chi 'run fath â siarad efo Mam. Dwi'n mynd i helpu efo'r ŷd.'

Ar ôl i Meinir fynd, edrychodd Magi a Cadi ar ei gilydd. Roeddynt wedi codi ei gwrychyn, ond roedd hi â'i bryd ar briodi Osian o hyd.

'Dyfal donc a dyr y garreg,' meddai Cadi, ond nid oedd Magi mor siŵr.

Allan yn y caeau roedd popeth yn dawel heblaw sisial y crymanau yn torri drwy goesau sych yr ŷd. Sythai'r dynion a'r merched bob hyn a hyn i geisio cael gwared â'r boen yn eu cefnau, a chymryd eu hamser i hogi eu llafnau er mwyn cael seibiant bach.

Gan ei bod yn ddiwrnod mor braf bwytaodd pawb eu cinio allan, ac erbyn diwedd y pnawn roedd mwy o ysgubau ŷd yn sefyll yn y caeau nag oedd o ŷd heb ci dorri. Cododd hynny galonnau'r medelwyr, ac edrychent ymlaen hefyd at dorri'r gaseg fedi ac am y wledd o swper fyddai'n eu disgwyl.

Gan fod cynifer yno, bu'n rhaid i'r merched fynd i nôl ochrau hen drol o'r sgubor i wneud byrddau ychwanegol ar gyfer swper. Ar ôl i bawb gael lle i eistedd, ac i'r bwyd gael ei osod o'u blaenau, galwodd William Jones am dawelwch.

'Gyfeillion, diolch i chi oll am ddŵad yma heddiw i helpu. Unwaith eto mae Duw wedi bod yn hael iawn, ac rydan ni wedi cael cynhaeaf llwyddiannus. Dwi'n gobeithio y cewch chitha, gyfeillion, yr un llwyddiant dros y pythefnos nesa. Mae croeso i chi oll fenthyca gweision a morynion y Weirglodd Wen i'ch helpu, fel pob blwyddyn arall.' Oedodd am ennyd i ddrachtio o'i gwpan. 'Tra 'mod i'n sôn am weision a morynion, mi faswn i'n hoffi croesawu Magi yn ôl aton ni i'r Weirglodd Wen.' Gwenodd William yn garedig ar Magi, ond teimlodd Magi ei gwaed yn fferru. 'Mae'n rhaid i mi gyfaddef,' aeth William yn ei flaen, 'i mi sylweddoli 'mod i wedi gwneud anghyfiawnder â Magi. Mi wnes i gam â hi.'

Tybiodd Magi fod William wedi bod yn yfed tipyn o'r cwrw yn barod. Rhythodd arno heb symud, yn llawn ofn. Nid oedd hyn yn gwneud synnwyr.

'Ar ôl ystyried ar fy mhen fy hun am oriau maith, sylweddolais na wnaeth Magi ddim o'i le wrth fynd i'r ysgol. Mae'n edifar gen i na wnes inna fynd i'r ysgol – mi fasa wedi bod yn lles tasa Osian, Lowri, Cadi a'r gweision wedi mynd hefyd.'

Ciledrychodd Cadi a Magi ar ei gilydd.

'Clywch, clywch,' meddai un o'r dynion.

'Amen,' meddai un arall.

'Ar ôl fy ngwaeledd, rydw i'n gweld popeth yn fwy eglur. Ar fy llw, dwi'n teimlo fel taswn i wedi cael tröedigaeth!' Cerddodd William at Magi a rhoi ei fraich am ei hysgwyddau. 'Dyma un o'r morynion gora i mi 'i chael erioed.'

Safodd Magi'n llonydd, yn ymwybodol fod pawb yn edrych arni wrth guro'u dwylo i gymeradwyo William. Gwyddai'r ddau mai rhagrith oedd y cyfan, ond ni allai Magi ddweud na gwneud dim.

Setlodd pawb i fwyta, a sylwodd Magi fod William yn ei gwylio'n barhaus. Bob tro yr edrychai arno, roedd o'n edrych arni. Roedd yr hen William wedi dychwelyd. Ofnai na allai gwblhau ei gorchwyl, ac ofnai na châi'r Bwthyn Bach yn ôl.

Ar ôl swper ymgasglodd pawb yn y sgubor i ganu a dawnsio. Dechreuodd y dynion wneud campau gydag ysgubau wrth ddawnsio i gyfeiliant y crwth, pob un am y gorau i wneud argraff ar y merched oedd yn eu gwylio. Tybiai rhai o'r bechgyn ifanc eu bod yn feistrolgar iawn, ond baglai Sioni'r Graig yn bwrpasol i wneud i'r merched chwerthin.

Roedd Magi wedi gallu osgoi Rhys drwy'r dydd – roedd Cadi wedi gweini arno fo a'i ffrindiau amser cinio – ond rŵan, â'i fol a'i ben yn llawn o gwrw, dechreuodd gerdded tuag ati. Gan ei bod mor swnllyd yn y sgubor bu'n rhaid iddo ddod yn agos iawn ati i allu gweiddi yn ei chlust.

'Mae'n ddrwg gen i am ofyn i ti fy mhriodi. Dwi'n gweld rŵan nad wyt ti'n barod i briodi neb, felly mi o'n i'n meddwl y basan ni'n gallu mynd yn ôl i sut yr oeddan ni o'r blaen. Mi fedra i aros nes y byddi di'n barod.'

Ni allai Magi gredu fod ganddo gymaint o hyfdra, a cherddodd oddi wrtho. Gwthiodd drwy griw oedd yn canu a dawnsio, ond rhedodd Rhys ar ei hôl a gafael yn ei braich.

'Gad lonydd i mi, Rhys,' gwaeddodd Magi. 'Dos i chwilio am rywun arall sy'n berchen tŷ.'

'Ond, Magi, do'n i ddim o ddifri am y tŷ. Chdi o'n i isio, ddim dy dŷ,' plediodd, gan afael yn dynnach yn ei braich.

'Gollwng fi, Rhys!'

Erbyn hyn roedd un neu ddau wedi sylwi nad oedd pethau'n rhy dda rhyngddynt, ond wnaeth yr un ohonyn nhw symud er bod Rhys yn dal i gydio ym mraich Magi.

'Gad lonydd i mi!' Roedd Magi bron iawn â sgrechian.

Yn sydyn, rhuthrodd Osian rhyngddynt. Edrychodd yn syth i lygaid Rhys.

'Gad lonydd iddi hi,' gorchmynnodd mewn llais isel, cadarn.

Gollyngodd Rhys ei afael ym mraich Magi, ac fel mellten rhoddodd Osian ei ddwylo ar frest Rhys a'i wthio yn ei ôl â'i holl nerth. Syrthiodd i'r llawr. Peidiodd y canu a'r dawnsio ac aeth y sgubor yn dawel. Gafaelodd Osian yn nillad Rhys er mwyn ei godi, a rhoi hergwd iddo tuag at y drws.

'Dos adra, a gad lonydd i Magi.'

Sleifiodd Rhys allan o'r sgubor yn gwmanog ac wedi gwrido, ac aeth Osian yn ôl at Magi i'w chysuro. Rhoddodd ei law drwy ei gwallt yn dyner a sibrwd rhywbeth yn ei chlust.

'Na, paid, Osian,' protestiodd Magi, a gwingodd o'i afael.

'Ond Magi ...'

'Gad lonydd i mi!' sgrechiodd Magi, a rhedeg allan.

Gwelodd Meinir a Siân yr helbul rhwng Magi a Rhys, ond nid oedd yr un o'r ddwy wedi disgwyl i Osian achub y dydd.

'Wyt ti'n gweld sut hogyn ydi Osian rŵan?' gofynnodd Siân i'w merch. 'Pam y rhedodd o at Magi fel 'na, tybed?' gofynnodd.

'Wel, ma' Magi'n forwyn iddo fo,' meddai Meinir, gan geisio achub cam Osian.

'Gan mai Magi ydi ffefryn William rŵan, fo ddylai fod wedi'i hachub hi, nid Osian, dwyt ti ddim yn meddwl, Meinir? A pheth arall, mae'r Weirglodd Wen yn dŷ mawr – ŵyr neb be sy'n digwydd yn y nos. Fydd Osian ddim yn cysgu yn y llofft stabl, yn na fydd?'

Rhythodd Meinir ar ei mam. Ni allai gredu'r hyn roedd hi'n ei awgrymu ac allai hi ddim dioddef gwrando ar fwy, felly brasgamodd yn ôl i'r tŷ.

Roedd y tŷ yn wag ac yn llonydd. Roedd y llestri'n dal i fod ar y byrddau, a'r gaseg fedi newydd wedi cael ei gosod yn daclus ar y dresel yn barod i gymryd lle'r hen gaseg ar yr hoel yn y distyn. Cododd Meinir y gaseg ac edrychodd arni'n fanwl yn llewyrch y tân. Nid oedd erioed wedi cymryd fawr o sylw o unrhyw gaseg fedi o'r blaen. Tynnodd ei llaw i fyny ac i lawr, ac ar hyd a lled y gaseg fedi. Ysgydwodd hi'n araf i glywed pennau'r ŷd yn curo'n ysgafn yn erbyn ei gilydd cyn ei rhoi yn ôl ar y dresel.

Clywai sŵn y siarad a'r canu o'r sgubor. Yn amlwg, doedd Osian na neb arall wedi gweld ei cholli gan na ddaeth yr un adyn byw i chwilio amdani. Ni allai ddeall pam na ddaeth ei mam ar ei hôl i edrych a oedd hi'n iawn, neu ymddiheuro am yr hyn a ddywedodd wrthi. Ond efallai fod ei mam yn iawn, ac na fyddai Osian yn ffyddlon iddi. Tybed a oedd yn anffyddlon iddi yn barod, a phawb arall yn gwybod heblaw hi? A'i llygaid yn llawn dagrau, penderfynodd fynd adref. Wrth hel ei phethau, sylwodd ar gist fechan oedd wedi cael ei gwthio yn erbyn cefn y dresel, a phowlen bren yn hanner ei chuddio. Roedd Meinir yn gyfarwydd â phob dim oedd ar y dresel, ond nid oedd erioed wedi gweld y gist yma o'r blaen. Symudodd y bowlen bren a gafael yn y gist yn ofalus. Ysgydwodd hi'n araf a chlywodd sŵn rhywbeth caled ynddi. Edrychodd Meinir dros ei hysgwydd, ac agorodd y caead. Y tu mewn i'r gist roedd llwy bren wedi hanner ei gorffen. Cododd y llwy allan o'r gist a'i gwasgu yn erbyn ei gwefusau. Yr eiliad honno, daeth Magi i lawr o'r llofft. Gwelodd y llwy yn llaw Meinir ac edrychodd y ddwy ar ei gilydd heb ddweud gair.

Pennod 20

Pwysodd Magi ei hysgwydd ar y wal yng nghilfach y ffenestr. Yn ystod y dyddiau diwethaf roedd lliwiau melyngoch yr hydref wedi bod yn llithro'n araf i ddail y coed derw. Gwyddai Magi na fyddai'n rhaid iddi nithio heddiw oherwydd nad oedd digon o awel i hyd yn oed symud deilen. Roedd y gwaith o wahanu'r grawn o'r us wedi bod yn ddiddiwedd, ac roedd angen diwrnod gwyntog i chwythu'r us i ffwrdd. Rhwbiodd ei breichiau. Roedd ei chyhyrau yn dal i fod yn flin ar ôl dyrnu efo'r ffust. Bu'r chwe wythnos rhwng dechrau Medi a chanol Hydref yn galed iawn i bawb yn y Weirglodd Wen, a diolchodd ymlaen llaw am ddiwrnod tawel.

Yn ddiweddar roedd Magi wedi bod yn deffro'n gynnar iawn. Gynt, byddai'n gorfod cael ei deffro gan Cadi, yn stryffaglu i feddwl rhwng cwsg ac effro p'un ai diwrnod corddi ynteu diwrnod pobi oedd hi, ond rŵan deffrai'n blygeiniol, yn meddwl sut y gallai atal Osian rhag priodi Meinir, ac am gael y Bwthyn Bach yn ôl iddi hi a Sioned. Doedd gweld Meinir ar ben ei digon ar ôl darganfod y llwy yn y gist ddim wedi rhoi hyder iddi y byddai yr un o'r ddau beth yn bosib.

Tybiai Cadi ei bod yn gwybod pam na allai Magi gysgu.

'Mi wyt ti wedi bod yn meddwl am ffordd o atal y briodas, yn do?'

'Do, Cadi, ond does gen i ddim syniad o hyd be i'w wneud.'

'Ella dylen ni drefnu i Meinir ddal Osian efo hogan arall,' cynigiodd Cadi.

'Pa hogan fasa'n cytuno i wneud hynny? Ma' pawb yn gwybod y basa Meinir yn rhoi gwallt yr hogan ar dân – fasa neb yn meiddio dŵad rhyngddyn nhw.'

Cytunodd Cadi.

'Dwi isio 'nghartref yn ôl, Cadi, a dwn i ddim be wna i.'

'Sut yn y byd ma' William yn medru cysgu'r nos, wn i ddim,' wfftiodd Cadi.

'Mi fedar dyn fel William ddeud a gwneud beth bynnag lecith o.'

Nid oedd yr un o'r ddwy awydd trafod y briodas, felly trodd Cadi'r sgwrs.

'Ma' hi'n oerach yn y boreau rŵan.'

'Ydi, ma' hi,' atebodd Magi. 'Mi oedd gan Mam siôl: un werdd dywyll a llinellau brown yn croesi o un ochor i'r llall drwyddi. Roedd hi'n gynnes ofnadwy. Dwi'n ei chofio hi'n deud iddi dalu llawer amdani, achos 'i bod hi wedi'i gwneud o frethyn tew.'

'Lle mae'r siôl rŵan?'

'Yn dal i fod yn y Bwthyn Bach, am wn i, os nad oes rhywun wedi'i dwyn hi. Y siôl ydi'r unig beth faswn i yn hoffi'i gael i f'atgoffa o Mam.'

Roedd Lowri wedi penderfynu y noson cynt mai diwrnod golchi fyddai hi gan fod crysau a sanau pawb yn llawn o ddarnau bychain o ŷd ar ôl bod yn dyrnu, a phawb wedi bod yn ysgwyd eu dillad ac yn crafu'n ddi-baid. Gwaith Magi oedd cario'r dŵr o'r ffynnon a rhoi'r dillad ar yr eithin i sychu, tra golchai Lowri a Cadi'r dillad. Teimlai Magi fod ei gwaith hi'n haws na gwaith y ddwy arall, a fyddai hi ddim yn gorfod dioddef migyrnau cochion ar ddiwedd y bore. Pan oedd Magi'n rhoi'r crys olaf ar yr eithin daeth Osian ati.

'Wyt ti erioed wedi gyrru ceffyl?' gofynnodd iddi.

Trodd Magi i edrych arno.

'Naddo,' atebodd, gan feddwl fod y sgwrs yn un od iawn.

'Fasat ti'n hoffi dysgu?'

'Baswn ... mae'n debyg,' atebodd Magi'n araf.

'Be am heddiw?'

'Heddiw? Pa bryd heddiw?'

'Rŵan,' atebodd Osian. 'Ty'd efo fi.'

Sychodd Magi ei dwylo ar ei dillad a dilyn Osian i'r buarth.

Gwelodd fod ceffyl William Jones a chaseg Osian yn sefyll o flaen y stabl, wedi eu cyfrwyo'n barod. Cododd Osian hi i eistedd ar y gaseg a rhoddodd ei thraed yn y gwartholion, cyn neidio ar gefn ceffyl ei dad. Nid oedd Magi erioed wedi eistedd ar gefn na chaseg na cheffyl o'r blaen, ac roedd yn brofiad gwahanol iawn i eistedd mewn trol gyda'r ceffyl yn ei thynnu. Cododd gwres ac arogl y gaseg i'w hwyneb, a sylweddolodd ei bod eistedd ar gefn anifail byw.

'Osian, mae arna i ofn!'

'Paid â bod ofn. Mi fyddi di'n iawn. Gwasga'r gaseg efo dy goesau i wneud iddi symud.'

'Be tasa hi'n mynd yn rhy gyflym?' gofynnodd Magi'n bryderus.

'Neith hi ddim,' atebodd Osian, 'a ph'run bynnag, mi faswn i'n carlamu ar dy ôl di.'

Gwasgodd Magi ochrau'r gaseg yn ysgafn a dechreuodd honno gerdded yn ei blaen, a gwnaeth ceffyl Osian yr un fath. Edrychodd Magi o'i chwmpas. Gallai weld dros ben y cloddiau a'r perthi, yn llawer pellach nag y gallai ar droed, a theimlai fel cawr.

'Ha, ha, Osian! Mi ydw i'n farchog rŵan,' gwaeddodd ar dop ei llais. Dychrynodd y gaseg a chododd ar ei choesau ôl cyn carlamu yn ei blaen. Gafaelodd Magi'n dynn yng ngwddw'r gaseg nes bod y mwng yn gorchuddio'i hwyneb. Curai carnau'r gaseg yn uchel ar y ddaear a doedd gan Magi ddim syniad i ba gyfeiriad roedd hi'n mynd.

'Osian!'

Neidiodd y gaseg dros lwyn bychan gan luchio traed Magi allan o'r gwartholion. Gwyddai na allai ddal ei gafael am lawer hirach. Mewn fflach, gwelodd Osian wrth ei hochr. Ymhen dim roedd wedi cael gafael yn awenau'r gaseg, ac wedi i'r anifail arafu digon estynnodd Magi ei breichiau allan fel arwydd ei bod eisiau dod i lawr.

'Na, Magi. Aros lle rwyt ti.'

'Ond Osian ...'

'Mi wnawn ni i'r ceffylau gerdded rŵan,' eglurodd Osian, gan dywys y gaseg ar ei ôl a Magi'n dal i eistedd ar ei chefn yn dawedog.

'I lle ydan ni'n mynd, Osian?' gofynnodd Magi ar ôl iddynt deithio am bron i awr.

'Mi ydan ni'n mynd i'r Bwthyn Bach i nôl siôl dy fam.'

Aeth Magi'n fud am ennyd.

'Sut wyddost ti 'mod i isio siôl Mam?'

'Mi ddeudodd rhyw hen frân wen wrtha i.'

'Cadi!' Gwenodd Magi wrth feddwl fod Cadi wedi cynllwynio hyn gydag Osian y tu ôl i'w chefn. Doedd ganddi 'run ffrind gwell na Cadi, a meddyliodd hefyd pa mor garedig oedd Osian yn mynd â hi i'r Bwthyn Bach.

'Doedd dim raid i ti fynd â fi, w'sti. Mi faswn i wedi medru aros tan ben tymor.'

'Magi, mi wn i pa mor anodd ydi colli mam. Ma' rhai o betha Mam yn dal i fod yn y Weirglodd Wen, ond does gen ti ddim oedd yn perthyn i dy fam, nag oes?'

'Diolch i ti.' Yn sydyn, tarfodd rhywbeth ar ei hapusrwydd. 'Ond be tasa dy dad yn dod i wybod?' gofynnodd yn wyllt.

'Cheith o ddim gwybod. Mae o yn 'i wely, ac yno bydd o am o leia ddeuddydd fel rheol ar ôl y cynhaea, wedi iddo fo ladd 'i hun yn gweithio. Cofia'i fod o mewn gwendid o hyd. Fydd o ddim callach, Magi.'

Ar ôl i Magi gael amser i gyfarwyddo â'r gaseg, rhoddodd Osian yr awenau yn ôl iddi. Ni allai gredu nad oedd yn gorfod gweithio, a'i bod ar gefn caseg ar ei ffordd yn ôl i'r Bwthyn Bach. Teimlai fel petai mewn breuddwyd.

Pan gyraeddasant fwthyn Betsan nid oedd golwg ohoni, er i Magi dybio'i bod wedi cael cip ar ei hwyneb drwy'r ffenestr. Roedd yr haul yn dal i dywynnu ond roedd cymylau duon ar y gorwel.

'Ma' hi am fwrw,' meddai Osian. 'Gobeithio y cyrhaeddwn ni cyn y glaw.'

'Mi ydan ni bron â chyrraedd.'

'Wyt ti'n meddwl y medri di wneud i'r gaseg drotian?'

'Mi dria i,' meddai Magi, er ei bod braidd yn bryderus.

Wrth weld y ceffyl yn trotian o'i blaen, gwnaeth y gaseg yr un fath.

'Da iawn chdi,' galwodd Osian dros ei ysgwydd, a gwenodd Magi wrth gael ei lluchio i fyny ac i lawr yn y cyfrwy.

Roedd yn hwyr yn y prynhawn pan ddaeth y Bwthyn Bach i'r golwg ar y gorwel, a diflannodd y wên oedd wedi bod ar wefusau Magi drwy'r dydd. Gollyngodd yr awenau a sychu cledrau ei dwylo ar ei sgert cyn i Osian ei helpu i ddod oddi ar gefn y gaseg.

Sylwodd Osian fod wyneb Magi yn welw.

'Ty'd.'

Cerddodd Magi'n araf ar ei ôl. Lai na blwyddyn ynghynt byddai wedi rhedeg i'r tŷ yn swnllyd gyda Sioned, ond roedd popeth wedi newid bellach. Heddiw, ni allai hyd yn oed godi cliced y drws.

Agorodd Osian y drws iddi. Gwibiodd llygoden rhwng eu coesau a gafaelodd Magi yn dynn yn llawes Osian. Edrychodd o'i chwmpas. Doedd dim wedi cael ei symud ers cynhebrwng ei mam. Roedd lludw yn dal i fod ar yr aelwyd a channwyll ar y bwrdd. Sylwodd ar haenen o lwch a pharddu dros bopeth a gwe pry cop yn rhubanau uwch ei phen.

'Fedri di weld siôl dy fam yn rhywle?' gofynnodd Osian.

'Ella 'i bod hi yn y siambr.' Ni fu Magi yn y siambr ers iddi weld ei mam yn ei harch. 'Ei di gynta?'

Gwthiodd Osian ddrws y siambr yn agored. Roedd surni yn yr aer a theimlodd Magi fel cyfogi. Roedd y siôl ar gefn y gadair. Deallodd Osian na allai Magi fynd gam ymhellach, ac aeth i'w hestyn iddi heb yngan gair. Wedi rhoi ysgytwad iawn i'r siôl yn yr awyr iach, plygodd Magi hi'n daclus.

'Oes 'na rwbath arall fasat ti'n lecio'i gael?' gofynnodd Osian.

'Oes, mae 'na un peth arall. Wel, ella ddim, ond mi faswn yn hoffi cael gweld.'

'Gweld be?'

'Mi faswn i'n hoffi gweld oes 'na rywfaint o arian yn y gist yn y simdde. Yno byddai Mam yn cadw ei harian petai ganddi ddimai neu ddwy dros ben.'

Estynnodd Osian ei fraich i fyny'r simdde. Daeth cawod o huddygl i lawr a chipiodd ei fraich allan.

'Ar y dde,' eglurodd Magi.

Rhoddodd Osian ei fraich i fyny'r simdde unwaith eto, ac yno, ar garreg wastad, roedd cist fechan. Wrth i Osian ei thynnu i lawr llithrodd mymryn o arian o un ochr i'r llall yng ngwaelod y gist. Gwagiodd yr arian ar y bwrdd a chyfrodd bum ceiniog, wyth dimai a deuddeg ffyrling.

'Mae 'na swllt yma,' meddai Magi'n gyffrous, 'a sbia, Osian, mae un geiniog yn gam.' Roedd fel plentyn wedi cael crempog boeth.

'Dy arian di ydi o,' meddai Osian.

'A Sioned,' meddai Magi.

'Mi wyt ti'n gefnog rŵan,' meddai Osian yn ddireidus, 'a tasa Rhys yn clywed am hyn, mi fasa fo'n gofyn i ti 'i briodi o eto.'

Chwarddodd y ddau, ac wrth dynnu pecyn o fara haidd a chig moch o'i boced meddyliodd Osian pa mor braf oedd gweld Magi yn hapus.

'Cadi?' gofynnodd Magi gyda gwên.

'Ia,' atebodd.

Er bod y bwyd wedi cael ei wasgu, roedd yn flasus iawn. Ar ôl gorffen bwyta aeth Magi i chwilio am fwced i nôl dŵr o'r ffynnon a thynnodd Osian y cyfrwyau oddi ar y ceffylau. Roedd y gwynt wedi codi, a chwyrlïai dail crin o gwmpas pen Magi, felly rhoddodd ei phen i lawr a brysio yn ei blaen i'r ffynnon. Wrth iddi gyrraedd yn ei hôl, fflachiodd mellten uwch ei phen a rhuodd taran yn syth ar ei hôl. Rhuthrodd Osian allan drwy'r drws.

'Osian – lle wyt ti'n mynd? Mi fyddi di'n wlyb diferol!'

Nid atebodd Osian, felly tybiodd Magi ei fod wedi mynd at

y ceffylau, ond daeth yn ei ôl ymhen dim a llond ei freichiau o ddail crin a mân briciau.

'Oedd gan dy fam goed i roi ar y tân?' gofynnodd i Magi.

'Na, dim llawer o goed, ond mi oedd ganddi hi fawn yn y cefn.'

Rhedodd Osian allan drachefn a dod yn ei ôl efo'r mawn.

'Fedrwn ni ddim mynd yn ôl yn y storm 'ma,' eglurodd, 'felly waeth i ni wneud ein hunain yn gyfforddus ddim.' Rhoddodd y dail, y priciau a'r mawn yn y grât, tynnodd ddarn o fflint a'i gyllell o'i boced ac ymhen dim roedd y tân wedi dechrau cydio. Llanwyd y bwthyn ag arogl mawn yn llosgi. Goleuodd Magi'r gannwyll ac eisteddodd y ddau o flaen y tân yn gwrando ar y glaw a rhu'r gwynt.

'Pa mor hir barith y storm 'ma?' holodd Magi.

'Ma' hi wedi tywyllu'n barod,' atebodd Osian wrth graffu drwy'r ffenestr. 'Tydw i ddim yn meddwl y medrwn ni fynd yn ôl i'r Weirglodd Wen heno.'

'Ma' raid i ni fynd yn ein holau!'

'Pam? Sut?'

'Mi fydd pawb yn poeni amdanon ni, a dy dad yn sylwi os na fydda i yno,' atebodd Magi. Daeth ton o bryder drosti wrth feddwl y buasai'n rhaid iddi dreulio'r nos efo Osian. Gwyddai fod ei phryderon yn ddi-sail gan fod Osian yn gwbl ffyddlon i Meinir, ond er hynny teimlai braidd yn anghyfforddus.

Edrychodd Osian arni drwy gil ei lygad.

'Wyt ti ofn bod yma dy hun efo fi?'

Wnaeth Magi ddim ateb – wyddai hi ddim beth i'w ddweud.

'Wna i ddim byd i ti, Magi. Wna i ddim cyffwrdd ynot ti.' Roedd tynerwch yn ei wyneb.

'Mae'n ddrwg gen i. Mi wn i na wnei di ddim i mi.' Ymlaciodd Magi a theimlodd ryw sicrwydd fel cwrlid drosti.

'Mae 'na rai pobol yn hoffi hel straeon amdana i, ond does dim gwirionedd ynddyn nhw.'

'Nag oes,' cytunodd Magi, gan roi ei phen ar ei ysgwydd. Gwenodd Osian wrth roi ei fraich am ei hysgwyddau, a rhoddodd gusan ar ei thalcen. Cododd Magi ei phen i edrych arno, a rhoddodd gusan dyner, ysgafn ar ei wefusau.

'Nos dawch,' meddai Osian yn ddistaw.

'Nos dawch.'

Caeodd Osian ei lygaid a chysgodd yn syth, ond roedd llygaid Magi ar agor led y pen. Wnaeth Osian mo'i chusanu'n ôl.

Pennod 21

Erbyn i Magi ddeffro yn y bore roedd ei phen wedi llithro i lawr ar lin Osian. Cymerodd dipyn o amser iddi sylweddoli ble roedd hi, yna cofiodd am y gusan a roesai iddo. Cododd ei phen mor araf ag y gallai a cheisio'i gorau glas i godi ar ei thraed heb wneud mymryn o sŵn.

'Wel, bore da, Magi. Mi deffrist ti, felly?' gofynnodd, fel petai o ei hun wedi bod yn effro am oriau.

'Do,' atebodd Magi, gan osgoi edrych arno wrth geisio twtio'i gwallt.

'Fydda i byth bron yn dy weld di efo dy wallt i lawr,' meddai wrthi. 'Mi oedd dy wallt di i lawr yn y ffair ac ar ddydd Gŵyl Ifan, ond dyna'r unig droeon, hyd y cofia i.'

'Ia,' cytunodd Magi, wedi synnu ei fod wedi sylwi.

'Ma' gin ti wallt del.'

'Diolch.' Twtiodd Magi ei dillad, a'i gwallt eto, heb edrych arno.

'Mae'r storm wedi clirio, a'r haul yn t'wynnu.' Penderfynodd Osian newid pwnc y sgwrs i leddfu ychydig ar yr awyrgylch anghyfforddus.

'Felly, mi fedran ni fynd yn ôl i'r Weirglodd Wen.'

'Medran.'

Meddyliodd Magi am y gusan unwaith eto. Cofiodd nad oedd Osian wedi ei gwthio i ffwrdd, felly roedd gobaith nad oedd o'n ddig efo hi.

'Mae Meinir yn hollol iach rŵan, yn tydi?' gofynnodd.

'Ydi, ma' hi wedi gwella'n llwyr.'

'Da iawn.' Gwyddai Magi fod Meinir wedi gwella ers tro, ond roedd yn awyddus i droi'r sgwrs tuag ati.

'A sut mae petha rhyngddoch chi?' Ni allai Magi gredu ei bod wedi cael yr hyfdra i ofyn iddo.

Tynnodd Osian ei fysedd drwy'i wallt.

'Ma' pob dim yn iawn,' atebodd. 'Mae Meinir yn hogan weithgar ac mi fedar hi wnïo a gweu, a choginio prydau da o fwyd. Mae ei bara hi'n fendigedig. Be arall sy ar ddyn 'i angen pan fydd o'n chwilio am wraig?'

'Mae'n debyg i mi dy fod ti wedi cael gafael ar yr hogan berffaith.'

'Do.'

'Wel, dwi'n gobeithio y byddwch chi'n hapus iawn efo'ch gilydd ... ond cofia di, mi fasa mab y Weirglodd Wen yn medru cael unrhyw hogan yn y sir i fod yn gariad iddo fo,' meddai Magi gan chwerthin. Gobeithiai y buasai Osian yn sylweddoli mai at ei gyfoeth roedd hi'n cyfeirio yn hytrach na'i rinweddau gweledol. Doedd arni ddim eisiau iddo feddwl ei bod am ei ddwyn oddi ar Meinir, yn enwedig ar ôl y gusan.

'Oes 'na hogan arall fasa'n cymryd dy ffansi di ... tasa Meinir ddim o gwmpas?'

'Be amdanat ti? Oes yna rywun wedi cymryd dy ffansi di?'

'Fi ofynnodd gynta, felly ma' raid i ti ateb gynta,' mynnodd Magi.

'O'r gorau,' meddai Osian. 'Oes, mae 'na ddegau o genod dwi'n eu hoffi.'

'Pwy ydyn nhw?' gofynnodd Magi'n chwilfrydig. 'Catrin Llidiart yr Ŵyn?'

'Ia.'

'Gwenno Bryn Twrch?'

'Ia.'

'Beti Tŷ'r Bugail?'

'Ia.'

'Pwy arall?'

'Pawb ond chdi!'

Gwenodd Magi pan sylweddolodd mai cellwair oedd Osian.

'Ella dylsat ti fynd weld sut groeso fasat ti'n 'i gael gan yr holl genod eraill 'na,' meddai, 'cyn i ti benderfynu priodi Meinir.'

Difrifolodd wyneb Osian am ennyd.

'Dwn i ddim,' atebodd. 'Ma' Meinir yn edrych ymlaen at briodi ... wedi gwneud cwilt ac ati. Fedra i mo'i siomi hi rŵan. Mae'n rhaid i mi briodi Meinir.'

Synnodd Magi ei glywed yn siarad mor onest.

'Nag oes. Does dim raid i ti briodi Meinir os nad wyt ti isio,' meddai.

'Ma'n debyg gen i nad wyt *ti* isio i mi briodi Meinir.'

'O, na. Gwna di fel fynni di.' Roedd hi'n dechrau teimlo'n ffôl, felly penderfynodd droi ei sylw at rywbeth mwy ymarferol.

'Fasat ti'n hoffi chydig bach o uwd cyn i ni gychwyn? Mi fyddai Mam yn cadw ceirch yn y bocs yma,' meddai, gan amneidio at focs pren ger yr aelwyd. 'Mi fyddai hi'n deud 'i fod o'n focs da iawn am na fedrai 'run llygoden fynd iddo fo.' Agorodd y caead a gweld pentwr o geirch sych a glân. 'Tydw i ddim isio sbio yn y sach flawd – mi fydd honno'n berwi o wyfynod yr ŷd!'

Roedd y mawn yn dal i fudlosgi yn y grât. Aeth Osian allan i hel mwy o briciau gan adael Magi i sychu'r crochan yn lân cyn tywallt dŵr a dyrnaid o geirch iddo. Pan ddaeth yn ei ôl gyda mân briciau a changhennau bychain, brau, rhoddodd bopeth ar y tân i ferwi'r uwd. Yna tynnodd ddau afal o'i boced.

'Mae 'na ugeiniau o falau ar y goeden wrth dalcen y tŷ. Mi syrthiodd rhai i lawr neithiwr yn y storm, ond tydyn nhw ddim gwaeth.'

'Mi ddylen ni fynd â rhai yn ôl efo ni i'r Weirglodd Wen,' meddai Magi. 'Tydyn nhw'n dda i ddim yma.'

Felly, ar ôl bwyta'r uwd, aeth y ddau allan i hel yr afalau. Gwagiodd Osian y sach flawd i'w defnyddio i'w cario. Ar ôl twtio ychydig y tu mewn i'r bwthyn a golchi'r ddwy fowlen uwd, penderfynodd Magi fynd â'r ceirch efo hi hefyd, felly rhoddodd y cyfan yn yr un sach â'r afalau a chlymu ei geg.

'Paid ag anghofio dy arian a dy siôl,' gwaeddodd Osian wrth iddo fynd i baratoi'r ceffylau ar gyfer y daith.

'Wna i ddim. Mae'r arian yn fy mhoced ac mi wisga i'r siôl.'

Y tro hwn gallodd Magi godi ei hun ar gefn y gaseg, ond bu'n ofalus iawn i beidio gweiddi na siarad yn uchel. Edrychodd yn ei hôl ar y Bwthyn Bach a chafodd ei llethu gan bwl sydyn o hiraeth. Roedd mwg yn dal i godi o'r corn ac edrychai yn union fel petai ei mam a Sioned yn dal i fyw yno. Châi William mohono, penderfynodd, felly byddai'n rhaid iddi atal y briodas.

Wrth farchogaeth heibio i fwthyn Betsan sylwodd y ddau fod y drws yn gorwedd ar lawr, fel petai wedi cael ei osod yn bont i fynd i mewn i'r tŷ.

'Mi fasa'n well i ni fynd i weld be sy wedi digwydd,' meddai Osian, gan neidio oddi ar gcfn ei geffyl.

'Betsan?' galwodd, wrth gamu'n ofalus dros y drws bregus. Roedd Betsan yn gorwedd ar y llawr â chlais dulas ar ei boch. Daeth Magi i lawr o gefn y gaseg, ond arhosodd y tu allan nes i Osian alw arni.

'O, Bctsan! Be ddigwyddodd i chi?' holodd Magi pan welodd yr hen wraig.

'Dim byd,' atebodd Betsan wrth i'r ddau ci chodi a'i rhoi i eistedd ar y gadair. 'Paid ti â phoeni amdana i.'

'Deudwch rŵan,' dwrdiodd Magi, fel petai'n mynnu ateb gan blentyn.

'O, o'r gorau 'ta. Mae'r drws wedi bod yn rhy fregus i'w gau yn iawn ers tro,' meddai'n fyglyd, 'a phan ddaeth y storm neithiwr mi es i allan i geisio'i gau o. Mi chwipiodd y gwynt y drws oddi ar 'i fachau, ac wrth iddo ddisgyn mi ges i fy nharo yn fy mhen. Mi fedris i gerdded ar fy mhedwar i mewn, a dwi'n meddwl 'mod i wedi cysgu tan rŵan.'

'Mae'n dda ein bod ni'n pasio felly, yn tydi.'

'Ydi,' atebodd Betsan yn rwgnachlyd, 'ond mi faswn i wedi bod yn iawn tasach chi heb ddŵad. Mi faswn wedi cael mwy o gwsg yn un peth.'

Edrychodd Osian a Magi ar ei gilydd mewn anobaith. Pan ddechreuodd yr hen wraig grynu'n afreolus sylweddolodd y ddau ei bod wedi bod yn gorwedd mewn llyn o ddŵr glaw.

'Oes gynnoch chi ddillad sych i newid?' gofynnodd Magi.

'Ella fod 'na rwbath yn y cwpwrdd 'na.'

Agorodd Magi ddrws y cwpwrdd a neidiodd llyffant allan. Ar ôl chwilio am beth amser darganfu Magi rywbeth tebyg i sgert a mantell, ond roedden nhw'n dew o lwydni. Aeth Magi â nhw allan a'u hysgwyd cyn eu rhoi i Betsan.

'Pwy 'di'r llanc 'na sy efo chdi?' gofynnodd Betsan, gan edrych ar Osian a oedd erbyn hyn yn crafu ei ben yn ceisio penderfynu beth i'w wneud ynglŷn â'r drws.

'Osian, mab y Weirglodd Wen.'

'Pam est ti yn dy ôl i'r Weirglodd Wen?'

'Fedra i ddim deud wrthach chi rŵan.'

'Fo ydi'r hogyn nad oedd yn dad i'r babi?' sibrydodd.

'Ia,' sibrydodd Magi yn ôl.

'Ddeudist ti wrth nain y babi nad fo oedd y tad?'

'Do, ond peidiwch â sôn dim wrtho fo, Betsan. Tydw i ddim isio iddo fo ddod i wybod 'mod i wedi deud wrthach chi.'

'Ddeuda i dim gair.' Caeodd Betsan ei cheg yn glep fel cadarnhad o hynny.

Rhoddodd Magi help llaw iddi wisgo er gwaetha'i phrotestiadau. Roedd dwylo Betsan druan yn crynu cymaint fel na allai ddatod y dillad gwlyb.

'Mi faswn i wedi medru newid fy hun,' grwgnachodd.

Ar ôl rhoi Betsan i eistedd yn ddiogel yn ei chadair, aeth Magi â'r dillad gwlyb allan i sychu a hel priciau i wneud tân. Yna, aeth i nôl y ceirch a'r afalau a pharatoi uwd.

Roedd tair llwy ar y bwrdd a dewisodd Magi'r llwy lanaf. Rhoddodd dro i'r uwd yn y bowlen a chododd lwyaid i Betsan gan chwythu arno i'w oeri.

'Mi fedra i fwydo fy hun – tydw i ddim mor ddi-raen â hynny,' mwmialodd Betsan, ond agorodd ei cheg i gael llwyaid o'r uwd. 'Mi fu'r iâr farw,' ochneidiodd, ar ôl gorffen bwyta.

'Mi yrra i Iolo yma fory efo iâr i chi o'r Weirglodd Wen,' meddai Osian wrth iddo roi'r drws yn ei le.

'Mi fydd pobol yn deud petha felly wrtha i o hyd,' meddai

Betsan, 'ond pan ân nhw yn ôl i'w cartrefi mi fyddan nhw'n anghofio pob dim amdana i. Dim ond Gruff Pwll Hwyaid fydd yn dŵad a mymryn o rwbath i mi erbyn hyn. Peidiwch chi â phoeni am yr hen Fetsan sy o'i cho', mi neith hi'n iawn heb iâr.'

'Wel, mae'r drws wedi'i drwsio,' meddai Osian, gan anwybyddu ei hunandosturi, 'ac mi ddaw Iolo yma fory efo iâr i chi.' Addawodd Magi adael y ceirch a'r afalau iddi hefyd.

'Cadwch y tân ynghynn,' meddai Magi, 'a gwnewch fwy o uwd. Stiwiwch y falau os ydyn nhw'n rhy galed i'w bwyta fel maen nhw.'

'Mab y Weirglodd Wen yn trwsio fy nrws i. Wel, pwy fasa'n meddwl,' meddai Betsan, gan ysgwyd ei phen. Roedd hi'n dal i grynu, felly aeth Magi i nôl siôl ei mam iddi oddi ar gefn y gaseg, heb wybod yn iawn pam y gwnaeth y fath beth.

'Cymerwch chi ofal rŵan, Betsan, a rhowch y siôl 'ma dros eich gwar. Siôl fy mam oedd hi ond mi gewch chi 'i benthyg hi.'

Nid atebodd Betsan.

'Wyt ti'n meddwl fod Betsan o'i cho'?' gofynnodd Magi ar y ffordd yn ôl.

'Nac'di. Ma' hi mor gall â chdi a finna,' atebodd Osian.

Roedd cynnwrf a chyffro mawr yn y Weirglodd Wen. Cerddai William o bared i bost fel gwallgofddyn gan gicio'r cadeiriau a dyrnu'r byrddau a'r waliau. Safai'r gweision, Lowri a Cadi yn fud ac ofnus. Sylwodd William ar Osian a Magi yn sleifio i mewn.

'Lle ydach chi'ch dau wedi bod?' bloeddiodd. 'Mi ddeudis i wrth bawb am fod yma ddeng munud yn ôl.'

'Mae'n ddrwg gen i, Nhad, ond roedd Magi yn fy helpu i ...' eglurodd Osian, ond ni chafodd orffen.

'Dowch yma pan fydda i'n rhoi fy ngorchymyn y tro nesa,' bloeddiodd William unwaith eto.

Ni allai Magi ddirnad beth oedd yn digwydd, gan ei bod yn ymddangos nad oedd y mistar yn ymwybodol o'u taith i'r Bwthyn Bach.

'Ma' un ohonoch chi wedi dwyn yr arian,' meddai, gan ddyrnu'r bwrdd, 'a dwi'n bwriadu darganfod pwy wnaeth!'

Ni feiddiai neb ddweud dim.

'Arian yr ŷd wedi mynd i gyd. Mi dalodd Guto'r Felin i mi am yr ŷd, a rŵan ma' pob dimai goch wedi mynd! Pwy sy'n euog?' rhuodd arnynt. 'Ma'n rhaid i mi gael yr arian yn ôl! Mi rois i gweir i'r person diwetha wnaeth feiddio dwyn oddi arna i – y llabwst gwas oedd yma wyth mlynedd yn ôl – ac mi fu o'n gorwedd yn 'i wely am wythnos. Waeth gin i 'ta dyn 'ta dynes ydi'r lleidr – os ydyn nhw'n haeddu cweir, dyna fydd eu tynged!' Rhoddodd gic nerthol arall i'r stôl.

Cofiodd Magi fod arian ei mam yn ei phoced. Cyflymodd ei chalon wrth iddi feddwl beth wnâi petai William yn gorchymyn iddi ddangos beth oedd ganddi yn ei phoced. Gwridodd.

'Pam fod dy wyneb di mor goch?' gwaeddodd William arni. 'Wyt ti'n euog?'

'Nac'dw,' atebodd Magi'n ffwndrus. 'Ro'n i'n chwysu wrth helpu Osian. Poeth ydw i.'

Cymerodd Osian arno fod ganddo beswch mawr ac aeth allan am wyntt, a roddodd gyfle iddo dynnu'r cyfrwyau a'r harneisiau oddi ar y ceffylau cyn rhedeg yn ei ôl i'r tŷ. Pan gyrhaeddodd yn ei ôl, roedd William wedi dechrau mynd trwy bocedi'r gweision.

'Osian – chdi rŵan. Mae'n rhaid i mi fynd drwy bocedi pawb,' meddai William.

Aeth Osian yn ufudd at William a rhoi cynnwys ei bocedi ar y bwrdd.

'Does dim arian ym mhocedi'r dynion,' datganodd William. 'Rŵan, y merched. Chdi gynta, Lowri.'

'Ond Nhad, faswn i byth yn dwyn eich arian chi,' protestiodd Lowri.

'Dangos be sy yn dy bocedi!' gwaeddodd William, a dangosodd Lowri eu bod yn wag.

'Cadi, chdi rŵan.' Nid oedd gan Cadi ddim yn ei phoced chwaith.

Gwyddai Magi mai ei thro hi oedd nesaf. Doedd hi ddim yn euog ond roedd ganddi arian yn ei phoced, a gwyddai na allai egluro presenoldeb yr arian heb gyfaddef y cwbl am y daith. Buasai William yn siŵr o'i hel oddi yno a dweud wrth ei gymdogion ei bod yn lleidr fel na fuasai neb yn ei chyflogi eto. Fyddai hi byth bythoedd yn cael ei bwthyn yn ôl chwaith.

'Magi, chdi rŵan.'

Edrychodd Magi ar Osian, ond allai o wneud dim. Aeth Magi at y bwrdd, ond pan oedd ar fin gadael i William roi ei law yn ei phoced rhedodd cwningen i'r tŷ a Beti'r ast ar ei chynffon. Neidiodd pawb ar draws ei gilydd er mwyn ei dal neu ei hel allan. Yn ystod y sgarmes symudodd Osian yn nes at Magi, sleifiodd ei law i'w phoced heb i neb ei weld a gafael yn yr arian a'i roi yn ei boced ei hun.

Ar ôl munudau maith dihangodd y gwningen. Galwodd William ar Magi unwaith eto ac ar ôl chwilio trwy ei phocedi, gwelodd nad oedd yr arian ganddi.

'Wel, mae'n ymddangos nad ydi'r arian ym mhocedi'r un ohonach chi, ond tydi hynny ddim yn golygu nad ydach chi wedi'i guddio fo, y diawliaid,' bytheiriodd William. 'Ewch yn ôl at eich gwaith, ond pan ddo' i o hyd i'r lleidr, mi wna i'n siŵr na chaiff o ei gyflogi byth eto.'

Ymlaciodd pawb ar ôl iddo fynd i'r llofft, ac yn araf aethant i gyd yn ôl at eu dyletswyddau. Diolchodd Magi yn ddistaw i Osian am ei hachub.

'Paid â deud wrth neb am yr arian,' siarsiodd Osian, gan ei roi yn ôl iddi. 'Cadw fo mewn lle diogel rhag ofn i rywun feddwl mai arian Nhad ydi o.'

Cyn mynd i'w gwely'r noson honno aeth Magi i'r llofft o flaen Cadi. Lapiodd yr arian mewn darn o hen gadach a gwthiodd y cyfan o dan y gwely ymysg cant a mil o bethau eraill. Swatiodd dan y cwrlid. Byddai cyfle i rannu ei straeon â Cadi ryw dro eto. Aeth i gysgu gan ddiolch i Dduw am y gwningen, am Beti ac am Osian.

Pennod 22

'Mi welis i Iolo, gwas y Weirglodd Wen, bora 'ma,' meddai Siân Tŷ Grug. 'Mi oedd o ar 'i ffordd i weld Betsan, efo iâr mewn sach iddi – gan Osian, medda fo. Duw a ŵyr pam roedd Osian yn rhoi iâr i Betsan, ond dyna fo.'

'O', atebodd Tomos, heb ddangos fawr o ddiddordeb.

'Mi ddeudodd Iolo rwbath arall wrtha i hefyd,' meddai Siân, yn cael blas ar yr adrodd.

Nodiodd Tomos ei ben.

'Be dwi newydd 'i ddeud wrthat ti, Tomos?'

'Osian yn rhoi iâr i Betsan,' meddai, gan roi ochenaid o ryddhad am ei fod wedi llwyddo i gofio.

'Dwyt ti ddim am ofyn be arall ddeudodd Iolo wrtha i?'

'Be arall ddeudodd o?' gofynnodd Tomos yn ddiamynedd.

'Gwranda ar hyn. Mi aeth Osian â Magi yn ôl i'r Bwthyn Bach i nôl siôl 'i mam,' meddai Siân, yn ddigon uchel fel y buasai Meinir yn ei chlywed yn y bwtri.

'O. Mae o'n hogyn ffeind, yn tydi,' mentrodd Tomos.

'Ond, Tomos, mi aethon nhw yno heb ddeud wrth William ... a gwranda eto – mi arhoson nhw yno drwy'r nos a dŵad adra'n hwyr pnawn ddoe.'

Roedd Meinir wrthi'n rhoi dŵr cynnes ar furum mewn powlen, ond pan glywodd newyddion ei mam fferrodd ei gwaed. Roedd mynd â Magi i nôl siôl ei mam yn un peth, ond roedd aros yno drwy'r nos yn beth hollol wahanol. Yna penderfynodd mai dweud celwydd oedd ei mam. Roedd Meinir wedi dal Siân yn dweud celwydd am Osian lawer tro.

'Dim ond y ddau ohonyn nhw. Drwy'r nos, Tomos. Be wyt ti'n feddwl o beth fel'na?' gofynnodd Siân.

'O,' meddai Tomos eto. Roedd wedi hen arfer clywed ei wraig yn rhedeg ar Osian, a wyddai o byth sut i ymateb.

Rhuthrodd Meinir o'r bwtri.

'Mam, wnewch chi roi'r gorau i ddeud clwydda am Osian. Mi ydach chi bob amser yn barod i'w gyhuddo fo o bob math o betha. Sut fedra i'ch coelio chi ar ôl i chi ddeud un celwydd ar ôl y llall wrtha i?'

'Meinir, os ydw i'n deud celwydd y tro yma, mi geith Duw mawr yn y Goruchaf fy nharo i'n farw y munud 'ma. Ma' Osian yn gwneud hwyl am dy ben di efo'r Magi 'na!'

'Nac'di, Mam. Tydi o ddim. Pam ydach chi'n ei gasáu o cymaint? Fedra i mo'ch dallt chi.'

'Mi gysgodd y ddau ohonyn nhw drwy'r nos yn y Bwthyn Bach. Be wyt ti'n feddwl o beth felly? Dim, 'run fath â dy dad?'

Sychodd Tomos chwys anweledig oddi ar ei dalcen.

'Byddwch ddistaw, Mam!' gwaeddodd Meinir nerth esgyrn ei phen.

'Bydd di ddistaw! Dwyt ti ddim yn rhy hen i mi roi clustan i ti!'

'Mi gewch chi un yn ôl!'

'Ferched, ferched,' meddai Tomos, gan ddod i sefyll rhwng Meinir a Siân. Roedd o wedi clywed y ddwy yn ffraeo ynglŷn ag Osian lawer gwaith. Teimlai y dylai ochri â'i wraig, ond ni wyddai pam yn hollol. Roedd wedi gofyn i Siân egluro'i rhesymau iddo droeon, ond nid oedd Tomos erioed wedi gallu gwneud na phen na chynffon ohonyn nhw. Ei phrif reswm bob tro oedd na allai ymddiried yn Osian yng nghwmni genethod eraill, ond ni allai Tomos gofio gweld Osian yn ymddwyn yn anweddus erioed.

'Dos i ofyn iddo fo 'ta,' bloeddiodd Siân gan bwyntio tua'r drws.

'Mi wna i,' gwaeddodd Meinir wrth lamu dros y rhiniog. Caeodd y drws yn glep ar ei hôl.

Eisteddodd Siân yn llipa yn y gadair agosaf. Ceisiodd Tomos ei chysuro, gan feddwl mor anodd oedd ceisio deall beth oedd yn poeni ei wraig.

'Mi fydd pob dim yn iawn,' meddai'n dyner. 'Mi gei di weld.'

'Na fydd, Tomos. Fydd petha ddim yn iawn. Byth!' wylodd Siân.

'Ond, Siân bach, mi ddylat ti adael i Meinir benderfynu drosti ei hun pwy i'w briodi. Tasa dy fam wedi ceisio dylanwadu arnat ti i beidio â fy mhriodi i, fasat ti wedi gwrando arni hi?'

Ni ddywedodd Siân air.

'Na, fasat ti ddim wedi gwrando arni, felly pam wyt ti'n disgwyl i Meinir wrando arnat ti?' Wnaeth Tomos ddim disgwyl am ateb y tro yma. 'Mi ddeudodd William wrtha i y bydd 'na briodas fawr ar ddydd Calan.'

'Mi ddeudodd o hynny?' gofynnodd mewn syndod.

'Do. Pam na ddyla fo? Mi fasa unrhyw ddyn yn falch o gael Meinir yn ferch yng nghyfraith iddo fo.'

'Ma' raid i mi gael mymryn o awyr iach,' meddai Siân. Cododd yn araf a cherdded allan.

Yn y pellter cafodd Siân gip ar Meinir yn cerdded ar garlam tuag at y Weirglodd Wen. Ni allai gredu iddi fod mor ffôl.

Llithrodd ei meddwl yn ôl i'r adeg pan briododd Tomos a hithau. Lai na blwyddyn ar ôl y briodas cafodd Tomos ei daro'n wael â'r eryr a bu'n gaeth i'w wely am ddau fis. Deuai William y Weirglodd Wen draw i'w weld bob dydd i gael sgwrs a thrafod helyntion hwn a'r llall, ac ar ôl ymweld â Tomos yn y llofft deuai i eistedd yn y gegin i sgwrsio efo hi. Cofiodd sut y daeth i edrych ymlaen at ei ymweliadau, ac arhosai William yn hirach ac yn hirach yn Nhŷ Grug i siarad â hi. Tynnai ei choes am nad oedd wedi beichiogi a hithau wedi bod yn briod am bron i flwyddyn. Chwarddodd wrth ddweud wrthi fod Lowri wedi ei geni naw mis ar ôl ei briodas o.

Un diwrnod, cofiodd, teimlai braidd yn isel ei hysbryd am fod ganddi gymaint o waith i'w wneud a Tomos yn rhy wael i wneud dim ond gorwedd yn ei wely. Synhwyrodd William ei bod ar fin crio, daeth ati a'i chofleidio. Cofiodd deimlo'n fychan fach yn erbyn ei gorff cryf, cyhyrog. Ar ôl munud neu ddau gadawodd iddo'i chusanu, ac ymhen dim roedd y ddau yn caru'n angerddol ar y fainc balis. Cofiai boeni y buasai Tomos yn eu clywed o'r llofft. Parhaodd y garwriaeth hyd nes yr oedd Tomos yn ddigon da i godi, ond yn fuan wedyn sylweddolodd ei bod yn feichiog. Gwyddai na allai fod yn blentyn i Tomos, a thyngodd William a hithau lw i gadw'r gyfrinach am byth. Pan gafodd Meinir ei geni, dywedodd Siân wrth Tomos ei bod wedi dod i'r byd yn llawer cynt na'r disgwyl.

Felly y bu pethau nes i Osian a Meinir ddechrau sôn am briodi. Ei chamweddau hi oedd yn gyfrifol am yr holl dorcalon. Doedd dim bai ar Tomos. Druan o Tomos, a druan o Meinir.

Cyrhaeddodd Meinir gegin fawr y Weirglodd Wen ar bigau'r drain, a daeth ar draws Cadi.

'Lle mae Osian?'

'Wyt ti'n teimlo'n iawn?' gofynnodd Cadi wrth sylwi ar fochau cochion a llygaid dyfrllyd Meinir. 'Oes gen ti dwymyn?'

'Dwi'n iawn,' atebodd. 'Lle ma' Osian?'

'Wel, gad i mi weld,' meddai Cadi yn bwyllog wrth geisio cofio ymhle y gwelsai Osian ddiwethaf. 'Mi oedd o yn llofft yr ŷd, wedyn mi aeth o efo Beti o gwmpas y defaid. Na – Huw neu Iolo aeth i weld y defaid. Huw, dwi'n meddwl. Tybed welis i Osian yn edrych ar bedolau'r gaseg? Do. Wedyn mi aeth i ...'

Ysgydwodd Meinir ei phen a throi at y drws cyn i Cadi gael amser i orffen ei brawddeg.

Safodd ar ganol y buarth. Nid oedd yr un enaid i'w weld yn unman. Rhedodd i ben grisiau llofft yr ŷd i gael gwell golwg o'r caeau, ond eto ni allai weld neb. Melltithiodd Meinir dan ei gwynt. Roedd ar fin mynd yn ôl i'r tŷ pan gafodd gip ar Magi a'r iau ar draws ei hysgwyddau yn cario dwy fwcedaid o ddŵr o'r ffynnon.

'Wel, wel,' meddai Meinir wrthi ei hun. 'Dyma'r wrach bach hyll sy'n meddwl y gall hi aros allan drwy'r nos efo fy narpar ŵr i.'

Gwenodd Magi pan sylwodd ar Meinir yn ei gwylio, ond parhau i wgu wnaeth Meinir, ei breichiau ymhleth.

'Sut wyt ti?' gofynnodd Magi pan ddaeth yn nes.

'Iawn,' atebodd Meinir yn swta wrth ddod i lawr grisiau llofft yr ŷd.

'O, mae'r dŵr 'ma'n drwm,' cwynodd Magi gan roi'r bwcedi i lawr ar y buarth.

Edrychodd Meinir arni'n rhwbio'i hysgwyddau a sythu ei chefn. Edrychai mor ddiniwed a dieuog, ond tybed oedd hi'n chwerthin am ei phen yn ddistaw bach, fel y dywedodd ei mam? Roedd wedi clywed lawer tro mai'r rhai tawelaf oedd i'w gwylio efo dynion. Astudiodd Meinir y forwyn yn ofalus am fymryn o euogrwydd yn ei llygaid neu chwithdra yn ei chorff, ond ni allai sylwi ar unrhyw beth anarferol.

'Stedda efo fi am funud.'

'O'r gorau,' cytunodd Magi, gan eistedd ar y gris cyntaf, 'ond dim ond am funud. Tydw i ddim isio i William fy nal yn llaesu dwylo.'

'Wnaeth o mo dy ddal di pan est ti efo Osian i'r Bwthyn Bach, yn naddo?'

Ni ddaeth ateb.

'Osian ddeudodd wrthat ti?' gofynnodd Magi o'r diwedd. Ceisiodd ddychmygu sut y daethai Meinir i wybod.

'Na. Dwi'n dal i aros iddo *fo* gyfadda.'

'O.'

'Wel?' gofynnodd Meinir yn herfeiddiol.

'Wel, be?'

'Wyt ti am ddeud wrtha i pam y buoch chi'ch dau yno?'

'Mi o'n i isio siôl Mam.'

Gwelodd Meinir fod stori ei mam yn gywir hyd yn hyn, felly mentrodd holi ymhellach.

'Pam wnaethoch chi aros yno dros nos?'

'Mi ddoth 'na storm fawr, ac mi roedd y tywydd yn rhy arw i ni fedru dŵad yn ôl.'

Nid hwn oedd yr ateb roedd Meinir eisiau ei glywed. Roedd wedi disgwyl cael mynd yn ei hôl i Dŷ Grug yn fuddugoliaethus a rhoi ei mam yn ei lle. Berwodd ei gwaed.

'Celwydd noeth!' gwaeddodd. 'Mi gynllwyniodd Osian a

chditha i redeg i ffwrdd tra oedd William yn ei wely, yn do? Doedd 'na ddim storm o gwbl. Chawson ni ddim hyd yn oed ddiferyn o law yma.'

'Ond, mi *oedd* 'na storm, a ...'

'Mi ddyla bod gin ti gwilydd,' torrodd Meinir ar ei thraws.

Sylwedolodd Magi nad oedd diben iddi geisio achub ei cham.

'Yn lle gysgoch chi? Dwi isio'r gwir, Magi.'

'Ar y gadair o flaen y tân.'

'Gawsoch chi lawer o hwyl yno – dim ond y ddau ohonach chi efo'ch gilydd?'

'Naddo,' atebodd Magi. 'Mi gyneuon ni dân am 'i bod hi'n oer. Dyna'r oll.'

'Felly, wnaethoch chi ddim byd o'i le?'

'Naddo, Meinir. Dim byd,' atebodd Magi. Roedd y gusan wedi bod ar ei meddwl, ond gan nad oedd Osian wedi ei chusanu yn ôl, tcimlai Magi ei bod wedi dweud y gwir wrth Meinir.

O'r diwedd synhwyrodd Meinir nad oedd gan Magi ddim i'w gelu, a thawelodd ei thymer.

'Dwi'n poeni am Osian a finna,' cyfaddefodd.

Trodd Magi ei phen i edrych arni. Gwnâi'r rhychau ar ei thalcen a rhwng ei haeliau iddi edrych yn hŷn na dwy ar bymtheg oed.

'Mae Mam yn casáu Osian, ac wn i ddim pam.' Oedodd. 'Wyt ti'n meddwl y bydd Osian yn anffyddlon i mi ar ôl i ni briodi?'

'Ŵyr neb be sydd o'n blaenau ni.'

'Soniodd o amdana i pan oeddach chi yn y Bwthyn Bach?' gofynnodd Meinir yn dawel.

'Do. Mi ddeudodd o dy fod ti'n medru gwnïo a gweu a gwneud bwyd gwerth chweil,' atebodd Magi.

'Felly, wnaeth o ddim cyffwrdd ynddat ti?'

'Wel, mi fu'n rhaid iddo fo fy nghodi i ar gefn y gaseg y tro cynta,' meddai Magi, gan geisio ysgafnhau'r sgwrs. Er mawr ryddhad i Magi, gwenodd Meinir.

'Wyt ti'n meddwl dy fod ti'n priodi yn rhy ifanc?'

'Mi ydw i bron yn ddeunaw oed,' atebodd Meinir, wedi synnu fod Magi wedi gofyn peth mor hurt. 'Mae gan Glenys Bryn y Frân ddau o blant, a dim ond deunaw oed ydi hi. Mi ddylwn fod wedi priodi Osian ers talwm, ond efo William yn dangos fawr ddim diddordeb a Mam fel mae hi, ma' petha wedi bod yn anodd.'

Ni ddywedodd Magi air.

'Mi fydda i'n meddwl weithia fod Osian wedi colli diddordeb yndda i, er i mi weld y llwy yn y gist. Ond ella mai Mam sy'n plannu syniadau gwirion yn fy mhen i.'

Edrychodd Magi arni'n dosturiol.

'Pan ddeudodd Mam wrtha i eich bod chi wedi sleifio i'r Bwthyn Bach heb ddeud wrth William, doeddwn i ddim isio'i chredu hi. Mi feddyliais yn syth eich bod chi wedi mynd yno er mwyn treulio'r noson ar eich pennau eich hunain.'

'O, na,' mynnodd Magi. 'Dim ond mynd â fi i nôl y siôl wnaeth Osian. Dim byd arall.'

'Mi fydda i'n meddwl weithia, gan ein bod ni wedi chwarae cymaint efo'n gilydd pan oeddan ni'n blant, fod Osian yn fy ngweld i fel mwy o chwaer nag o gariad,' cyfaddefodd Meinir.

Ystyriodd Magi fachu ar y cyfle i ddweud popeth wrthi, ond wrth sylwi ar y tristwch yn wyneb Meinir gwyddai na allai ddweud dim. Gafaelodd yn ei llaw gan geisio amgyffred sut ar y ddaear y buasai hi ei hun yn dygymod â'r ffaith fod ei chariad yn hanner brawd iddi. Cysurodd Magi ei hun na fyddai Meinir byth yn dod i wybod gan fod William a Siân yn rhy hunanol i gyffesu. Fydden nhw ddim am gael eu barnu gan bawb yn y plwy.

'Pam mae Mam mor greulon?' Nid oedd Meinir yn disgwyl ateb. 'Mi ydw i wedi paratoi at fy mhriodas fy hun bach, heb ddim cymorth ganddi. Mi wnes i fy nghwilt fy hun, a wnaeth Mam ddim gwnïo 'run pwyth. Mi fydd pob merch arall yn cael cymorth gan 'i mam, yn bydd?' Wylodd Meinir ddagrau o hunandosturiol.

Tynnodd Magi ei llaw drwy wallt Meinir.

'Paid â chrio,' meddai'n dyner.

'Ro'n i mor genfigennus pan arhosoch chi allan drwy'r nos pan syrthiodd Osian i lawr y clogwyn, a rŵan eto wrth ddallt i chi'ch dau fynd i'r Bwthyn Bach. Fedra i ddim byw fel hyn.'

'Ond doedd 'na ddim i ti fod yn genfigennus yn 'i gylch o,' rhesymodd Magi.

'Nag oedd. Mi ydw i'n sylweddoli hynny rŵan.' Sychodd Meinir ei dagrau â chefn ei llaw. 'Wyddost ti be, Magi, dwi'n falch 'mod i wedi cael sgwrs efo chdi.'

'A finna hefyd.'

'Dwi'n gwybod yn fy nghalon fod Osian yn fy ngharu byth ers i mi ddarganfod y llwy roedd o wedi dechra ei naddu i mi ar y slei. Wnest ti ddim deud wrth neb amdani, naddo?

'Naddo, a wna i ddim chwaith.'

'Oherwydd pan fydd o'n ei rhoi hi i mi, neu'n gyrru un o'r gweision i'w chyflwyno hi, mi fydd yn rhaid i mi edrych fel taswn i wedi synnu.'

'Bydd.'

Rhedodd Meinir i chwilio am Osian a chariodd Magi'r pwcedi trymion i'r tŷ. Ar ôl tywallt y dŵr ohonynt i'r llestr pridd yn y bwtri edrychodd Magi drwy'r ffenestr a chael cip ar Osian a Meinir yn y pellter. Yn ôl osgo'i gorff roedd Osian fel petai'n ymddiheuro, a Meinir yn sefyll yn syth fel soldiwr, yna cofleidiodd y ddau.

Pennod 23

Gan ei bod yn Galan Gaeaf roedd gweision y Weirglodd Wen wedi bod yn brysur yn lladd dau fochyn a bustach i'w halltu. Bu Lowri a Cadi yn brysur hefyd yn paratoi ar gyfer gweithgareddau'r noson. Cafodd Magi'r dasg o dynnu cnawd dwy rwden a thorri wynebau hyll arnynt.

'Faint o bobol ddaw yma heno?' gofynnodd Magi.

'Mi fydd 'na ddegau o bobol yn dŵad fel rheol,' atebodd Lowri, 'felly mae'n rhaid i ni wneud yn siŵr y bydd 'na ddigon o'r stwmp naw rhyw. Cadi – oes gen ti naw cynhwysyn? Mi fyddwn ni'n anlwcus drwy'r flwyddyn os na rown ni naw peth ynddo fo.'

'Oes: tatws, moron, panasen, rwden, pys, cenhinen, llefrith, halen a phupur,' atebodd Cadi gan gyfri popeth ar ei bysedd.

'Be fydd y drefn?' gofynnodd Magi'n gyffrous. Doedd ei mam erioed wedi gwneud fawr ddim i ddathlu'r ŵyl heblaw rhoi cannwyll mewn rwden a'i gosod ar silff y ffenestr, ac edrych ar y coelcerthi yn y pellter.

'Wel, mi fyddwn ni'n proffwydo'r dyfodol – ceisio darganfod pwy fydd yn priodi a phwy fydd farw yn ystod y flwyddyn,' eglurodd Lowri.

'Sut mae darogan priodas?' gofynnodd Magi eto.

'Rhoi modrwy yn y stwmp naw rhyw, ac mi fydd pwy bynnag geith y fodrwy yn ei bowlen yn priodi yn ystod y flwyddyn. Hefyd, plicio afal gan gadw'r croen yn un darn, ac os gwnei di daflu'r croen dros dy ysgwydd mi fydd o'n glanio yn siâp llythyren gynta enw dy ddarpar ŵr.'

'Mi fydd ysbrydion y meirw'n cerdded yn ein mysg hefyd,' meddai Cadi. 'Mae rhai pobol yn medru eu gweld nhw.'

Goleuodd Lowri'r pabwyr yn y canhwyllau, ac yn nhywyllwch cegin fawr y Weirglodd Wen daeth wynebau hyll y rwdins yn fyw, i rythu arni. Cariodd Cadi a hithau'r ddwy rwden allan a'u rhoi un bob ochr i'r bompren. Roedd yn noswaith oer a chlir, a'r lleuad yn llawn.

Fesul un, cyrhaeddodd gweision, llanciau a merched ifanc yr ardal, ac amryw o gymdogion y Weirglodd Wen. Roedd William yn hynod o groesawgar ac aeth i'r drafferth o siarad yn serchus â'i westeion.

'Mae'r stwmp naw rhyw yn barod, ac mae'n edrych yn debyg i mi fod pawb wedi cyrraedd,' meddai Lowri. 'Dowch, steddwch, bawb – ond gwyliwch, mae'r stwmp yn boeth iawn.' Gollyngodd fodrwy briodas un o'r merched i'r crochan.

Aeth pawb i chwilio am gadair, mainc neu stôl, a gorfu i rai o'r bechgyn eistedd ar lawr. Eisteddodd Meinir ar un o'r cadeiriau wrth y bwrdd ac amneidio ar Osian i ddod ati, ond gadawodd Osian i ddynes arall eistedd ar y gadair, gan ddewis eistedd ar y llawr efo'r bechgyn. Rhannodd Lowri, Cadi a Magi'r stwmp ac ar ôl munudau o graffu a chwilio, canfu Rhys Llain y Dryw y fodrwy. Roedd ar fin ei gollwng i bowlen Cadi pan sylwodd rhywun ei bod yn ei law.

'Drychwch, bawb! Ma' Rhys wedi dod o hyd i'r fodrwy!'

Curodd pawb eu dwylo a chwibanodd y bechgyn.

'Pwy wyt ti am 'i phriodi'r flwyddyn nesa, Rhys?'

'Pwy yn y byd fasa'n ei briodi o?'

'Be amdanat ti, Magi?'

Gwridodd Rhys ac edrych yn swil ar Magi, ond wnaeth hi ddim codi ei phen o'i phowlen.

Ar ôl bwyd dechreuodd y miri o ddifrif. Methodd y dynion godi afalau o fwcedaid o ddŵr efo'u dannedd, felly rhoddodd Lowri afal a chyllell bob un i'r genethod dibriod. Pliciwyd yr afalau'n ofalus a glaniodd pob darn o groen, bron â bod, yn siâp y llythyren 'O'.

'Mi wyt ti'n mynd i briodi llawer o ferched y flwyddyn nesa, Osian,' meddai un o'r gweision yn llawn hwyl.

'Na, dim ond un,' chwarddodd. 'Ond ella y bydd Owen Cae Cerrig neu Owi Bryn y Wermod yn priodi.'

Gwenodd Meinir.

O dipyn i beth, dechreuwyd adrodd straeon ysbryd. Aeth Sioni'r Graig i hwyl, gan ddweud ei fod wedi gweld ysbryd unwaith ar y groesffordd ger ei gartref.

'Dynes oedd hi,' meddai, 'ac mi oedd hi'n wlyb domen. Ma' raid mai ysbryd Nanw'r Gaws oedd hi – mi glywis fy nhaid yn deud lawer tro iddi foddi yn yr afon.'

'Mi welis inna ysbryd yr hen Fadog fawr un tro,' meddai un arall, 'yn y llwyn helyg yn ymyl y llan. Roedd o'n cerdded o gwmpas ond doedd 'i draed o ddim yn cyrraedd y llawr!' Daeth croen gŵydd dros Magi wrth iddi gofio'i bod wedi cuddio yn y llwyn helyg hwnnw pan anafwyd Osian.

Tra oedd pawb yn adrodd eu profiadau gydag ysbrydion a bwganod, symudodd Siân Tŷ Grug yn nes at William.

'Pam ar y ddaear ddeudist ti wrth Tomos y ceith Meinir briodi Osian yn y flwyddyn newydd? Wyt ti wedi colli arni?' sibrydodd.

'Wel, mi oedd Tomos yn swnian ac yn ...'

Cyn i William orffen ei frawddeg rhoddodd Cadi sgrech hir, fyddarol, ac aeth ei hwyneb yn glaer wyn.

'Be sy'n bod?' gofynnodd Meinir.

'Roedd 'na wyneb yn y ffenast!' atebodd Cadi, yn dal i rythu a phwyntio at y ffenestr. 'Wyneb ysbryd oedd o, dwi'n siŵr.'

Edrychodd pawb, ond doedd dim golwg o neb.

'Wyt ti'n siŵr?' gofynnodd un o'r merched. 'Ella mai dychmygu wnest ti.'

'Na, dwi'n saff 'mod i wedi gweld rhywun,' meddai Cadi, oedd erbyn hyn yn crynu fel deilen.

Aeth rhai o'r dynion allan gyda'u llusernau i ymchwilio, ond doedd neb na dim i'w weld yn unman, er mawr ryddhad i'r merched. Daeth gwrid yn ôl i wyneb Cadi. Wrth i'r rhialtwch ddechrau eto, gwelodd Siân ei chyfle i ailafael yn ei sgwrs.

'Wel, William? Pam addewist ti briodas i Tomos?'

'Fedrwn i wneud dim arall.'

'Be? William y Weirglodd Wen ofn Tomos Tŷ Grug? Ffwlbri!'

'Ma' gin i gynllun arall ar y gweill,' cyfaddefodd William, 'ond paid â holi mwy.' Trodd ei gefn arni a mynd i siarad â chriw o ddynion yn ymyl y tân.

'Oes gan rywun faneg ga' i ei benthyg?' gwaeddodd Sioni'r Graig. 'Dwi am gerdded o gwmpas y tŷ dair gwaith er mwyn gweld ysbryd yr hogan dwi am 'i phriodi!'

Rhoddodd un o'r merched ei maneg iddo ac aeth Sioni allan, yn llawn hyder. Roedd digon o olau o'r lleuad lawn iddo allu gweld yn eithaf clir heb ei lusern. Cerddodd yr holl ffordd o amgylch y tŷ gan godi ei law ar y merched oedd yn y ffenestr yn ei wylio, ond po hiraf roedd Sioni allan, y mwyaf ofnus yr âi. Penderfynodd adrodd ei rigwm yn sydyn a mynd yn ôl i'r tŷ.

'Dyma'r faneg, ble mae'r llaw?' gofynnodd yn frysiog.

'Helo, 'ngwas i,' meddai llais o'r tywyllwch.

Rhewodd Sioni pan welodd wyneb crebachlyd hen ddynes o'i flaen.

'Dyma'r llaw,' meddai'r hen ddynes, a chwarddodd yn isel.

Gwacddodd Sioni nerth esgyrn ei ben a rhedodd. Llamodd i mewn i'r gegin fawr a disgyn ar ei bedwar ar lawr fel petai wedi rhedeg pum milltir.

'Sioni, paid â gwneud lol,' meddai rhywun.

'Brywela mae o.'

'Isio tynnu sylw atat dy hun, fel arfer!' Chwarddodd pawb.

Cododd Sioni ei ben yn araf. Roedd ei wyneb mor wyn â'r galchen.

'Mi welis i ysbryd,' meddai drwy wefusau crynedig, 'a doedd hi'n neb faswn i isio'i phriodi.'

Roedd y miri wedi colli'i ffrwt, a daeth gwir ofn dros galonnau pawb. Roedd rhai o'r merched ofn mentro adref.

Yn sydyn, curodd rhywun ar y drws. Edrychodd pawb o un i'r llall. Doedd dim smic i'w glywed heblaw clecian y tân.

'Tydw i ddim ofn na bwgan nac ysbryd,' meddai William Jones o'r diwedd, a chan sythu ei gefn, aeth i agor y drws.

'Noswaith dda i chi,' meddai'r llais.

'Betsan! Be yn y byd wyt ti'n da yma yng nghanol nos?'

'Ga' i ddŵad i mewn?'

Symudodd William o'r ffordd i wneud lle iddi. Pwyntiodd Betsan ei bys at Sioni'r Graig a chwerthin.

'Mi wnes i dy ddychryn di, yn do, y llabwst gwirion, efo dy faneg!'

'Be wyt ti isio, Betsan?' gofynnodd William iddi'n swta.

'Mi ydw i wedi dŵad â siôl ei mam yn ôl i Magi,' meddai. 'Mi ges i 'i benthyg hi pan ddaeth hi ac Osian i fy helpu fi efo'r drws ar ôl y storm.' Trodd Betsan ei phen i chwilio am Magi.

'Osian, pa bryd oedd hyn?' mynnodd William.

Nid atebodd Osian. Agorodd Meinir ei cheg i ddechrau egluro, cyn ailfeddwl. Doedd hi ddim am i bawb feddwl bod Osian yn anffyddlon.

'Dyma chdi dy siôl,' meddai Betsan, ar ôl dod o hyd i Magi, 'a diolch i ti am yr iâr, Osian. Ma' hi'n dodwy wy bob diwrnod.'

'Iâr!' bloeddiodd William.

'Ma' Betsan o'i cho',' oedd eglurhad un o'r merched.

Wrth i sŵn y sgwrsio gynyddu, diolchodd Magi i Betsan am y siôl gan ofyn iddi beidio â sôn am y drws na'r iâr eto gan nad oedd William Jones yn gwybod dim am y naill na'r llall.

'Ddeuda i ddim gair ... os ga' i rwbath i'w fwyta.'

Eisteddodd Betsan wrth y bwrdd i fwyta powlennaid o'r stwmp naw rhyw a darn mawr o fara gwenith. Ar ôl gorffen, cododd i fynd.

'William, diolch i ti am yr iâr,' gwaeddodd wrth godi cliced y drws. 'A pheth arall, mi ddylat ti roi cyflog mawr i Magi achos ma' hi'n hogan werth chweil. Rho lawer mwy iddi hi pan ddaw pen tymor.'

Sleifiodd Magi ar ei hôl a'i harwain i'r gegin gorddi i gysgu dros nos. Doedd hi ddim eisiau meddwl am yr hen wraig yn cerdded yr holl ffordd adref yn yr oerfel. Cofiodd Magi fod yno ddarn o gig moch a oedd yn rhy fach iddi roi bachyn drwyddo.

'Betsan, cyn i chi fynd yn y bore, ewch â'r darn cig 'ma efo chi. Welith neb ei golli o.'

'O'r diwedd mi wyt ti'n rhoi cig i mi! Gwna'n siŵr 'i fod o wedi'i ferwi hefyd tro nesa.'

Pan aeth Magi yn ei hôl i'r tŷ roedd y rhan fwyaf o'r gwesteion yn hel eu pethau i fynd am adref ond roedd Meinir ar bigau'r drain.

'Magi, ty'd yma!'

Efallai fod Osian wedi rhoi'r llwy iddi, meddyliodd Magi.

'Pan est ti allan i ddeud nos da wrth Betsan, mi roedd Cadi yn teimlo'n oer. Gan 'i bod hi'n brysur yn tacluso'r byrddau mi es i i nôl ei chlog iddi o'r llofft.'

'Ia?'

'Mi ddeudodd Cadi fod 'i chlog hi o dan y gwely.'

'Ia, dan y gwely bydd Cadi'n cadw'i chlog.' Roedd Magi'n dal i geisio dyfalu beth oedd mor gyffrous.

'Mi es i i chwilio dan dy ochor di o'r gwely mewn camgymeriad, a be wyt ti'n feddwl welis i?'

'Dwn i ddim,' atebodd Magi, gan synhwyro o dôn llais Meinir fod y stori ar fin troi'n chwerw.

'Wel, mi ddeuda i wrthat ti,' meddai gydag awch. 'Tipyn o arian yr ŷd wedi'i lapio mewn darn o hen ddefnydd.'

'Na, Meinir, fy arian i ydi hwnna,' mynnodd Magi. 'Mi alla i egluro'r cwbwl, ond paid â deud wrth William.'

'Paid â deud wrth William? Mi ydw i wedi deud wrtho fo'n barod, ac wedi rhoi'r arian yn ôl iddo fo hefyd. Mae o isio dy weld di ben bora fory!'

Pennod 24

'Pam, yn enw'r Duw mawr, na ddeudist ti wrtha i am yr arian?' gofynnodd Cadi'n ddig. 'Tasat ti wedi gwneud, mi faswn i wedi medru perswadio Meinir neithiwr mai dy arian di oedd o.'

'Dwn i ddim, dwn i ddim, dwn i ddim!' Cerddai Magi'n wyllt o un pen i'r gegin fawr i'r llall gan guro'i phen â'i dwrn. Yna cafodd syniad.

'Cadi, dos i ddeud wrth William dy fod ti'n gwybod am yr arian ond nad oeddat ti'n cofio neithiwr.'

'Ond, Magi, mi fasa fo'n meddwl 'mod i'n deud celwydd er mwyn dy warchod di. Swllt, Magi. Pwy fasa'n anghofio 'i bod hi'n cysgu bob nos efo swllt dan y gwely?'

'Mi wyt ti'n iawn,' meddai Magi, gan ysgwyd ei phen. 'Mi ddylwn i fod wedi deud wrthat ti.' Eisteddodd Magi'n llipa ar y fainc yn y simdde. 'Tasa Meinir yn ffrind go iawn i mi, fasa hi byth wedi gwneud hyn.'

'Mae Meinir isio plesio William,' eglurodd Cadi. 'Ma' raid i ti gofio nad ydi Meinir o deulu cefnog, ac ella 'i bod hi ofn iddo fo newid 'i feddwl am y briodas.' Oedodd i feddwl. 'Pam na ofynni di i Osian gael gair efo'i dad? Wedi'r cwbwl, mi oedd o efo chdi yn y Bwthyn Bach pan gymrist ti'r arian o'r gist yn y simdde.'

'Fedra i ddim. Tydi William ddim yn gwybod am y daith i'r Bwthyn Bach, a dwi ddim am roi Osian mewn lle cas efo'i dad a'i ddyweddi.'

'Magi, dwyt ti erioed wedi deud wrtha i be wnaethoch chi yn y Bwthyn Bach drwy'r nos ar eich pennau'ch hunain.'

Gwenodd Magi.

'Dwn i ddim ddylwn i ddeud,' meddai'n bryfoclyd.

'Magi!'

Ar ôl siarsio Cadi i gadw'r gyfrinach, dywedodd Magi'r cyfan wrthi, gan gynnwys yr hyn ddywedodd Osian am Meinir.

'Be?' gofynnodd Cadi. 'Dyna'r oll? Ddeudodd o ddim fod Meinir yn ddel iawn hefyd, yn ogystal â bod yn dda am wnïo a gwneud bwyd?'

'Naddo.'

'Be arall?' Awchai Cadi am fwy o straeon.

'Wel, mi roddodd o gusan ar fy nhalcen cyn i mi fynd i gysgu,' meddai gan wrido, ond dewisodd beidio â sôn am y gusan a roddodd hi iddo fo. Roedd arni ormod o gywilydd.

'Magi! Mi wyt ti wedi cochi at dy glustiau! Mi wyt ti'n hoffi Osian, yn dwyt?'

Teimlodd Magi'n anghyfforddus, a difarodd iddi agor ei cheg.

'Wel ... ydw ... rhyw chydig,' cyfaddefodd.

'Chydig! Mwy na hynny, mi faswn i'n deud. Ella mai chdi fydd Osian yn 'i phriodi. Meddylia am hyn.' Roedd dychymyg Cadi ar dân. 'Mi fasa William mor falch na fasa Osian yn priodi Meinir, mi fasat ti'n cael y Bwthyn Bach yn 'i ôl, a chdi fasa gwraig y Weirglodd Wen, a ...'

Daeth sŵn trwm traed William ar y grisiau i dawelu'r ddwy.

'Paid â phoeni. Mi arhosa i efo chdi a deud 'mod i'n gwybod am yr arian.' Gafaelodd Cadi ym mraich Magi i'w chysuro.

'Magi!' gwaeddodd William cyn iddo hyd yn oed gyrraedd y gegin fawr.

Cyflymodd calon Magi.

'Glywist ti fi'n gweiddi arnat ti?' gofynnodd yn sarrug, gan ymsythu o'i blaen.

'Do,' atebodd Magi'n ddistaw.

'Pam na wnest ti fy ateb i?'

'Dwn i ddim.'

'Mistar ...' dechreuodd Cadi.

Heb hyd yn oed edrych ar Cadi, chwifiodd William ei fraich fel petai'n hel gwybed o'i wyneb, yn arwydd iddi fynd allan. Ni feiddiai Cadi anufuddhau.

'Hm,' meddai, gan rythu arni.

Buasai'n well gan Magi petai William yn gweiddi arni

neu'n ei hysgwyd – byddai unrhyw beth yn well na'r syllu tawedog.

'Wel,' meddai o'r diwedd, 'pwy sy wedi bod yn hogan ddrwg?' Siaradai fel petai'n dwrdio plentyn oedd wedi camfihafio. Plygodd Magi ei phen yn is. 'Swllt,' meddai William eto, 'ond ble mae'r gweddill?'

Ochneidiodd Magi'n ddistaw.

'Fy swllt i oedd o dan y gwely,' mentrodd.

'O,' meddai William, 'mae'r lleidr yn deud celwydd hefyd?'

'Tydw i ddim wedi dwyn na deud celwydd.'

Dechreuodd William sylweddoli nad tasg hawdd fyddai cael Magi i gyfaddef.

'Deud wrtha i lle gest ti'r swllt.'

'Swllt Mam oedd o.'

Craffodd William ar Magi.

'Pam roddodd dy fam swllt i ti a titha'n dŵad yma i weini?' Nid atebodd Magi. 'O, mi wela i rŵan. Mi roddodd dy fam swllt i ti i ddechra talu ei dyledion hi, ond gan dy fod ti'n gythraul bach mor anonest, mi benderfynist ti gadw'r arian, yn do?'

'Na, nid felly roedd hi,' meddai Magi'n gynhyrfus.

'Wel? Sut gest ti'r swllt 'ta?'

Penderfynodd Magi beidio â sôn am y daith er mwyn arbed Osian.

'Ateb fi!' gorchmynnodd William, ond eto, nid atebodd Magi. 'Tydw i erioed wedi cael gwaeth morwyn na chdi. Mi wyt ti mor styfnig â mul, ac mi ydw i wedi cael llond bol arnat ti.'

'Ond, Mistar Jones, wnes i ddim dwyn eich arian chi. Naddo wir.'

'Does gen i ddim digon o amynedd i weiddi arnat ti,' ochneidiodd William, fel petai wedi ildio, ac eisteddodd wrth y bwrdd fel petai pwysau'r byd ar ei ysgwyddau. 'Wnest ti siarad hefo Meinir ynglŷn â phriodi Osian?' Roedd yn gas gan William orfod mynd ar ei gofyn.

'Do, mi driais i.'

'A be ddeudodd hi?'

'Ei bod hi isio'i briodi o.'

Trawodd William y bwrdd â'i ddwrn. Neidiodd plât bychan ac atseiniodd y sŵn fel taran drwy'r gegin fawr.

'Wyddost ti ydyn nhw'n caru yn y gwely?'

'Nac'dyn,'

'Wyt ti'n siŵr?' pwysodd William arni.

'Yn eitha siŵr.'

'Wel, diolch i'r nefoedd am hynny.' Gwthiodd William ei wallt oddi ar ei dalcen ac eisteddodd yn ôl yn ei gadair. Gobeithiai Magi ei fod wedi anghofio am y swllt, ond cafodd ei siomi.

'Magi,' meddai William, 'mae'n rhaid i ti adael y Weirglodd Wen. Mi wn i 'mod i wedi gofyn i ti ddŵad yn ôl i atal y briodas, ond mae hi'n fis Tachwedd erbyn hyn a dwyt ti ddim wedi llwyddo i newid meddwl Meinir. Fedra i ddim cadw morwyn sy'n dwyn a deud celwydd. Mi fasa pobol yn chwerthin am fy mhen i. Mi fydd yn rhaid i mi rybuddio'r ffermwyr eraill hefyd i beidio dy gyflogi di, byth.'

Teimlodd Magi gynnwrf yn ei stumog.

'Na, Mistar Jones. Peidiwch â gwneud hynny. Dwi'n deud y gwir, ac ella fod amser o hyd i atal y briodas.' Roedd Magi ar fin crio.

'Cau dy geg!' chwyrnodd William. 'A phan ei di o'ma, paid â meddwl am fynd yn ôl i'r Bwthyn Bach achos mi dwi wedi'i addo fo i fab fy nghefnder.'

'O, na! Peidiwch â rhoi fy nghartref i neb. Dwi'n crefu arnoch chi,' ymbiliodd Magi drwy ei dagrau.

'Tasat ti wedi medru gwahanu Osian a Meinir, yna mi fasat ti'n cael cadw'r arian. Mi fasa gweld Osian yn priodi rhywun arall yn fwy o werth i mi nag arian yr ŷd!' bloeddiodd William. 'Dos yn ôl at Siani Prys a phaid byth â t'wyllu'r lle 'ma eto. Roedd dy dad a dy fam yn ddrwgdalwyr, a rŵan mi wyt titha'n dwyn arian. 'Run peth ydi ci â'i gynffon, fel y byddan nhw'n deud. Rŵan, mi ydw i am ofyn i ti am y tro dwytha – wnest ti ddwyn arian yr ŷd?'

'Naddo,' atebodd Magi rhwng ocheneidiau mawr o grio.

'O'r gorau. Ben bora fory mi fyddi di'n hel dy betha ac yn gadael y tŷ 'ma.'

'Mistar Jones, ga' i fy swllt yn ôl? Does gen i ddim eiddo arall yn y byd.'

Cododd William ei law a dod â hi i lawr yn glec ar draws boch Magi.

'Dyna ydi fy ateb i, ac mi wyt ti'n lwcus mai dim ond un glustan gest ti! Anghofia am bora fory – dos y munud 'ma!'

Pan ddaeth Cadi yn ei hôl, gwelodd Magi'n sefyll yn syfrdan, yn mwytho'i hwyneb.

'Magi?' Tynnodd Cadi law ei ffrind oddi ar ei boch. 'O, Magi. Roddodd yr hen gythraul glustan i ti?'

Nodiodd Magi ei phen.

'Be ddeudodd o am yr arian?'

'Mae o'n dal i ddeud 'mod i wedi dwyn arian yr ŷd, ac mae o wedi fy hel i o'ma.'

'Be?' gofynnodd Cadi.

'Ac ma' raid i mi fynd rŵan.'

'Pam na ddeudist ti wrtho fo bod Osian yn dyst i'r ffaith mai chdi biau'r arian?' gofynnodd Cadi. 'Dyna faswn i wedi'i wneud. Faswn i ddim yn cymryd y bai am rwbath na wnes i mohono.'

'Dwn i ddim.'

'O, Magi druan. Mae'n debyg na fyddwn ni byth yn gwybod pwy oedd y lleidr go iawn felly.'

'Na fyddwn, mae'n debyg,' ochneidiodd. 'Wel, mae'n well i mi fynd i hel fy mhetha. Mae William wedi cymryd pob dim oddi arna i, hyd yn oed swllt ola Mam.'

Edrychodd Cadi arni yn llawn tosturi.

'Mi ddeudodd Mam, pan o'n i'n dod yma gynta, na faswn i'n gorfod bod yma am flynyddoedd meithion, dim ond yn ddigon hir i ennill digon o arian iddi hi brynu ychydig bach mwy o anifeiliaid. Wnes i erioed feddwl y basa petha'n troi mor ddrwg yn fy erbyn i, Cadi. A'r peth gwaetha ydi nad oedd fy rhieni i'n euog o ddim. Mi fasa'n well taswn i heb ddŵad yn ôl i'r tŷ melltigedig 'ma y tro dwytha, ac mae'n dda gen i gael gadael yr uffern lle. Dim ond gobeithio y ca' i le arall i weini, ymhell o fama, cyn i William allu fy mhardduo i,' meddai Magi gan rythu o'i blaen.

'Mi fasa unrhyw fistar yn lwcus i dy gael di'n forwyn iddo fo,' meddai Cadi gan rwbio'i llaw ar gefn Magi, ond symudodd Magi i ffwrdd i osgoi ei chyffyrddiad.

'Rydw i am fynd i hel fy mhetha cyn i William ddŵad yn ôl. Paid â 'nilyn i, Cadi,' gorchmynnodd, gan redeg i fyny'r grisiau.

Pennod 25

Roedd Magi wedi rhedeg ar draws buarth y Weirglodd Wen a thros y bompren cyn i neb allu dod i ffarwelio â hi. Nid oedd ganddi ddimai goch i'w henw, ond roedd yn well ganddi fod yn rhydd na bod yn gaeth i ddeddfau afresymol William Jones. Er ei fod yn ddyn mawr yn ei gymuned, ni allai Magi gofio'i glywed yn diolch na rhoi gair didwyll o ganmoliaeth i neb. Doedd o ddim yn feistr y gallai unrhyw was neu forwyn ei barchu, a'r unig ffordd y gallai gadw trefn oedd drwy fygwth a chodi ofn. Cofiodd sut y byddai'n taro'i chwip ar y bwrdd neu'r dresel pan fyddai mewn tymer ddrwg, a meddyliodd am Cadi druan, fyddai'n siŵr o fod yn gwneud gwaith dwy erbyn hyn o dan ei lygad barcud.

Nid ofnai Magi am ei dyfodol ei hun mwyach. Roedd wedi dod i dderbyn na fuasai'n cael y Bwthyn Bach yn ôl, ac os oedd William Jones eisiau cymryd ei swllt, yna roedd croeso iddo'i gadw. Roedd yn rhydd, yn wirioneddol rydd.

Roedd yn ddiwrnod heulog braf, o ystyried ei bod yn fis Tachwedd. Edrychai Magi ymlaen at y daith i dŷ Siani, a phenderfynodd gymryd ei hamser i fwynhau'r golygfeydd godidog o'i chwmpas. Efallai y buasai'n taro i mewn am sgwrs efo Betsan, rhag ofn mai hwn fyddai'r tro olaf iddi ei gweld. Tybiai ei bod wedi gweld Cadi a phawb arall yn y Weirglodd Wen am y tro olaf hefyd, a cheisiodd chwalu'r atgofion am y lle a'i bobol o'i phen.

Gwyddai y byddai Siani'n credu nad oedd wedi dwyn arian yr ŷd. A ph'run bynnag, roedd Magi'n eitha siŵr y buasai Siani yn gwybod am gelc ei mam yn y simdde. Yr unig beth na wyddai Siani oedd bod Osian a hithau wedi aros dros nos yn y Bwthyn Bach.

Cerddodd Magi yn ei blaen gan fwynhau'r bore a'r awyr iach, ond yn sydyn clywodd lais Osian yn gweiddi arni.

'Lle wyt *ti*'n mynd ben bora fel hyn?'

Cyflymodd calon Magi wrth glywed ei lais ond melltithiodd dan ei gwynt yr un pryd. Nid oedd arni eisiau gweld Osian, o bawb. Edrychodd o'i chwmpas a'i weld yn dod o gyfeiriad Tŷ Grug; roedd o wedi aros yno ar ôl danfon Meinir adref y noson cynt, mae'n rhaid.

'Wnest ti daflu carreg i ryw goelcerth neithiwr i weld fyddi di'n priodi eleni? Mynd i chwilio amdani wyt ti, Magi?' chwarddodd Osian.

Nid oedd Magi mewn hwyliau i'w ateb a cherddodd yn ei blaen, ond clywodd sŵn ei draed yn rhedeg tuag ati.

'Lle wyt ti'n mynd efo dy bac ar dy gefn?'

Ochneidiodd Magi'n ddistaw. Petai wedi cychwyn bum munud ynghynt buasai wedi medru osgoi ei weld.

'Osian, paid â gofyn i mi egluro un dim i ti.' Edrychodd Osian arni mewn penbleth. 'Dos adra.'

'Lle wyt ti'n mynd?' gofynnodd eto.

'Paid â phoeni amdana i.' Trodd ei chefn ar Osian a dechrau cerdded drachefn.

'Magi, mi ydw i'n gorchymyn i ti aros yn dy unfan!'

Gwenodd Magi wrth glywed Osian yn ceisio bod yn awdurdodol, ond welodd o mo hynny.

'Dwyt ti ddim yn fistar arna i rŵan,' meddai'n dawel.

Ceisiodd Magi gerdded yn ei blaen, ond mynnai Osian geisio'i hatal, gan ddal i'w phlagio. Gallai synhwyro nad oedd am adael iddi fynd heb gael eglurhad.

'Meinir,' meddai o'r diwedd, gan roi ei phecyn i lawr.

'Meinir? Be wnaeth hi?' Cyn i Magi gael amser i'w ateb, ychwanegodd, 'Paid â gwrando ar Meinir.'

'A dy dad.'

'A Nhad? Be ddeudodd o wrthat ti? Waeth i ti heb, chei di ddim mynd i unman heb ddeud wrtha i.'

Penderfynodd Magi ei fod yn haeddu eglurhad ... am yr arian, o leiaf.

'Os ddeuda i wrthat ti, ma' raid i ti addo na ddeudi di air am y peth wrth dy dad na Meinir.'

'O'r gorau,' meddai Osian. Roedd yn barod i gytuno i unrhyw beth er mwyn cael gwybod.

Adroddodd Magi sut y bu i Meinir ddod o hyd i'r arian, a chanlyniad hynny.

'Ro'n i'n meddwl ella basat ti'n gwbod yn barod,' meddai Magi.

'Sut y baswn i'n gwbod?'

'Ddeudodd Meinir ddim wrthat ti yn Nhŷ Grug neithiwr?'

'Es i ddim i Dŷ Grug neithiwr. Mi es i i'r llan efo'r hogia i hel bwganod. Mi gysgon ni i gyd yn yr eglwys. Ar fy ffordd yn ôl adra o'n i rŵan.'

'O,' meddai Magi.

'Mi ddyla Meinir fod wedi gofyn i ti cyn rhedeg at Nhad efo'r arian. Be goblyn ddaeth drosti?'

'Dyna fo, dwi wedi deud wrthat ti rŵan, felly mae'n rhaid i mi fynd. Ond y tro yma, Osian, dwi'n falch o gael mynd. Ma' dy dad yn meddwl 'mod i'n lleidr, a tydw i ddim isio gweini yn unman lle nad ydi'r mistar yn fy nhrystio i.'

'Na – mi ddeuda i wrth Nhad ein bod ni wedi bod yn y Bwthyn Bach,' cynigiodd Osian.

'O na, paid,' mynnodd Magi, 'neu mi fydd hi'n ddrwg arnat titha hefyd.'

'Tydi o'n ddim gwahaniaeth gen i. Mi geith o wneud fel fynno fo â mi.'

'Tasat ti'n deud wrth dy dad, fasa fo ddim yn dy goelio di.'

'Mi siarada i efo Meinir 'ta.'

'Osian, paid â siarad efo neb. Gad i mi fynd. Mi fydda i efo Siani Prys erbyn iddi nosi, ac mi fydd Sioned mor falch o 'ngweld i. Fedra i ddim brwydro mwy.'

Aeth Osian ati a'i chofleidio ac aeth Magi'n llipa yn ei freichiau.

'Magi, does dim raid i ti frwydro ar dy ben dy hun. Mi wna i frwydro drostat ti,' sibrydodd, gan roi ei law ar ei phen yn dyner.

Ymgollodd Magi yn ei goflaid a daeth teimlad o heddwch

drosti. Efallai na fuasai Osian yn gallu darbwyllo'i dad ynglŷn
â'r arian, ond nid oedd wahaniaeth ganddi. Am y tro cyntaf ers
colli ei mam, roedd rhywun am ofalu amdani.

'Ty'd yn dy ôl efo fi,' meddai Osian. Cododd becyn Magi a'i
harwain tuag at y Weirglodd Wen.

Wedi iddo ddanfon Magi at y drws cefn, aeth Osian i chwilio
am ei dad. Hoffai William stwna yn y stabl yn gwneud dim o
bwys, felly aeth yn syth i fanno.

'Nhad,' galwodd Osian.

Nid edrychodd William arno, ac yn ei amser ei hun cododd
ei ben oddi wrth ryw declyn neu'i gilydd.

'Ia, be wyt ti isio? Ma' raid dy fod di isio rwbath achos fel
rheol prin fyddi di'n deud dau air wrtha i.'

Gwyddai Osian yn syth fod tymer flin ar ei dad, ac fel rheol
buasai wedi gadael iddo ond heddiw, er lles Magi, arhosodd.

'Nhad, dwi isio siarad efo chi am Magi.'

'Pam?'

'Mi welis i hi'n gadael.'

'Ydi, ma' hi wedi mynd, a gwynt teg ar 'i hôl hi.' Chwythodd
William ar y teclyn yr oedd yn canolbwyntio mor ddyfal arno,
a'i rwbio â llawes ei gôt.

'Nid hi oedd yn gyfrifol am ddwyn yr arian.'

Rhoddodd William y teclyn i lawr ac edrych drwy gil ei
lygaid ar Osian.

'Sut wyddost ti beth felly?' gofynnodd. 'Roddodd hi chydig
o'r arian i ti am ddeud hynny?'

'Naddo, ond mi aethon ni i'r Bwthyn Bach efo'n gilydd un
diwrnod ar ôl y cynhaeaf, a wnes i ddim deud wrthach chi,'
meddai Osian. 'Mi fu'n rhaid i ni aros yno dros nos oherwydd
storm fawr.'

'Aros yno, dros nos? Dim ond chi'ch dau?'

'Ia. Roedd Magi isio siôl ei mam, a hefyd isio gweld oedd
'na arian yn y gist roedd ei mam yn ei chuddio yn y simdde.
Hwnnw oedd yr arian welodd Meinir o dan y gwely.'

Ystyriodd William yn ddistaw a oedd gwirionedd yn stori Osian.

'Pam fod siôl Magi gan Betsan?' gofynnodd o'r diwedd.

Dywedodd Osian fel y bu iddo fo a Magi helpu Betsan ar ôl y storm, ac i Magi roi'r siôl i Betsan i gadw'n gynnes.

'Felly, mi oedd Betsan yn deud y gwir 'i bod hi wedi cael un o fy ieir i?' gofynnodd William.

'Oedd.'

'Mi roist ti un o'n hieir ni i Betsan am ddim?'

'Do,' atebodd Osian, yn teimlo braidd yn anghyfforddus.

'Deud i mi, sut fath o fistar fyddi di ar ôl i mi fynd? Fyddi di wedi rhoi dy holl eiddo i bob tlotyn a gwallgofddyn ddaw ar d'ofyn di?'

'Dim ond un iâr oedd hi, Nhad, ac roedd unig iâr Betsan wedi marw,' eglurodd Osian, ac ysgydwodd William ei ben.

'Am Magi dwi isio siarad, nid Betsan,' mynnodd Osian. 'Arian Magi oedd o dan y gwely.'

'O'r gorau 'ta – os oeddat ti efo Magi pan wagiodd hi'r gist, deud wrtha i faint o geiniogau a dimeiau a ffyrlingau oedd ganddi.'

Caeodd Osian ei lygaid er mwyn ceisio gweld yr arian yn ei feddwl. 'Mi oedd 'na bum ceiniog, wyth dimai a deuddeg ffyrling.' Yna cofiodd rywbeth arall. 'Ac mi oedd un o'r ceiniogau yn gam.'

Cododd William ei aeliau. Roedd Osian yn llygad ei le, a gwyddai hefyd am y geiniog gam, ond nid oedd William wedi cael ei argyhoeddi'n llwyr. Edrychodd ar ei fab gan grafu ei foch yn araf.

'Pam dy fod ti'n ymladd cymaint i gadw Magi yma? Tydi hi'n ddim ond morwyn, ac mae 'na ugeiniau o forynion 'run fath â hi i'w cael.'

Gwridodd Osian fymryn.

'Am ei bod hi'n ddieuog.'

'Dos at dy waith, Osian, i mi gael meddwl.'

Gwyliodd William ei fab yn brasgamu i gyfeiriad y beudai

lle roedd y gweision wrthi'n carthu. Lledodd mymryn o wên ar draws ei wyneb.

'Wel, pwy fasa'n meddwl?' meddai. 'Pwy fasa byth yn meddwl?'

Pennod 26

Roedd yn syndod i Magi ei bod wedi cael caniatâd i aros yn y Weirglodd Wen ar ôl popeth a ddigwyddodd rhyngddi hi a William. Gwyddai hefyd na allai Meinir gredu ei bod yn ôl, a dewisodd beidio â dweud wrthi mai Osian oedd wedi perswadio'i dad ei bod yn ddieuog.

Er na chafodd Magi ei swllt yn ôl gan William, roedd yn anarferol o glên wrthi. Weithiau byddai'n dweud 'Bore da' wrthi, neu'n diolch iddi pan âi â'i ginio iddo. Unwaith neu ddwy roedd Magi wedi bod bron yn sicr ei fod wedi gwenu arni, ond ni feiddiai wenu'n ôl rhag ofn mai gwynt neu gamdreuliad oedd arno. Dro arall, pan oedd hi'n sgubo'r llawr, cafodd fraw pan drodd rownd a gweld William yn sefyll y tu ôl iddi. Ni wyddai Magi am ba hyd y bu'n ei gwylio.

Un diwrnod, pan oedd Magi ar ei phen ei hun yn cadw golwg ar y potes ar y tân, daeth William i mewn i'r gegin fawr.

'Ty'd, stedda wrth y bwrdd efo fi am funud,' meddai wrthi.

Er na wyddai beth oedd ei fwriad, ac er ei bod yn amheus iawn ohono, aeth yn ufudd at y bwrdd. Eisteddodd William gyferbyn â hi. Yn araf, tynnodd William flwch bychan o boced ei gôt a'i roi ar ganol y bwrdd rhyngddyn nhw.

'Fy ngwraig oedd piau hwn.'

'O.' Wyddai Magi ddim beth arall i'w ddweud. Doedd hi erioed wedi ei glywed yn sôn am ei wraig o'r blaen.

'Agor o.'

Edrychodd Magi ar y blwch ac yn ôl ar William, a amneidiodd arni fel arwydd ei fod yn disgwyl iddi ei agor. Cododd Magi'r blwch yn araf a gofalus. Roedd dail a blodau wedi cael eu cerfio'n gywrain ar y caead, ac ynddo roedd modrwy aur a pherlau bychain ar ffurf cadwyn i'w gwisgo am y gwddw.

'Tynna nhw allan,' anogodd William. 'Perlau ydyn nhw.'

Tynnodd Magi'r fodrwy a'r perlau allan. Nid oedd erioed wedi gweld perlau o'r blaen. Craffodd arnyn nhw, a'u codi'n ofalus. Roedden nhw mor llyfn a sidanaidd â phetalau rhosyn, ac yn newid lliw yng ngolau'r haul drwy'r ffenestr. Gwyliodd William hi'n ddistaw.

'Modrwy briodas fy ngwraig oedd hon,' meddai, gan ei rhoi ar gledr ei law, 'ac mi oedd hi'n gwisgo'r perlau ar ddiwrnod ein priodas. Mi oedd hi'n edrych mor brydferth.'

'Dwi'n siŵr ei bod hi,' atebodd Magi, gan feddwl bod William yn ymddwyn yn anarferol o od.

'Wyt ti'n eu hoffi nhw?'

'Mae'r fodrwy a'r perlau yn wirioneddol dlws,' atebodd Magi. Nid oedd erioed wedi gweld dim mor gywrain â'r perlau.

'Wyt ti'n meddwl y basa'r ferch y bydd Osian yn ei phriodi yn hoffi'r rhain?' gofynnodd William, gan edrych yn fanwl ar wyneb Magi, 'achos mi o'n i'n bwriadu eu rhoi nhw iddi hi.'

'O, basa. Mi fasa unrhyw ferch yn falch o gael y rhain,' meddai Magi, gan deimlo braidd yn siomedig na fuasai hi byth yn berchen ar berlau o'r fath. Bu'n ofalus i beidio sôn gair am Meinir, a rhoddodd y perlau yn ôl yn ofalus ar y bwrdd. Rhoddodd William y fodrwy a'r perlau yn y blwch, cau'r caead a rhoi'r blwch yn ôl yn ei boced.

'O'r gorau,' meddai William. 'Dim ond isio dy farn di arnyn nhw o'n i. Mi gei di fynd yn ôl at y potas rŵan.' Cerddodd tuag at y drws.

'Mi wn i na wnest ti ddim dwyn f'arian i ... mi ddisgrifiodd Osian y geiniog gam.'

Ni allai Magi ymateb.

'Ond, dwi'n gwybod bod *rhywun* wedi'i ddwyn o. Mae pobol yn meddwl 'i bod hi'n iawn i ddwyn oddi ar y Weirglodd Wen – dwyn dafad, dwyn iâr, dwyn arian, dwyn be bynnag fedran nhw – ond os bydda i'n eu dal nhw, mi fyddan nhw'n edifar.'

Ar ôl i William adael, cododd Magi ar ei thraed, agorodd ei

breichiau ar led a dawnsio mewn cylch yn ei hunfan. Welodd hi
mo Cadi yn y drws.

'Wel, ma' rhywun yn hapus heddiw!'

'Mae William yn credu na wnes i ddwyn yr arian,'
llafarganodd Magi, gan afael yn y gadair i'w sadio ei hun.

'Ydi o'n gwybod pwy wnaeth?'

'Nac'di.'

'Ella na fydd o'n ymddwyn mor od efo chdi rŵan.'

'Dwn i ddim am hynny,' meddai Magi. 'Wyddost ti be
ddangosodd o i mi cyn i ti ddŵad i mewn?'

'Na wn i. Be?'

'Modrwy briodas a pherlau 'i wraig o.'

'Bobol mawr!'

'Isio gwybod fasa gwraig Osian yn eu hoffi nhw.'

'Meinir?' gofynnodd Cadi.

'Wnaeth o ddim enwi Meinir, fel y gelli di feddwl, ond pwy
bynnag ydi hi, mi fydd hi'n lwcus iawn.'

Cytunodd Cadi.

Funud neu ddau ar ôl i bawb eistedd i fwyta'u cinio galwodd
Tomos Tŷ Grug. Roedd braidd yn anarferol iddo ddod ar amser
bwyd, ac edrychai fel petai ar fymryn o ras.

'Tomos, gymrwch chi bowlaid o botas efo ni?' gofynnodd
Lowri.

'Na, dim diolch.'

'Wel, stedda efo ni am fymryn 'ta,' meddai William.

'Na, wna i ddim aros,' atebodd Tomos. 'Wedi clywed fod
Robat Rhedynfa wedi marw yn hwyr neithiwr,' meddai.

'Brensiach!' meddai Lowri. 'Be oedd arno fo?'

'Doedd dim yn bod arno fo, medda Mair,' atebodd Tomos.
'Mae'n sobor iawn arni hi, wedi colli'i merch, a rŵan wedi colli
Robat hefyd. Does ganddi hi neb ond Idwal bach ar ôl.'

Ysgydwodd y gweision eu pennau mewn cydymdeimlad.

'Mi yrra i ddarn o goes mochyn iddi, a menyn,' meddai
Lowri.

'Mi ddylai gael llawer mwy na hynny,' mynnodd Osian, gan rythu ar ei dad. 'Wedi'r cwbwl, mi fu Myfi yn gweini yma.'

Edrychodd William i lawr ar ei ginio. 'Gyrra ddwsin o wyau a blawd iddi hefyd,' mwmialodd.

'Mi gei di, Magi, fynd â nhw yno,' meddai Lowri.

Un o gymdogion Mair ddaeth i ateb drws Rhedynfa. Roedd y cyrtens ar gau a chymerodd Magi ychydig eiliadau i arfer â'r tywyllwch, oedd yn ychwanegu at awyrgylch trwm y tŷ.

'Mi oedd hi'n ddrwg iawn gen i glywed am Robat,' meddai Magi gan roi'r nwyddau ar y bwrdd heb sôn o ble y daethant.

'Stedda,' cynigiodd Mair.

'Cymer fy nghadair i,' meddai'r ddynes a agorodd y drws. 'Dwi am ei throi hi.'

'Ma'r tŷ 'ma wedi'i felltithio, Magi,' meddai Mair ar ôl i'w chymdoges fynd. 'Myfi gynta, rŵan Robat. Doedd dim ar Robat ddoe cyn iddo fo farw. Dim byd. Dim tylluan yn y ffenast na dim.'

Ni wyddai Magi beth i'w ddweud, felly penderfynodd y buasai'n cynnig clust i wrando. Ymhen ychydig funudau clywodd sŵn traed bach yn y llofft.

'Idwal,' meddai Mair. 'Mi a' i i'w nôl o. Cau ddrws y siambr yn sownd, wnei di? Ma' Robat yna a tydw i ddim isio i'r bychan 'i weld o.'

Pan ddaeth Idwal i lawr edrychodd yn swil ar Magi, a rhedeg i guddio'i wyneb yn sgert Mair.

'Brensiach, mae o wedi tyfu,' meddai Magi. 'Faint ydi 'i oed o rŵan?'

'Chydig dros 'i flwydd,' atebodd Mair, 'ac yn rhoi pob dim yn ei geg. Mae 'na waith efo fo.'

'Mam!' galwodd Idwal.

Crychodd Magi ei thalcen yn syn.

'Ia,' cadarnhaodd Mair. 'Dwi'n meddwl y bydd petha'n haws iddo fo os ydi o'n fy ngalw i'n Mam.'

'Ddeudwch chi wrtho fo am Myfi ryw ddiwrnod, pan fydd o'n ddigon hen i ddallt?'

'Ddeuda i byth wrtho fo mai Myfi oedd 'i fam o, neu mi fasa'n rhaid i mi ddeud wrtho fo am 'i dad.'

Druan o Idwal, meddyliodd Magi, yn cael ei dwyllo o'r crud. Am eiliad, meddyliodd am ei mam a Llew'r porthmon.

Erbyn hyn, roedd Idwal wedi dod i arfer â Magi, a chrafangiodd i fyny ar ei glin. Dechreuodd Magi fwmial hwiangerdd yn ei glust, a'i siglo yn ôl ac ymlaen. Chwarddodd Idwal yn uchel, a siglodd Magi ychydig yn gynt. Heb rybudd, chwydodd Idwal dros ei ddillad.

'Mae'n ddrwg gen i, Mair,' ymddiheurodd. 'Arna i oedd y bai yn 'i siglo fo.'

'Paid ti â phoeni. Mi a' i â fo i'w newid mewn munud.'

'Na, mi a' i â fo. Deudwch wrtha i lle mae 'i ddillad o.'

'Drôr chwith y dresel,' meddai Mair, yn falch o gael seibiant bach.

Agorodd Magi'r drôr a thynnu crys bychan ohoni a gosod Idwal o flaen y tân i'w newid. Wrth iddi ymbalfalu hefo'r botymau bychain, gafaelodd Idwal yn chwareus mewn darn o ruban oedd yn cau ei blows, a'i dynnu i ffwrdd yn gyfan gwbl.

'O, Idwal, mi wyt ti'n hogyn bach drwg,' ceryddodd Mair.

'Peidiwch â phoeni,' meddai Magi, gan gymryd y rhuban o law Idwal. 'Mi fedra i 'i bwytho fo'n ôl.'

Cododd Mair ac estyn cwdyn cybydd o ddrôr y dresel.

'Ty'd â'r rhuban i mi,' meddai, 'a rho fo yn y cwdyn 'ma'n ddiogel.'

Diolchodd Magi.

'Ma' hwn yn hen gwdyn defnyddiol iawn i gadw mân betha,' meddai Mair eto. 'Ma' gen i ddau neu dri arall, felly mi gei di 'i gadw fo.'

Edrychodd Magi ar y cwdyn yn ofalus, a bu bron i'w chalon stopio.

'Lle gawsoch chi nhw?'

'Llew, fy mrawd, ddaeth â nhw i mi.'

'O ble?' gofynnodd Magi yn wyllt.

'O Lundain, mae'n debyg.' Roedd Magi'n fud. 'Be sy'n bod, Magi?' gofynnodd Mair yn boenus.

'M... meddwl y basa'n well i mi fynd yn f'ôl i helpu Cadi i baratoi swper.' Rhoddodd Magi ei rhuban yn y cwdyn, a rhoi'r cwdyn yn ei phoced. Ffarweliodd â Mair a rhedodd yr holl ffordd yn ôl i'r Weirglodd Wen.

*   *   *

'Lle ma' Cadi?'

Edrychodd Lowri yn syn ar Magi, a oedd newydd redeg i mewn i'r gegin fawr. Roedd ei hwyneb yn anarferol o goch a'i gwynt yn fyr, ac roedd ei gwallt wedi disgyn i lawr yn flêr.

'Wyt ti'n iawn?' gofynnodd Lowri iddi.

'Ydw. Mi redais yn f'ôl o Redynfa. Lle ma' Cadi?' gofynnodd eto.

'Gan dy fod ti yma, mi gei di blicio'r rwdins 'ma. Maen nhw'n galed fel haels ac mae 'nwylo i'n brifo. Ma' Cadi wedi mynd i nôl dŵr o'r ffynnon.'

Cymerodd Magi'r gyllell gan Lowri a phlicio'r llysiau'n wyllt. Ymhen ychydig funudau daeth Cadi yn ei hôl efo'r dŵr.

'Sut hwylia oedd ar Mair?' gofynnodd Cadi.

'Iawn ... cystal â'r disgwyl.' Gwnaeth Magi'n siŵr nad oedd Lowri'n gallu eu clywed. 'Gwranda, Cadi.' Adroddodd Magi stori'r rhuban yn frysiog. 'A sbia – dyma fo'r cwdyn cybydd.'

'Mi oedd hi'n garedig, chwarae teg,' meddai Cadi.

'Nag oedd. Sbia, Cadi, ar y patrwm sy'n rhedeg drwy'r defnydd.' Ni allai Magi gael y geiriau allan o'i cheg yn ddigon cyflym, ac roedd Cadi druan yn y niwl. 'Yli – fedri di weld patrwm tebyg i gynffonnau ceiliogod drwyddo fo? Dyma un, ac un arall, ac un arall.'

Edrychodd Cadi'n fanwl ar y defnydd, ond ni wyddai beth oedd arwyddocâd y cynffonnau.

'Paid â symud,' gorchmynnodd Magi a rhedeg i'r llofft. Daeth i lawr yn syth â swp o gadachau yn ei llaw.

'Dyma nhw'r cadachau roddodd Mam i mi cyn cychwyn yma am y tro cynta. Maen nhw'r un defnydd â defnydd y cwdyn.'

'Sut cafodd Mair yr un defnydd a dy fam?'

'Yn union, Cadi. Mi ddeudodd Mair mai Llew 'i brawd – Llew y porthmon – ddaeth â'r cwdyn iddi o Lundain, ond wnaeth o ddim, Cadi. O'r Bwthyn Bach ddaeth o, yn llawn o arian Mam,' meddai, wedi cynhyrfu drwyddi. Gwelodd nad oedd Cadi wedi deall. 'Mi fyddai Mam yn gwneud cydau cybydd efo darnau o hen grysau, sgerti ac ati, ac yn rhoi arian ynddyn nhw i dalu i William am wenith a cheirch a phetha felly. Roedd hi'n eu rhoi nhw i Llew i ddod yma i'r Weirglodd Wen i dalu ei ddyledion. Mam wnaeth y cwdyn yma, a dyma weddill y defnydd,' meddai, gan ddangos y cadachau i Cadi unwaith eto. 'Yn lle rhoi'r cwdyn cybydd a'r arian i William, roedd Llew yn eu rhoi i Mair bob tro.'

'Y cythraul drwg iddo fo!' Roedd Cadi wedi deall o'r diwedd. 'Ma' raid i ti ddeud wrth William.'

'O, mi fydda i'n siŵr o ddeud wrtho fo!' meddai Magi'n benderfynol. 'Os bydd William yn credu mai Mam wnaeth y cwdyn yma, mi ga' i'r Bwthyn Bach yn ôl!'

Pennod 27

Edrychodd William eto ar y cwdyn cybydd a'r darn o ddefnydd a ddaliai Magi yn ei llaw.

'Ma'n bosib bod dy fam fod wedi prynu darn o'r un defnydd â'r un gafodd Llew yn Llundain. Mae'r defnyddiau 'ma'n dod mewn rholiau mawr, ac mae llathenni ar lathenni o'r un patrwm yn cael ei gynhyrchu ar y tro,' meddai William.

Meddyliodd Magi am ennyd.

'Ond mi glywis i Llew yn deud na fydda fo'n talu i bobol gefnog bob tro.'

'Mi fydda Llew yn deud wrtha i am beidio â phoeni, achos y basa fo'n siŵr o gael yr arian gan dy rieni i mi,' meddai William. 'Mi fydda fo'n deud 'i fod o'n ceisio dylanwadu ar dy fam i dalu ei dyledion i mi, ond y bydda hi'n gwrthod am fod ganddi hi betha eraill i'w prynu. Ond mi fydda Llew bob amser yn bendant y basa fo'n cael yr arian i mi ryw ddydd.'

'Na, Mistar Jones – deud celwydd oedd Llew. Mi roddodd o bob ceiniog a dalodd Mam iddo i Mair, ei chwaer.'

Roedd William wedi credu ers blynyddoedd fod teulu'r Bwthyn Bach yn ddrwgdalwyr, a rŵan roedd Magi wedi profi i'r gwrthwyneb. Ceisiodd wneud synnwyr o bopeth a ddatgelwyd iddo.

'Felly, Mistar Jones, mae'n rhaid i chi sylweddoli ...'

'Taw, i mi gael meddwl,' torrodd William ar ei thraws, a cherddodd at y ffenestr. Yna, rhuthrodd at y drws allan gan weiddi ar Osian a Lowri nerth esgyrn ei ben. Dechreuodd Magi bryderu.

Daeth Osian a Lowri i'r tŷ ar eu hunion. Erbyn hyn, roedden nhw wedi dod i adnabod pob goslef yn llais eu tad, a'r tro hwn, gwyddent fod ganddo rywbeth o bwys ar ei feddwl.

Wedi iddo ddweud wrth y ddau am frad Llew, gyrrodd

Osian i hel y gweision at ei gilydd er mwyn mynd i Redynfa i chwilio am Llew.

'Aros, Osian,' meddai Lowri. 'Tŷ galar ydi Rhedynfa. Tydi Robat ddim hyd yn oed wedi ei gladdu eto. Ma' raid i chi aros tan ar ôl y c'nebrwn o leia, o barch iddo fo.'

'Parch!' bloeddiodd William, gan daro'i chwip ar y bwrdd. 'Mi ro' i'r parch maen nhw'n ei haeddu iddyn nhw pan gyrhaedda i yno! Dos i hel y gweision, Osian,' gorchmynnodd William eto wrth weld Osian yn pendroni.

'Ond, Nhad, ella fod Lowri'n iawn. Wnaiff hi ddim gwahaniaeth, ar ôl yr holl amser yma, tasan ni'n aros tan ar ôl y c'nebrwn,' cynigiodd Osian.

'Tydw i ddim isio aros funud yn hwy. A pheth arall – ella na fydd Llew yn Rhedynfa ar ôl y c'nebrwn. Ella bydd o wedi codi'i bac a'i heglu hi.'

Yn groes i'w ewyllys, a chan edrych yn ymddiheurol ar Lowri, aeth Osian i nôl y gweision. Ar adegau fel hyn byddai natur afresymol ei dad yn ei hamlygu ei hun. Oedd, roedd Llew wedi troseddu ond, ym marn Osian, byddai dyn call yn aros tan ar ôl i Robat gael ei gladdu cyn mynd i Redynfa, ac wedyn yn mynd yno ar ei ben ei hun yn hytrach nag yng nghwmni criw o lanciau cryfion. Petai'n mynd yno ei hun, gallai ddangos y defnydd a'r cwdyn cybydd i Mair a chael sgwrs synhwyrol. Gallai Mair wedyn weld camweddau ei brawd a'i berswadio i dalu ei ddyledion i'r Weirglodd Wen. Ym marn Osian, wnâi rhuthro i Redynfa ddim lles i enw da William, ond ni feiddiai herio gorchmynion ei dad.

Roedd y gweision yn lluchio baw at ei gilydd o'r domen dail, ond pan welsant Osian yn dod cododd pob un ohonynt ei fforch wair a mynd yn ôl i garthu'r beudai.

'Ma' Nhad isio gair efo chi,' gwaeddodd Osian arnynt.

Dilynodd Huw, Iolo a phedwar gwas arall Osian i mewn i'r tŷ yn dawedog, ond pan gawsant eu cyfarwyddiadau i roi curfa iawn i Llew, edrychodd y chwech ar ei gilydd gan wenu. Roeddynt wedi bywiogi drwyddynt ar ôl darganfod nad oeddynt mewn trybini, a bu llawer o dorchi llewys a rhwbio dwylo i ddangos eu bod yn barod am gwffast. Ni falient fawr am yr arian roedd Llew wedi ei ddwyn, ond roeddynt yn hapus i gael dianc am ryw awr neu ddwy o hwyl a dwndwr.

Wrth i'r gweision baratoi'n swnllyd i gychwyn i Redynfa, sibrydodd William yng nghlust Magi.

'Mi fydd yn rhaid i ni gael sgwrs am y Bwthyn Bach.'

Gwenodd Magi – er nad oedd William wedi cadarnhau y câi ei chartref yn ôl, roedd gobaith. Ar ôl i William a'r criw adael, llamodd o gwmpas y bwrdd a'r cadeiriau fel petai wedi colli arni ei hun yn llwyr.

'Fi piau'r Bwthyn Bach, fi piau'r Bwthyn Bach!'

Cychwynnodd William ac Osian i Redynfa ar gefn eu ceffylau. Cerddai'r gweision ar eu holau gan sgwrsio.

'Tybed sut cafodd Llew afael ar arian William?'

'Duw a ŵyr.'

'Tydi o'n ddim gwahaniaeth gen i, achos ma' cwffast dda yn llawer gwell na charthu'r bcudy!'

'Ond mae'n od i William fod isio codi ffrae cyn i Robat gael ei gladdu.'

'Fel'na mae William. Mae o mor fyrbwyll weithia.'

'Caewch eich cegau, a dowch yn eich blaenau!' gwaeddodd William dros ei ysgwydd arnynt. Bu gweddill y daith yn dawel.

Disgynnodd William ac Osian oddi ar eu ceffylau o flaen Rhedynfa a martsiodd William yn hyf tuag at y drws. Dewisodd Osian loetran ychydig gamau y tu ôl iddo, ei ddwylo yn ei bocedi. Plethodd y gweision eu breichiau a lledu eu coesau.

Curodd William â'i holl nerth ar y drws heb ddangos arlliw o barch at yr ymadawedig. Agorodd Llew y drws. Nid oedd wedi disgwyl gweld cynifer o ddynion yn sefyll ar y rhiniog, ac wrth edrych ar wynebau bygythiol y dynion, gwyddai'n reddfol fod rhywbeth o'i le. Nid oedd y rhain wedi dod i dalu eu teyrnged i Robat, roedd yn sicr o hynny. Ceisiodd Llew gau'r drws ond gwthiodd William yn ei erbyn nes iddo lwyddo i gael ei droed i mewn yn y tŷ.

'Pwy sy 'na?' galwodd Mair. 'Gofyn iddyn nhw ddŵad i mewn, Llew. Ma' hi'n oer efo'r drws ar agor.'

'Clyw, Llew,' meddai William, 'ma' gan dy chwaer fwy o foesgarwch na chdi.'

Cerddodd i mewn yn llawn hyfdra, a'r dynion eraill ar ei ôl. Pan sylweddolodd Mair pwy oedd yn ei thŷ, cododd oddi ar ei chadair fel ergyd o wn.

'William, y diawl, be wyt ti isio? Dos o'ma! Rŵan! Tydw i ddim isio gweld dy wyneb hyll di'n dŵad dros fy rhiniog i eto. Byth!'

Edrychodd y gweision ar ei gilydd gyda chryn ddifyrrwch. Roedd clywed Mair yn meiddio codi ei llais ar William yn fwy o adloniant na chael cwffast.

'Ma'n well i ti fynd,' ategodd Llew. 'Mi ydan ni mewn galar. Dos adra, William, mi ydw i'n crefu arnat ti.'

'Ia, dos, y bwystfil annymunol,' ysgyrnygodd Mair arno, 'cyn i mi dy daro di efo'r procer 'ma.' Gafaelodd Mair yn y procer oedd ar yr aelwyd a'i bwyntio fel cledd tuag at William.

'Ddim heb ddangos be sy gen i yn fy mhoced.' Tynnodd William ei ddwrn caeedig o'i boced. 'Sbia.' Agorodd ei ddwrn i ddangos y cwdyn cybydd i Llew. 'Yn lle cest ti hwn?'

'Tydw i erioed wedi'i weld o o'r blaen,' atebodd Llew.

'Paid â deud clwydda. Mi ro' i un cyfle arall i ti ddeud lle cest ti'r cwdyn 'ma, cyn i'r gweision 'ma roi ychydig o gleisiau i ti, neu dorri asen neu ddwy.'

'Tydw i ddim yn cofio ... dwn i ddim,' meddai Llew yn ffwndrus.

'Wel, be taswn i'n dy atgoffa di efo tri gair: y Bwthyn Bach!' Cododd William ei lais. 'Wyt ti'n cofio rŵan?'

Fflachiodd llygaid Llew wrth iddo gofio beth oedd wedi digwydd i arian Leusa'r Bwthyn Bach. Roedd y rhwyd yn cau amdano, felly gwnaeth ei orau glas i'w wthio'i hun drwy'r mur o weision. Baglodd yn erbyn cadair a syrthiodd yn erbyn cornel y bwrdd. Llifai gwaed o'i drwyn a'i geg a disgynnodd i'r llawr, a manteisiodd William ar hynny drwy roi cic egr i'w gefn. Ymunodd y gweision yn y cicio, a chododd Mair y procer uwch ei phen a tharo cynifer o'r dynion ag y gallai. Symudodd y gweision yn ôl tuag at y drws yn eu cwman gan geisio arbed eu pennau â'u dwylo.

'Myn diawl, ddois i ddim yma i gael curfa efo procer,' meddai Huw, gan rwbio'i ysgwydd.

Lluchiodd Mair y procer at William gan ei daro yn ei frest, yna rhedodd at Llew. Penliniodd wrth ei ochr a cheisio sychu ychydig o'r gwaed efo'i barclod.

'Pam ddoist ti yma, William?' sgrechiodd. 'Dwyt ti ddim yn meddwl 'mod i wedi dioddef digon? Dwi wedi colli fy ngŵr a fy merch, a rŵan mi wyt ti wedi dŵad yma i ladd Llew hefyd.'

'Tydw i ddim isio lladd Llew, ond mae'n rhaid i mi gael yr arian sydd arno fo i mi,' atebodd William, gan gicio Llew eto. 'Coda ar dy draed fel dyn!' gorchmynnodd.

Gan bwyso ar ysgwydd Mair, cododd Llew yn araf. Ceisiodd atal y gwaed oedd yn dal i lifo o'i drwyn â'i lawes.

'Wyt ti'n cofio Leusa'r Bwthyn Bach?' gofynnodd William iddo.

'Ydw.'

'Be fydda hi'n 'i roi i ti mewn cydau fel hyn?'

'Dim.'

'Dim?' bloeddiodd William. 'Mi fydda Leusa'n rhoi arian i ti i'w roi i mi mewn cydau fel y rhain. Be wnest ti efo'r arian?

'Wnaeth Leusa ddim rhoi arian i mi,' mynnodd Llew.

'Mi wn i mai Leusa wnaeth y cwdyn yma, achos mae gan Magi, ei merch hi, ddarn o ddefnydd sy'n union fel hwn.'

Nid atebodd Llew.

'Felly, Llew, be wnest ti efo'r arian roddodd Leusa i ti?' gofynnodd William drachefn. Tawelwch eto. 'Mi ddeuda i wrthat ti 'ta. Chyrhaeddodd yr arian mo'r Weirglodd Wen achos mi fyddat ti'n ei roi i Mair neu yn ei gadw i ti dy hun. Felly, Llew, mi ydw i isio fy arian yn ôl – pob dimai goch!'

Gwyddai Llew ei fod wedi ei drechu.

'William, does ganddon ni ddim arian i'w roi i ti, a ninnau'n gorfod talu am y c'nebrwn,' meddai.

Roedd Mair wedi bod yn gwrando'n dawel hyd yma.

'Aros am funud, William,' meddai o'r diwedd. 'Mi ddylwn i gael cadw'r arian 'na i edrych ar ôl Idwal. A deud y gwir, mi ddylwn gael mwy na'r arian gymrodd Llew gen ti hyd yn oed – llawer mwy na hynny.'

Edrychodd y gweision ar ei gilydd a daliodd Osian ei wynt. Gwyddai beth roedd Mair am ei ddweud.

'Mi ddyla Idwal gael 'i gyfran o'r Weirglodd Wen hefyd, yn dyla, William,' meddai Mair eto.

'Dwn i ddim am be wyt ti'n sôn. Dwyt ti ddim hanner call.'

'O wyt, mi wyt ti'n gwybod yn iawn, y cythraul. Mi feiddist ti ddŵad yma i fynnu arian gan Llew efo rhyw fymryn o glwt yn dy law.'

'Bydd ddistaw. Mae Llew wedi dwyn gen i, ac mi ddylwn i gael f'arian yn ôl.'

'Mae 'na ddyletswydd arnat ti i roi mwy o arian i mi i edrych ar ôl dy fab,' gwaeddodd Mair. 'Mae o angen bwyd a dillad. Ac arnat ti mae'r bai nad ydi Myfi'n fyw. Dwn i ddim sut y medri di alw dy hun yn ddyn. Cymryd mantais o un o dy forynion. Gwarthus. Dwyt ti'n ddim gwell nag anifail!'

'Pwy ddeudodd y fath beth wrthat ti?' bloeddiodd William.

'Magi!' gwaeddodd Mair yn ôl. 'Hi ddeudodd wrtha i, ac mi roedd hi'n deud y gwir.'

'Magi!' Roedd William yn gandryll. 'Y gnawes felltith!' Cododd y procer oedd ar lawr wrth ei draed a'i luchio tuag at y ffenestr.

'Sbia be rwyt ti wedi'i wneud, y cythraul melltigedig!' Amneidiodd Mair at y craciau oedd fel gwe pry cop dros y ffenestr. 'Chei di ddim dimai gen i.'

'Gwranda'r diawl, nid fi ydi tad Idwal. Ma' raid mai un o'r rhain ydi o,' meddai William gan edrych tuag at ei weision. Trodd ar ei sawdl a cherdded at y drws. Gafaelodd Mair mewn ysgub a oedd yn pwyso yn erbyn y wal a rhedeg ar ei ôl, a chyn iddo allu mynd allan dechreuodd ei daro ar ei gefn a'i ben drosodd a throsodd gan ddefnyddio pob owns o'i hegni. Roedd y dicter a'r casineb oedd wedi cronni ers misoedd yn byrlymu ohoni. Ni chododd Osian fys i helpu ei dad. Roedd yn haeddu pob ergyd a roesai Mair iddo â'r ysgub.

'Mi fasat ti'n hapus i weld dy weision yn cymryd y bai, fasat ti? Roedd Robat a finna'n meddwl mai ... rhywun arall oedd tad Idwal, cyn i Magi ddeud y gwir wrtha i.'

'Nid fi ydi'i dad o! Mi ladda' i'r hogan 'na! Gwnaf wir. Mae hi wedi creu cymaint o drafferth i mi ers iddi ddod i'r Weirglodd Wen,' melltithiodd William.

Cyflymodd calon Osian wrth feddwl beth ddigwyddai i Magi druan. Gwyddai na fuasai'n ei lladd ond buasai ei dad yn siŵr o roi curfa iawn iddi. Wrth iddo ystyried sut i'w rhybuddio, daeth bloedd uchel o'r llofft.

'Idwal!' meddai Mair. 'Mi wyt ti wedi deffro Idwal efo dy stŵr – deffro dy fab, ddylwn i ddeud!'

Cipiodd William yn yr ysgub o law Mair a'i lluchio i'r gornel. Gafaelodd yn ei gwallt a thynnu ei phen yn ôl.

'Os na cha' i fy arian, mi losga i dy dŷ di'n llwch!'

'A rhoi dy fab dy hun ar y plwy tra basat ti'n byw'n gyfforddus yn y Weirglodd Wen?'

Nid atebodd William. Gollyngodd ei afael yng ngwallt Mair gan roi ysgytwad i'w phen yr un pryd, a cherddodd o'r tŷ yn dalsyth.

'Mi a' i i ofalu am dy fab di,' gwaeddodd Mair yn ddigon uchel i William glywed.

Neidiodd Osian ar ei gaseg. Roedd yn rhaid iddo gyrraedd y Weirglodd Wen o flaen ei dad er mwyn rhybuddio Magi, felly cymerodd ffordd fyrrach yn ei ôl drwy'r caeau a gwthio'r gaseg i garlamu hyd eithaf ei gallu.

Rhuthrodd i'r tŷ. Roedd Magi'n canu'n hapus iddi ei hun wrth sgubo'r llawr, ond cododd ei phen pan welodd ef.

'Be sy?'

Roedd Osian ar fin dweud wrthi am fynd i bacio'i phethau pan glywodd sŵn gweryru o'r buarth.

'Dos i guddio i'r bwtri,' meddai'n frysiog.

'Pam?'

'Dos rŵan. Sgin i ddim amser i egluro.'

Rhedodd Magi i'r bwtri. Roedd Cadi yno yn curo wyau ac roedd hithau wedi clywed y panig yn llais Osian.

'William?' sibrydodd Cadi.

Ar y gair, brasgamodd William i'r tŷ. Gwthiodd y drws â chymaint o rym nes iddo daro yn erbyn y wal a chrynu ar ei golfachau.

'Magi!' bloeddiodd.

Gwyddai Osian na fyddai gan ei dad reolaeth arno'i hun pan fyddai wedi colli ei dymer, a dechreuodd ofn gydio ynddo. Roedd yn un peth rhoi curfa i was mawr, cryf, ond allai Magi druan ddim amddiffyn ei hun.

'Magi!' gwaeddodd William eto gan sefyll yng nghanol y llawr fel gwallgofddyn. 'Ty'd yma rŵan. Mi wn i dy fod di'n cuddio yn rhywle – ac mi wn i be ddeudist ti wrth Mair Rhedynfa amdana i hefyd!'

Daeth Cadi allan o'r bwtri yn ofnus.

'Lle ma' Magi?'

'Wn i ddim.'

'Paid â deud clwydda'r diawl!'

Pan welodd Magi fod William yn codi'i law i wthio Cadi o'i ffordd, camodd allan o'r bwtri.

'Dyma hi, y diawl!' Cododd William ei ddwrn i daro Magi.

''Nhad, peidiwch!' Gafaelodd Osian ym mraich ei dad i'w atal.

'Cadi, dos allan,' gorchmynnodd William, a brysiodd Cadi allan ar flaenau ei thraed. Trodd William yn ôl at Magi. 'Pam ddeudist ti wrth Mair mai fi ydi tad Idwal?'

'Am 'i fod o'n wir,' meddai Magi mewn llais bychan.

'Mi es i i Redynfa heddiw er mwyn cael fy arian yn ôl gan

Llew, a chael fy ngwneud yn ffŵl yno, o flaen fy ngweision i gyd!' Ysgyrnygodd William arni.

'Ddim arna i mae'r bai am hynny.'

'Ia, arnat ti mae'r bai. Tasat ti heb ddeud dim, yna fasa neb ddim callach. P'run bynnag, be wnaeth i ti feddwl mai fi ydi tad Idwal, y diawl?'

'Ydach chi'n cofio fy mygwth i yn y stabl un diwrnod? Deud y basach chi'n fy ngadael yn yr un cyflwr â Myfi? Wel, roedd hynny'n ddigon i mi sylweddoli mai chi oedd tad 'i phlentyn hi.' Roedd llais Magi'n dipyn cryfach erbyn hyn.

Edrychodd Osian arnynt yn syn. Nid oedd erioed wedi clywed bod ei dad wedi ceisio gwneud dim anweddus i Magi. Dechreuodd ei goesau wegian oddi tano.

'Ond doedd dim raid i Mair Rhedynfa gael gwbod!' bloeddiodd William yn ei hwyneb.

'Felly, roedd yn well ganddoch chi i Robat a Mair feddwl mai babi Osian oedd Idwal?'

'Babi Osian?'

'Ia, ac mi oedd Mair yn casáu Osian am nad oedd o'n fodlon priodi Myfi – meddwl 'i fod o'n ŵr rhy fawr i briodi ei merch, medda hi. Dyna pam y ceisiodd Mair ei ladd o drwy ei wthio fo i lawr clogwyn!'

'Ei wthio fo i lawr clogwyn?' gofynnodd William yn ddryslyd. 'Pryd?'

'Y noson cyn i Osian ddod adra'n gleisiau ac yn friwiau i gyd. Mi fu bron iddo fo farw'r noson honno, ond mi arhosais i efo fo drwy'r nos ar ôl i chi fy hel i o'ma,' meddai Magi'n chwyrn.

Yn raddol, cofiodd William sut y bu i Osian ei wthio yn erbyn grisiau llofft yr ŷd.

'Mi ddyla fod arnoch chi gywilydd – dyn cefnog o'ch safle chi,' dwrdiodd Magi.

'Fedar neb brofi mai fi ydi tad Idwal,' meddai gan wgu ar y ferch ifanc o'i flaen. Taflodd y cwdyn cybydd ar y bwrdd a throi ar ei sawdl.

'Fe ddylach chi weddïo am faddeuant,' galwodd Magi ar ei ôl.

Arhosodd William am ennyd. Buasai'n hoffi ei hel hi o'r Weirglodd Wen a gwneud yn siŵr na fuasai byth yn gweini yn unman fyth eto, ond penderfynodd ddal ei dafod. Er bod colli unrhyw ddadl yn groes i'r graen, roedd yn rhaid iddo adael i Magi ennill y tro hwn. Hi oedd ei unig obaith i atal priodas Osian a Meinir. Aeth i fyny i'r llofft i fyfyrio ar ei ddiwrnod – cawsai ei geryddu gan ddwy o ferched a datgelwyd sawl cyfrinach, a doedd o ddim yn barod i wynebu ei weision ar hyn o bryd.

Ar ôl i William adael, rhedodd Magi i freichiau Osian.

'Welis i neb erioed yn dadlau efo Nhad fel gwnest ti rŵan. Mi faswn i wedi bod yn rhy ofnus.'

'Do'n i ddim yn teimlo'n ddewr,' cyfaddefodd Magi. 'P'run bynnag, mi oeddat ti'n ddewr yn 'i atal o rhag fy nharo i.'

'Fedrwn i ddim gadael iddo fo dy frifo di.' Rhoddodd Osian gusan dyner ar ei thalcen. 'Mae'n ddrwg gen i fod Nhad yn gymaint o fwystfil.'

Safodd y ddau am amser maith yn gafael yn dynn yn ei gilydd, y naill yn cysuro'r llall, a threiglodd dagrau poeth i lawr bochau Magi.

Penderfynodd Cadi fentro'n ôl i'r tŷ pan sylwodd fod y gweiddi a'r siarad wedi tawelu. Gobeithiodd y buasai'n dal Magi cyn iddi gychwyn â'i phecyn ar ei chefn, ond nid oedd wedi disgwyl gweld Osian a Magi yn cofleidio yng nghanol y gegin fawr.

'Ydi hi'n iawn i mi ddŵad i mewn?'

'Ydi,' meddai'r ddau, gan wahanu'n sydyn. Sychodd Magi ei dagrau â chefn ei llaw ac aeth Osian allan i'r buarth.

'Wel, be oedd yr holl helynt?' gofynnodd Cadi'n chwilfrydig.

'Mi ddeudodd Mair Rhedynfa wrth William 'mod i wedi deud mai fo ydi tad Idwal.'

'O, brensiach annwyl!' ebychodd Cadi. 'Felly sut wyt ti'n dal i fod yma?'

'Dwn i ddim,' cyfaddefodd Magi.

Pennod 28

Aeth Tomos a Meinir Tŷ Grug i gynhebrwng Robat Rhedynfa, ac ar ôl i'r galarwyr olaf adael y fynwent aethant i geisio cael gair efo Mr Roberts yr offeiriad ynglŷn â threfniadau terfynol priodas Meinir ac Osian.

'Gwasanaeth bendigedig,' meddai Tomos gan frasgamu at yr offeiriad. Rhedodd Meinir ar ei ôl.

'Diolch yn fawr.' Rhwbiodd Mr Roberts ei ddwylo oer a dechreuodd gerdded tuag at y llidiart.

'Mr Roberts,' gwaeddodd Tomos ar ei ôl, 'mi faswn i'n hoffi trafod rhyw fân betha efo chi, ynglŷn â phriodas Meinir. Oes ganddoch chi amser heddiw?'

'Oes, mae'n debyg,' meddai'r offeiriad yn anfoddog. 'Beth sy ganddoch chi i'w drafod? Mi o'n i o'r farn ein bod eisoes wedi trafod popeth.'

'Dim ond un neu ddau o betha,' meddai Tomos. Gwenodd Meinir ar yr offeiriad.

'Wel, mae'n well i ni fynd i mewn i'r eglwys felly, allan o'r awel fain yma.'

'Ma' hi'n dal i fod yn iawn i ni gael y briodas ar ddydd Calan, yn tydi?' gofynnodd Tomos, ar ôl iddynt eistedd ar un o'r meinciau pren.

'Ydi,' cadarnhaodd Mr Roberts.

'Ro'n i isio gwneud yn siŵr eich bod chi'n dal i fod yn rhydd o unrhyw ddyletswydd arall,' eglurodd Meinir. 'Wedi'r cwbwl, fydd pobol ddim yn priodi ar ddydd Calan fel arfer.'

'Na, does dim arall ar y gweill,' meddai'r offeiriad, ychydig yn ddiamynedd, 'felly mi fyddaf yma i'ch priodi. Mi fyddaf yn cadw at fy addewidion. Ai dyna'r cyfan?'

'Ia ... wel, na. Fasa hi'n iawn i ni ddod yma ymlaen llaw i osod canghennau bytholwyrdd yma ac acw?' gofynnodd Tomos.

'Wrth gwrs. Wrth gwrs, ond ceisiwch wneud yn siŵr na fydd pryfed yn y canghennau.' Cododd Mr Roberts. 'Wel, os gwnewch chi fy esgusodi i, mae'n rhaid i mi baratoi gwasanaeth y Nadolig.'

'Un peth arall – faint o'r gloch fasach chi'n hoffi cynnal y gwasanaeth priodas, Mr Roberts?'

'Be am hanner awr wedi deg? Fuasai hynny'n iawn?'

Edrychodd Tomos ar Meinir, a oedd yn wên i gyd.

'Hanner awr wedi deg, felly. I'r dim,' cadarnhaodd yr offeiriad. 'Mi welwn ein gilydd eto ymhen ychydig ddyddiau yng ngwasanaeth y plygain.'

Ni chofiai Meinir iddi erioed deimlo mor hapus. Roedd popeth ynglŷn â'r briodas wedi ei drefnu, ac ni allai ei mam ddadlau mwyach. Gafaelodd yn dynn ym mraich ei thad a cherddodd y ddau yn ôl i Dŷ Grug.

*　　*　　*

Roedd wedi bwrw trwch o eira yn ystod y nos, ac edrychai pob man yn lân a phrydferth. Safai robin goch crwn ar ganllaw'r bompren, ac roedd brigau a dail y perthi yn drwm gan eira.

Safai Magi a Cadi yn ffenestr y bwtri. Roedd yn llawer mwy pleserus edrych ar ôl traed yr adar yn yr eira nag ar ôl traed y gwartheg yn y mwd a'r baw.

'Wel, fedrwn ni ddim sefyll yn fama drwy'r dydd,' ochneidiodd Cadi ymhen hir a hwyr. 'Ma' hi'n Ddolig fory, ac mae ganddon ni dipyn o waith o'n blaenau ni.' Trodd ei golygon tuag at y bwrdd yng nghornel y bwtri lle gorweddai tair gŵydd, eu pennau'n hongian dros yr ymyl. 'Mae'n rhaid i ni bluo'r rhain a'u paratoi nhw i'w rhostio. Wyt ti wedi tynnu crombil gŵydd o'r blaen?'

'Naddo,' atebodd Magi'n swta.

'Mae o 'run fath â thynnu crombil iâr neu geiliog,' eglurodd Cadi, 'ond bod 'na fwy o berfedd.' Edrychodd Magi'n amheus ar y gwyddau drwy gornel ei llygaid, a chwarddodd Cadi. 'Ar ôl i ni eu pluo nhw, mi ddangosa i i ti sut mae gwneud. Mi wna i'r gynta ac mi gei di wneud y ddwy arall.'

Aeth Magi yn llipa ond nodiodd ei phen.

'Paid â phoeni – tydi o ddim yn anodd,' meddai Cadi pan sylwodd fod golwg ddigalon ar Magi.

'Meddwl am y Dolig dwytha o'n i. Mi roddodd Sioned a finna gelyn ac eiddew ar y silff ffenast, a goleuo tair cannwyll, ac mi aeth y tair ohonan ni i dŷ Siani ar ôl gwasanaeth y plygain, a chael gŵydd i'w fwyta. Mi roedd pawb yn llawn hwyliau. Mi faswn i'n hoffi taswn i erioed wedi dŵad i'r Weirglodd Wen.' Edrychodd Cadi arni'n dosturiol. 'Mi o'n i'n hapus lai na blwyddyn yn ôl, ond rŵan ma' pob dim wedi newid. Pan fu farw Nhad, mi oedd petha braidd yn ddrwg arnon ni, ond o leia roedd Mam a Sioned a finna efo'n gilydd.' Oedodd Magi'n ddagreuol am ychydig eiliadau. 'Ac mi fydd petha'n newid yma yn y Weirglodd Wen hefyd yn y flwyddyn newydd, pan ddaw Meinir i fyw yma.'

Sylweddolodd Cadi fod y ffaith iddi fethu atal priodas Osian a Meinir yn dal i bwyso ar Magi. Ceisiodd ei chysuro, er nad oedd fawr y gallai ei ddweud.

Ar ôl i Magi ddod ati ei hun, dechreuodd y ddwy ar y gwaith o bluo'r gwyddau. Roedd llawer o fynd a dod – daeth Lowri i gynhesu at y tân, yn wlyb domen ar ôl bod allan yn casglu celyn ac eiddew i addurno'r gegin fawr, a chyrhaeddodd Osian a Huw yn gwegian dan bwysau casgennaid o gwrw.

Ar ôl cinio ailddechreuodd y ddwy forwyn ar eu gwaith. Roedd yn rhaid iddynt baratoi bwyd ar gyfer y cymdogion cyn iddynt fynd i wasanaeth y plygain, felly chafodd Magi ddim cyfle i hel meddyliau.

Am dri o'r gloch rhoddodd William ganiatâd i'r gweision orffen eu gwaith yn gynnar a dod i'r tŷ i ymlacio. Fyddai dim disgwyl iddynt wneud fawr ddim ond godro am ychydig ddyddiau, felly aethant yn syth i nôl cwpanaid o gwrw o'r gasgen. Yfodd William ei gwrw mewn un llwnc a tharo'i gwpan wag ar y bwrdd. Ni siaradodd â neb, ac aeth allan.

Teulu Tŷ Grug oedd y rhai cyntaf i gyrraedd y Weirglodd Wen. Er nad oedd ganddynt daith hir, roedd Siân wedi bod eisiau cychwyn yn fuan ar ôl cinio gan gario'i thelyn, oedd wedi'i lapio'n ofalus mewn cwilt gwlân.

'Dowch i mewn, dowch i mewn,' cyfarchodd Osian y tri, a llamodd Tomos dros y rhiniog i gynhesrwydd y cyntedd. Dilynodd Siân, a chymerodd Osian y delyn oddi arni a'i gosod ar lawr o flaen y tân.

'Na,' protestiodd Siân yn swta, 'paid â rhoi'r delyn o flaen y tân. Mi fydd y gwres yn amharu ar ei chywair hi.' Symudodd Osian y delyn at y ffenestr. 'Dyna welliant,' meddai Siân heb edrych arno.

'Ty'd, Siân, dyro gân ar y delyn,' gwaeddodd Huw.

'Na. Mae 'nwylo i'n rhy oer ac anystwyth rŵan. Mewn rhyw hanner awr.'

'Wel, does dim amdani ond yfed mwy o gwrw am hanner awr!' chwarddodd Huw.

Ar gwt teulu Tŷ Grug cyrhaeddodd Morfydd Cae'r Murddun, oedd yn dipyn o gantores, yn cwyno am effaith yr oerni ar ei llais. Byddai'n cyfansoddi carol newydd erbyn gwasanaeth y plygain bob blwyddyn.

'Wyddost ti be fydd yn gwneud tonyddiaeth fy llais yn well pan fydd hi'n oer?' gofynnodd i Lowri cyn ateb ei chwestiwn ei hun. 'Cwpanaid fechan o gwrw. Mi fydda i'n canu fel eos ar ôl cael ychydig o gwrw. Peth rhyfedd 'te?'

'Rhyfedd iawn, Morfydd,' atebodd Lowri wrth estyn cwpanaid o gwrw iddi.

Yn raddol, llanwodd cegin fawr y Weirglodd Wen â phobol. Lluchiodd Cadi un boncyff ar ôl y llall ar y tân a goleuodd Lowri fwy o ganhwyllau na'r arfer.

Edrychodd Meinir o'i chwmpas. Buasai'r Weirglodd Wen yn gartref iddi ymhen ychydig dros wythnos. Daeth ton o hapusrwydd drosti, a gwaeddodd ar i'r merched ei helpu i osod y celyn a'r eiddew o amgylch yr ystafell.

'Mi geith yr eiddew fynd ar silffoedd y dresel ac ar frest y simdde, a'r celyn mewn jwg ar y bwrdd,' gorchmynnodd. Ceisiodd ei gorau glas i roi'r eiddew yn uchel ar frest y simdde ond roedd yn rhy fyr i gyrraedd. Daeth Osian ati a'i chodi, i sŵn y dynion yn ei gymeradwyo. Sleifiodd Magi i eistedd ar y grisiau ar ei phen ei hun am ychydig funudau.

'Siân!' galwodd rhywun. 'Ty'd â chainc reit sionc i ni.'

Er nad oedd mewn hwyliau i ganu cainc hapus, dechreuodd ar alaw fywiog. Cododd Tomos ar ei draed a gafael yn y ddynes agosaf ato a dechreuodd ddawnsio'n wyllt i fiwsig ei wraig. Aeth o un ddynes i'r llall – ac ambell ddyn hefyd – yn dawnsio fel llanc ifanc.

Ni wyddai Magi am faint y bu'n eistedd ar y grisiau ond penderfynodd fynd yn ei hôl i'r gegin fawr rhag iddi gael ei dal gan William yn llaesu dwylo. Pan agorodd y drws gwelodd nifer helaeth o'r gwesteion yn dawnsio mewn cylch.

'Lle fuest ti?' gofynnodd Osian.

'Yn unman o bwys,' atebodd Magi, heb edrych arno. 'Dim ond twtio chydig.'

'Ddylat ti ddim bod yn gweithio heddiw. Ty'd i ddawnsio efo fi.'

'Na ...' protestiodd Magi.

'Ty'd yn dy flaen!' Gafaelodd Osian yn ei llaw a'i harwain i'r cylch mawr o ddawnswyr.

Nid oedd William wedi symud o gornel y fainc o dan y ffenestr heblaw i nôl un gwpanaid o gwrw ar ôl y llall. Ni allai feio neb ond fo'i hun am y briodas. Fo ddywedodd wrth Tomos, a oedd heno yn ymddwyn fel ynfytyn, y buasai Osian a Meinir yn cael priodi ar ddydd Calan. Yna, sylwodd fod Osian yn dawnsio efo Magi, a sythodd fymryn er mwyn cael gwell golwg arnynt. Roedd y ddau'n chwerthin a chyboli efo'i gilydd; Magi'n ffug-ddwrdio Osian am sathru ei thraed ac yntau'n tynnu ei gwallt hithau. Gwthiai'r ddau ei gilydd yn blentynnaidd, ac ar ddiwedd y gân, moesymgrymodd Osian yn ddramatig o flaen Magi gan beri iddi chwerthin yn uchel.

Cododd William ar ei draed ac amneidio i Osian ddod ato.

'Osian,' mentrodd, 'wyt ti'n siŵr ...?'

'Yn siŵr o be?'

Meddyliodd William am ennyd.

'... yn siŵr ... dy fod di isio priodi Meinir?'

'Ydw, wrth gwrs, Nhad,' atebodd Osian, heb ystyried y cwestiwn.

'O'r gorau. Dos yn ôl i ddawnsio.'

Aeth Osian yn ei ôl. Meddyliodd am dynnu gwallt Magi eto wrth fynd heibio iddi, ond gwelodd Meinir yn edrych arno.

'Gwrandwch, bawb,' meddai Sioni'r Graig. 'Does gan fy nghyfaill Osian yn fama ddim ond wythnos arall o ryddid. Wedyn, cheith o ddim symud heb gael caniatâd gan Meinir!'

'Clywch, clywch,' ategodd nifer yn swnllyd.

'Ond,' meddai Sioni, gan godi ei gwpanaid o gwrw'n uchel, 'mi ydw i isio dymuno iechyd da i'r ddau ohonach chi!'

'Iechyd da,' meddai pawb ar draws ei gilydd.

'Diolch yn fawr,' meddai Meinir. 'Ac mi faswn i'n hoffi eich gwahodd chi i gyd – pawb sydd yma heno – i'r briodas.'

Yng nghanol y bloeddio a'r rhialtwch, cododd Magi oddi ar ei chadair a chario rhai o'r llestri gweigion i'r bwtri. Arhosodd yno i'w golchi.

Bob hyn a hyn edrychai Osian ar ei dad. Roedd yn rhyfedd ei weld yn eistedd ei hun, heb siarad â neb. Meddyliodd Osian am eu sgwrs yn gynharach, a sylweddolodd nad oedd erioed wedi meddwl yn ddwys ynglŷn â phriodi Meinir.

Er bod William â'i ben yn ei blu, fo oedd yr unig un oedd yn cadw llygad ar y cloc, ac am hanner awr wedi tri'r bore datganodd ei bod yn amser cychwyn am y llan gan fod gwasanaeth y plygain yn dechrau ymhen hanner awr. Ufuddhaodd pawb, gan estyn am eu cotiau a'u clogau. Goleuodd y dynion eu llusernau a chariodd y merched y canhwyllau i'r llan.

Roedd yn noson dawel, ac yn dywyll fel y fagddu, ond roedd digon o olau o'r llusernau i oleuo'r llwybr o'u blaenau. Wrth i'r criw meddw, swnllyd gyrraedd yr eglwys, rhybuddiodd William hwy i fihafio, ond yn ofer. Dechreuodd rhai o'r llanciau bwffian chwerthin a phwnio'i gilydd yn chwareus, a daliodd rhai eraill eu gwynt nes i'w bochau fynd yn fawr ac yn goch wrth geisio peidio â chwerthin. Edrychodd rhai o aelodau hŷn y gynulleidfa arnynt yn llym wrth i bawb geisio dod o hyd i sedd.

Eisteddodd Lowri, Cadi a Magi gyda'i gilydd. Ceisiodd Meinir eistedd gydag Osian, ond doedd dim digon o le iddi yno, felly aeth yn ei hôl i eistedd wrth ochr Lowri.

Edrychai'r eglwys yn hynod o odidog a chysurus yng ngolau'r canhwyllau, ac ar ôl i bawb dawelu daeth Mr Roberts yr offeiriad i mewn. Cerddai'n ofalus gan afael ym mhob sedd ar ei ffordd rhag ofn iddo syrthio neu faglu. Ceisiodd ddringo'r tri gris i'r fynd i'r pulpud, ond penderfynodd efallai y buasai'n gallach iddo beidio.

'Mae o'n fwy meddw na'r un ohonan ni!' sibrydodd Sioni'r Graig yn uchel, a chwarddodd rhai yn isel.

'Gyfeillion,' anerchodd Mr Roberts, 'rydym i gyd sydd yma ... yn y bore yma yn bresennol ... wedi dod yma heddiw'r bore i wasanaeth y plygain, i gofio, ac i ddathlu genedigaeth cin gwaredwr, Iesu Grist.' Adroddai lith debyg bob blwyddyn heb na theimlad nac angerdd. 'Ond, rwy'n gwybod nad ydych chi wedi dod yma i wrando arna i. Yn hytrach, rydych wedi dod yma i ganu carorlau ... calrolau... cral ... Mi ddechreuwn ni ganu.'

Eisteddodd Mr Roberts i lawr yn swp, a bu'n pendwmpian am gryn awr er gwaethaf y bloeddio canu.

Ar ddiwedd y gwasanaeth diffoddwyd y canhwyllau a'u gadael yn yr eglwys ar gyfer y briodas ymhen yr wythnos. Ni fu'n rhaid i neb oleuo'i lusern ar gyfer y daith yn ôl i'r Weirglodd Wen gan fod y wawr ar fin torri.

Bu'n arferiad ers blynyddoedd i William estyn croeso i gynulleidfa'r plygain am bryd o frywes, caws a chwrw ar ôl y gwasanaeth, a derbyniodd cryn ugain y gwahoddiad. Aeth y merched i gyd i helpu Lowri, Meinir, Cadi a Magi i gael trefn ar y bwyd, a chariodd William a'r dynion yr aradr i'r tŷ a'i rhoi o dan y bwrdd dros gyfnod y Nadolig, gan wlychu ei llafn â diferyn o gwrw fel arwydd o werthfawrogiad am ei gwaith gydol y flwyddyn.

Penderfynodd y dynion ifanc fynd allan i hela gan na allent gicio pêl oherwydd yr eira. Ar ôl iddynt fynd, rhoddodd Magi a Cadi'r gwyddau yn y popty ac aeth William i'r llofft. Ymhen sbel dechreuodd y merched bendwmpian yng ngwres y tân, a chyrliodd Beti'r ast ei hun yn grwn ar yr aelwyd.

Allai Meinir ddim cysgu. Bob hyn a hyn edrychai ar y blwch yng nghefn y dresel. Ysai am gael ei agor i weld oedd y llwy wedi ei gorffen, ond ni feiddiai godi rhag ofn iddi ddeffro'r merched eraill. Cnodd ei hewinedd i'r byw nes iddi benderfynu na allai aros yn hwy. Cododd yn araf ac mor ddistaw ag y gallai, a cherdded ar flaenau ei thraed at y dresel. Symudodd y bowlen oedd yn hanner cuddio'r blwch a gafael ynddo, gan gymryd cipolwg sydyn dros ei hysgwydd i sicrhau nad oedd unrhyw un wedi deffro. Agorodd y blwch yn araf gan ddal ei gwynt. Roedd y llwy wedi ei gorffen yn gywrain dros ben. Gwenodd, a'i chodi o'r blwch. Yn sydyn, agorodd drws y gegin fawr, a chyn iddi allu rhoi'r llwy yn ei hôl cerddodd Osian i mewn. Edrychodd y ddau ar ei gilydd yn syn.

'Ro'n i'n meddwl dy fod ti wedi mynd i hela'r wiwer,' sibrydodd Meinir.

'Na.'

'Lle wyt ti wedi bod 'ta?' gofynnodd iddo.

'Yn y llofft.'

'Pam? Ma' hi'n oer yn y llofft.'

Cerddodd Osian yn ddistaw tuag ati.

'Meinir,' meddai'n dyner, 'tydw i ddim yn sicr 'mod i isio dy briodi di.'

Edrychodd Meinir ar y llwy yn ei dwylo ac yn ôl ar Osian.

'Ond Osian ...'

'Mi es i i'r llofft i feddwl ...' sibrydodd.

'Ond Osian, mae pob dim wedi ei drefnu. Mae pawb wedi cael eu gwadd i'r briodas. Pam nad wyt ti isio fy mhriodi i?' Roedd Meinir ar fin crio.

'Meinir, mae'n ddrwg gen i, ond fedra i ddim dy briodi di.'

'Be tasan ni'n aros tan y gwanwyn? Ella nad wyt ti wedi cael digon o amser i feddwl am briodi, ein bod ni wedi trefnu pob dim ar ras ...'

Yr eiliad honno daeth yr helwyr yn eu holau yn fochgoch ac yn hynod o swnllyd, gan ddod ag ias oer i'r tŷ efo nhw. Aethant o gwmpas y merched fesul un gan roi eu dwylo rhewllyd ar eu hwynebau a'u gyddfau. Sgrechiodd a chwarddodd y merched yn uchel a neidio ar eu traed i roi curfa i'r dynion.

'Dowch i gael cinio, bawb,' gwaeddodd Lowri dros yr halibalŵ. 'Mae'r gwyddau'n siŵr o fod yn barod erbyn hyn.'

Roedd y byrddau'n dal i fod o amgylch cyrion yr ystafell ar ôl y dawnsio'r noson cynt, felly gafaelodd y dynion ynddynt a'u llusgo yn ôl i'w llefydd priodol.

Safai Osian a Meinir yng nghanol y prysurdeb, yn edrych ar ei gilydd. Roedd Meinir yn ysu i Osian ddweud rhywbeth wrthi, yn aros iddo gyfaddef mai cellwair oedd o, ond ni ddywedodd air arall. Rhoddodd Meinir y llwy yn ôl yn y gist, taro'i chlog dros ei gwar a cherdded tuag at y drws.

Pennod 29

Bu Osian yn effro am oriau'r noson honno a'r nosweithiau canlynol, yn troi a throsi. Cododd a gwisgo amdano cyn i'r wawr dorri ac aeth i'r ffenestr i edrych allan.

Roedd ei ben yn llawn amheuon. Dyma fo, ar drothwy ei briodas â Meinir, yn dweud wrthi nad oedd arno eisiau ei phriodi, heb yr un rheswm nac eglurhad. Pa fath o fwystfil ydw i, meddyliodd. Pam na ddywedodd wrth Meinir ynghynt – pam na fyddai wedi sylweddoli ynghynt? Roedd ei gydwybod yn dweud wrtho na ddylai ei thrin mor wael, y dylai roi mwy o barch iddi, ond ni allai newid ei feddwl. Yng ngwaelodion ei gyfansoddiad roedd rhywbeth yn dweud wrtho nad oedd arno eisiau priodi Meinir.

Ystyriodd hefyd pam y bu i'w dad ei holi ynglŷn â'i fwriad, a pham yn enw'r dyn y dywedodd wrth ei dad ei fod am i'r briodas fynd yn ei blaen. Ni feiddiai feddwl beth oedd teulu Tŷ Grug yn ei feddwl ohono. Roedd dau ddiwrnod wedi mynd heibio heb iddo na gweld na chlywed dim gan Meinir ac nid oedd William wedi dweud wrtho am fynd i Dŷ Grug i ymddiheuro. Tybed oedd ei dad yn aros iddo fynd yno ar ei liwt ei hun?

Daeth ei synfyfyrio i ben pan glywodd leisiau yn y gegin fawr.

'Bore da, William.'

'A bore da i titha, Tomos. Stedda.'

Gwichiodd y gadair wrth i Tomos eistedd arni, yna distawrwydd.

'Ma'r eira wedi cilio, yn tydi,' meddai Tomos o'r diwedd.

'Ydi.'

Bu distawrwydd eto.

'William, wyt ti wedi cael gair efo Osian?'

'Am be?'

'Mi wyddost ti'n iawn – amdano fo a Meinir. Mi wnest ti addo ddoe y basat ti'n gwneud. Mae'r graduras wedi torri'i chalon yn llwyr. Tydi hi ddim yn bwyta na chysgu, ac ma' hi fel y galchen. Dwi'n poeni amdani hi.'

'Na, tydw i ddim wedi deud 'run gair.'

'Wnei di siarad efo fo heddiw? Ma'n siŵr 'i fod o wedi anghofio pob dim am yr hyn ddeudodd o wrth Meinir erbyn hyn.' Ceisiodd Tomos chwerthin.

'Mae Osian yn ddigon hen i wneud fel fynno fo,' meddai William.

Diflannodd gwên Tomos a chododd ei lais.

'William, bob tro rydw i'n trio trafod priodas Meinir ac Osian efo chdi, mi fyddi di'n troi'r stori. Bob tro, William. Mi ydw i wedi cael llond bol ar hyn.' Trawodd Tomos y bwrdd â'i ddwrn.

Edrychodd William yn syn ar Tomos. Nid oedd erioed wedi codi ei glychau arno o'r blaen.

'Tomos bach, fydd Osian ddim yn deud dau air wrtha i o un pen diwrnod i'r llall. Sut medra i gael sgwrs efo rhywun felly?'

Myfyriodd Tomos am ennyd.

'Fasat ti'n fodlon i mi gael gair efo Osian 'ta?'

'Mae'r oes wedi newid, Tomos. Tydi plant yr oes yma ddim 'run fath â ni. Mi oedd yn rhaid i ni wrando ar ein rhieni lawer mwy na phlant heddiw.'

'Wel, mi faswn i'n hoffi cael gair efo fo p'run bynnag,' mynnodd Tomos.

'Fel fynni di.'

Daeth Osian i lawr y grisiau yn araf a phwyllog ar ôl clywed ei dad yn galw arno. Llithrodd ei law yn nerfus ar hyd cerrig y wal. Ar ôl ennyd neu ddwy canfu ddigon o ddewrder i agor drws y gegin fawr ac aeth i mewn.

Roedd Tomos yn eistedd wrth y bwrdd a golwg ofidus arno, ond gwenodd pan welodd Osian. Aeth William allan o'r gegin fawr i roi llonydd iddynt, ond arhosodd yr ochr arall i'r drws i glustfeinio.

'Sut wyt ti, Osian?' Ceisiodd Tomos ei orau i ymddwyn yn gyfeillgar a hamddenol. 'Stedda, i ni gael sgwrs.'

Eisteddodd Osian ar ymyl y gadair, ei gyhyrau i gyd yn dynn. Roedd ganddo syniad go lew beth oedd ar feddwl Tomos.

'Osian bach,' meddai, 'dwyt ti mo'r hogyn cynta i wneud peth fel hyn ar drothwy 'i briodas. Mae o'n beth cyffredin iawn.'

'Ydi?'

'Wrth gwrs.' Ceisiodd Tomos ei gysuro. 'Ro'n i'n teimlo 'run fath â chdi yn hollol cyn i mi briodi Siân, yn hel meddylia – tybed o'n i'n priodi'r hogan iawn, be taswn i ddim yn hapus, be tasa hyn a be tasa'r llall.'

'Oeddach?'

'Oeddwn, Osian. Ond wyddost ti be? Priodi Siân oedd y peth gorau wnes i erioed. A dyna fyddi di'n feddwl am Meinir, ar ôl y briodas.'

Roedd Osian yn amau hynny'n fawr, ond ni allai ddweud hynny wrth ei thad.

'Ond, Tomos, wn i ddim ...'

'Siŵr iawn dy fod ti'n gwybod. Chdi ydi'r unig hogyn i Meinir. Ers y ... wel, beth bynnag ddigwyddodd Dolig, tydi Meinir ddim wedi medru bwyta na chysgu, ac ma' hi'n dioddef o'r felan. Dwyt ti ddim isio'i gweld hi felly, nag wyt Osian?'

'Wel, nac'dw wrth gwrs.'

Estynnodd Tomos i roi ei law ar ben-glin Osian.

'Gaddo i mi rŵan y gwnei di briodi Meinir ddydd Calan,' sibrydodd, fel petai'n dweud rhyw gyfrinach fawr wrtho.

Arhosodd Osian yn dawel. Roedd Tomos a Siân yn sicr eisiau iddo briodi Meinir, ac roedd Meinir eisiau ei briodi, doedd dim amheuaeth am hynny. Mae'n siŵr na fyddai ei dad eisiau iddo ddwyn anfri ar y teulu drwy fynd yn ôl ar ei air ychwaith, ystyriodd.

'Fel deudis i o'r blaen, tydw i ddim yn siŵr, Tomos.'

Ochneidiodd Tomos yn ddistaw.

'Ond, Osian, fel y gwyddost ti, Meinir ydi ein hunig ferch, felly hi – a chditha – fasa'n cael Tŷ Grug. Mi fasat ti'n medru gwneud y ddau le'n un. Dau dŷ a llawer mwy o aceri o dir, heb sôn am yr anifeiliaid hefyd. Meddylia, Osian, mi fasat ti'n fwy cefnog na dy dad!' chwarddodd Tomos.

Syllodd Osian yn hir drwy'r ffenestr ar rywbeth draw ar y gorwel. Daeth mymryn o wên i'w wefusau.

'O'r gorau,' meddai, 'mi brioda i Meinir.'

Llonnodd Tomos drwyddo a chodi o'i gadair.

'Da iawn. Da iawn wir. Mi a' i i ddeud wrth Meinir y munud 'ma.'

Wrth ruthro allan daeth Tomos ar draws William, oedd yn dal i sefyll y tu ôl i'r drws.

'William, mae'r briodas yn mynd yn 'i blaen wedi'r cwbwl,' meddai'n frysiog, gan ysgwyd llaw ei gyfaill. 'Newyddion da iawn, yntê?'

'Ia, da iawn.' Ceisiodd William wenu wrth wylio Tomos yn rhedeg am adref.

Pennod 30

Ni wyddai Magi am ba hyd y bu hi'n effro, ond roedd wedi bod yn ceisio gorwedd mor llonydd ag y gallai rhag deffro ei chyfaill.

'Blwyddyn newydd dda,' meddai Magi, heb fawr o frwdfrydedd, pan stwyriodd Cadi ymhen hir a hwyr.

'Ac i titha,' meddai Cadi'n gysglyd. 'Wyt ti wedi bod yn effro ers tro?'

'Do.'

Gorweddodd y ddwy heb ddweud dim am sbel.

'Ma'n rhaid i ni godi,' meddai Cadi o'r diwedd, 'i wneud ein hunain yn barod i fynd.' Ymataliodd rhag dweud y geiriau 'i'r briodas', a gwerthfawrogai Magi hynny.

Helpodd y ddwy ei gilydd i wneud eu gwalltiau'n fwy twt nag arfer. Ar ôl cael trefn ar hynny, rhoddodd y ddwy ddillad glân amdanynt. Roedd Magi wedi cael benthyg blows wen gan Lowri a gwisgodd ei sgert orau. Roedd y sgert wedi mynd braidd yn fyr ac yn dynn o amgylch ei gwasg, sylweddolodd, ond bu'n sgert orau iddi am tua phum mlynedd. Penderfynodd y buasai yn ei chadw i Sioned. Rhoddodd siôl ei mam dros ei gwar. Nid oedd arni eisiau ei gwisgo oherwydd llifai'r atgof amdani hi ac Osian yn mynd i'r Bwthyn Bach yn ôl iddi bob tro yr edrychai arni. Ond heddiw, gan fod y tywydd mor oer, doedd ganddi ddim dewis arall.

Aeth Cadi a Magi i lawr y grisiau i'r bwtri. Yno, poerodd y ddwy ar eu clocsiau cyn eu rhwbio â darn o glwt i gael gwared â'r mwd a'r baw oddi arnynt.

Daeth Osian i lawr o'r llofft yn gwisgo clos pen-glin newydd a chrafat main, gwyn am ei wddw, gwasgod frethyn llwyd ac esgidiau newydd gyda byclau i'w cau. Roedd ei wallt yn daclus, ei donnau afreolus wedi cael eu sodro i lawr ar ei ben. Dymunodd flwyddyn newydd dda i'r ddwy.

'O, Magi, mi wyt ti'n gwisgo dy siôl,' sylwodd Osian.

'Ydw. Ma' hi'n oer.'

Er bod Osian yn olygus iawn yn ei ddillad newydd, ni allai Magi edrych arno. Daliodd Osian ei wynt. Fel rheol byddai ganddynt gant a mil o bethau i sgwrsio amdanynt, ond heddiw ni wyddai'r naill na'r llall beth i'w ddweud.

'Wel, mae'n dda nad wyt ti'n mynd i odro yn y dillad 'na. Fasa'r gwartheg ddim yn dy nabod di!' meddai Cadi, gan geisio torri ar yr awyrgylch trwm.

'Mi wyt ti'n iawn, Cadi,' cytunodd gan wenu. Ciledrychodd ar Magi i weld a oedd hithau'n gwenu hefyd, ond roedd hi â'i phen i lawr.

Trawodd traed William yn drwm ar y grisiau i dynnu sylw'r tri. Pan ddaeth drwy'r drws roedd golwg flinedig arno, fel petai heb gysgu winc drwy'r nos. Gwisgai glos pen-glin coch tywyll gyda'r plygiadau i'w gweld yn glir ynddo, a chuddiai ei wasgod, heblaw am ei lewys, hen grys llwydlas llawn crychau. Roedd briw ciaidd ar ei foch lle torrodd ei hun wrth eillio'r noson cynt.

'Blwyddyn newydd dda, bawb,' mwmiodd wrtho'i hun.

Ar ôl i bawb gael tamaid o frecwast daeth Huw'r gwas a Lowri i mewn ar ras. Drwy'r drws agored clywid sŵn siarad a chwerthin uchel ar y buarth.

'Ma' Meinir a'i theulu yma. Ma' Sioni'r Graig yma hefyd,' meddai Huw'n gyffrous.

Sioni oedd wedi ei ddewis i ofalu am Meinir a mynd â hi i'r eglwys – neu, yn hytrach, beidio mynd â hi i'r eglwys, yn ôl y traddodiad. Roedd o a Meinir yn mynd i farchogaeth ceffyl William, ac Osian yn eu dilyn ar ei gaseg. Bu Sioni'n cynllunio'i daith yn ofalus fel na fuasai Osian yn dod o hyd iddi'n syth.

'Mae 'na lond y lle o bobol eraill y tu allan hefyd,' meddai Lowri, 'ond ddôn nhw ddim i mewn achos maen nhw'n aros i weld Meinir yn cael ei rhoi ar gefn y ceffyl. Mae Sioni'n barod i gychwyn.'

Aeth pawb allan heblaw Osian, oedd eisiau rhoi munud neu

ddau i Sioni a Meinir ddiflannu cyn cychwyn ar eu holau, a William.

Cyn gadael y gegin fawr, trodd Magi at Osian.

'Llongyfarchiadau i ti. Mi ydw i'n gobeithio y byddi di'n hapus efo Meinir.'

Ar y buarth roedd criw anferth o blwyfolion wedi ymgynnull. Daliai'r merched odreon eu sgerti gorau allan o'r pyllau a'r baw ar y buarth, a cheisiai'r dynion gadw eu gwalltiau'n daclus. Roedd Tomos Tŷ Grug ar ben ei ddigon yn ei gôt a'i glos pen-glin newydd, a gwisgai het ddu â chantel mawr.

Ni allai Meinir beidio â gwenu ar gefn y ceffyl. Roedd ei gwallt wedi ei godi o'i hwyneb a'i glymu y tu ôl i'w phen â ruban glas, ac roedd gwrid yn ei bochau. Er mai dim ond ffrog o frethyn ysgafn a siôl o wlân main oedd ganddi amdani, ni theimlai'r oerni. Sgrechiodd wrth i'r anifail oddi tani lamu yn ei flaen, a chychwynnodd ar ei thaith.

Caeodd William ei ddyrnau'n dynn. Nid oedd yn gyfarwydd â bod mewn cornel. Roedd ei fab yn mynd i briodi ei hanner chwaer, ac ni allai wneud yr un dim yn ei gylch, heblaw efallai ddweud y gwir wrth Osian, y munud hwnnw. Gallai atal y briodas ag un frawddeg: 'Fi ydi tad Meinir.' A oedd ganddo'r wyneb i gyffesu? Oedd, siŵr – gallai William Jones wneud fel y mynnai. Ond meddyliodd am Idwal. Mae'n debyg bod y si wedi mynd ar led erbyn hyn mai fo oedd tad y bychan. Byddai'r ffaith ei fod yn dad i Meinir hefyd yn fêl ar eu bysedd.

Gwingodd William yn ei gadair. Ar Siân roedd y bai. Petai Siân wedi bod yn fwy llym efo Meinir, buasai wedi medru lluchio dŵr oer ar garwriaeth Osian a Meinir fisoedd yn ôl. Ciledrychodd ar ei fab, oedd yn rhythu ar ei esgidiau. Heno, buasai Meinir yn dod yn ôl yma i'r Weirglodd Wen yn wraig i Osian, i rannu ei wely. Teimlai William fel petai ar fin cyfogi. Byddai'r Weirglodd Wen yn dŷ pechod, yn llawn cyfrinachau. Bu'n un o golofnau'r gymdeithas ers degawdau, yn mynychu gwasanaethau'r eglwys a chyfrannu'n hael i'r achos. Bu drws y Weirglodd Wen yn agored i bawb a fynnai ymweld ag ef, a bu croeso i bawb ar yr aelwyd – ond allai o ddim aros yno rhagor. Ni fyddai'n rhedeg i ffwrdd, dim ond gadael. Efallai yr âi at ei gefnder yng ngodre Mynydd yr Ystum ar gyrion Rhoshirwaun, gan esgus ei fod yn gadael y Weirglodd Wen i'w fab yn anrheg priodas. Ond cyn hynny, roedd yn rhaid iddo gael gair ag Osian.

Trodd Osian i edrych ar ei dad wrth glywed ei enw.

'Osian,' meddai William eto. 'Tydw i ddim am ddŵad i'r briodas.'

'Be? Pam?' gofynnodd Osian yn syn.

'Tydw i ddim am ddŵad i'r briodas,' meddai eto. 'A pheth arall, mi ydw i'n bwriadu gadael y Weirglodd Wen.'

'Be?'

'Chdi ydi mistar y Weirglodd Wen rŵan,' eglurodd William wrth ei fab dryslyd.

'I le ewch chi?' gofynnodd Osian yn wyllt. 'Fama ydi'ch cartref chi.'

'Drwy gydol f'oes, Osian, mi ydw i wedi gweithio'n galed yma yn hytrach na gwneud yr hyn ro'n i isio'i wneud. Mi fu'n rhaid i mi ufuddhau i 'nhad. Fy mreuddwyd i oedd hwylio'r môr i wledydd tramor, ond chawn i ddim mynd, a cha' i mo'r cyfle hwnnw eto, gwaetha'r modd.'

'Ond does dim rhaid i chi fynd, Nhad,' plediodd Osian.

'Oes, mae'n rhaid. A tydw i ddim isio i ti edrych yn ôl ar dy fywyd a difaru, fel fi.'

'Ond, Nhad, mi ydw i isio aros adra a gweithio yma. Tydw i ddim isio gwneud dim byd arall.'

'Nid am waith yn unig rydw i'n sôn,' meddai William yn dawel. 'Paid â gwneud camgymeriadau. Mi ydw i isio i ti wrando ar dy galon.'

Ni allai Osian wneud na phen na chynffon o lith ei dad, ond cyn iddo allu ei holi ymhellach rhoddodd Huw ei ben heibio i'r drws.

'Dy dro di rŵan, Osian. Ma' Meinir a Sioni wedi cychwyn

ers rhai munudau.' Gafaelodd Huw ym mraich Osian, ei dynnu o'i gadair a'i wthio allan drwy'r drws.

Ar y buarth cafodd Osian ei godi ar gefn ei gaseg i gyfeiliant dwndwr y dorf. Rhoddwyd yr awenau yn ei ddwylo, ond ni allai Osian ganolbwyntio ar ddim ond geiriau ei dad. Cododd ei ben i edrych ar y tŷ, ei gartref, a chafodd gip ar wyneb Magi yn un o ffenestri'r llofft. Edrychai fel petai wedi bod yn crio. Yn sydyn, trawodd rhywun gledr ei law ar du ôl y gaseg gan beri iddi ddechrau carlamu. Wrth wylio Osian yn mynd, bloeddiodd pawb eu cymeradwyaeth, cyn cychwyn am y llan.

Carlamodd ceffyl Sioni a Meinir yn wyllt.

'I le wyt ti'n mynd â fi?' gwaeddodd Meinir drwy rythm rheolaidd y pedolau'n curo'n swnllyd ar y ddaear.

'Mi gei di weld,' atebodd Sioni. 'Ond wnaiff Osian mo dy ddarganfod di ar chwarae bach.'

Chwarddodd Meinir a throi ei phen i edrych yn ôl.

'Sioni, ma' Osian yn dŵad!' gwaeddodd yn gyffrous. 'Mi fedra i 'i weld o fel smotyn yn y pellter.'

'Paid â phoeni, fedrith o mo'n dal ni. Dim ond caseg sy ganddo fo!' chwarddodd Sioni.

Gallai Osian hefyd weld Meinir a Sioni o'i flaen. Cydiodd yn dynn yn yr awenau a phlygu ymlaen yn y cyfrwy er mwyn annog y gaseg i garlamu'n gynt. Roedd y gwynt yn chwythu yn ei glustiau fel na allai glywed yr un sŵn arall, a dechreuodd ystyried geiriau ei dad. Yn sydyn, tynnodd Osian yn yr awenau gan beri i'r gaseg sglefrio yn y mwd. Gweryrodd yn uchel wrth i Osian, â'i holl nerth, droi ei phen i'r cyfeiriad arall a'i gyrru'n gyflymach nag erioed o'r blaen. Carlamodd ar draws y weirglodd a'r caeau fel dyn gwallgof.

Roedd Magi yn dal i fod yn llofft y Weirglodd Wen. Nid oedd yn gwneud fawr ddim ond cerdded yn ôl a blaen o un drws i'r llall. Yn sydyn clywodd sŵn carnau ceffyl, a chlebran yr ieir wrth iddynt sgrialu'n swnllyd o'r ffordd. Brysiodd i'r ffenestr a gwelodd Osian yn neidio oddi ar ei gaseg a rhedeg i'r drws cefn, yn baglu dros fyclau ei esgidiau newydd.

'Magi,' gwaeddodd. 'Magi, lle wyt ti?' Rhedodd i waelod y grisiau. 'Magi!'

Cerddodd Magi i lawr y grisiau yn araf ac yn ofnus ond gafaelodd Osian yn ei braich a'i thynnu i lawr yr ychydig risiau olaf.

'Aros yn fama,' gorchmynnodd. Aeth i nôl y gist oddi ar y dresel a thynnu'r llwy ohoni.

'Mi wnes i'r llwy yma i ti.'

'Be ti'n feddwl? Llwy Meinir ydi hon.'

'Naci. Pan o'n i'n ei gwneud hi, amdanat ti ro'n i'n meddwl bob tro.'

'Osian, mi wyt ti i fod i briodi Meinir heddiw!'

'Ydw, mi wn i.'

'Mae pawb wedi mynd i'r llan i dy briodas di.'

'Do.'

'Pam newidist ti dy feddwl mor sydyn?'

'Rwbath ddeudodd Nhad wrtha i bora 'ma.'

'Be ddeudodd o?'

'Am i mi beidio â gwneud camgymeriadau fel y gwnaeth o.'

'O.'

'Ac mi fasa priodi Meinir yn gamgymeriad. Chdi dwi isio'i phriodi ... felly wnei di 'mhriodi i?'

'Na, Osian, fedra i ddim dy briodi di,' wylodd Magi, a rhedodd allan o'r tŷ, ar draws y buarth ac i gyfeiriad Cae'r Ffynnon.

Rhoddodd Osian y llwy yn ei boced a rhedeg ar ei hôl, ond wnaeth Magi ddim arafu. Rhedodd mor gyflym ag y gallai heb edrych yn ôl. Toc, cyrhaeddodd goeden dderw fawr ger y ffynnon. Roedd wedi colli ei gwynt yn llwyr, a syrthiodd i'r llawr ym môn y goeden a dechrau wylo'n hidl.

Cyrhaeddodd Osian ymhen ychydig eiliadau.

'Pam na fedri di fy mhriodi i, Magi? Dwyt ti ddim yn fy hoffi i?'

Nid atebodd Magi.

'Magi? Deud rwbath.'

'Ond Osian, tydw i'n neb ond y forwyn fach. Does gen i ddim teulu nag arian na dim,' wylodd.

'Tydi o'n ddim gwahaniaeth gen i am hynny,' mynnodd Osian. 'Fydd dim angen un dim arnat ti yn y Weirglodd Wen.'

'Ond fedra i ddim gwau na gwnïo na dim. Mi faswn i'n wraig sâl iawn.' meddai Magi drwy ei dagrau.

'Fedra inna ddim gwau a gwnïo chwaith,' meddai Osian, i geisio atal ei dagrau. 'Yli, mi wnes i'r llwy i ti allan o un o frigau'r goeden yma. Sbia, y gangen yma wnes i ei thorri,' meddai, gan amneidio at fôn cangen yn uchel uwch eu pennau. 'Mi fu bron i mi ddisgyn i lawr wrth ei thorri!'

Gwenodd Magi wrth feddwl am Osian yn dringo'r goeden.

'Wel, wnei di fy mhriodi i 'ta?'

'Be fasa dy dad yn ddeud?' gofynnodd Magi'n dawel. 'Tydw i'n neb ond morwyn, ac wedi bod mewn helbul efo fo droeon. Mi fasa hyn yn fwy o helbul iddo fo na dim fu o'r blaen.'

'Paid â phoeni am Nhad – mae o wedi mynd i ffwrdd am sbel.'

'A pheth arall, be fasa pawb arall yn 'i feddwl? Ma' pawb yn yr eglwys rŵan, yn disgwyl i ti a Meinir briodi. Mi fasa pawb yn fy nghasáu i, am byth,' dadleuodd Magi.

'Fi fyddan nhw'n 'i gasáu, a tydi hi'n ddim gwahaniaeth gen i be mae neb yn feddwl ohona i.' Gafaelodd Osian yn ei dwylo. 'Magi, mi wna i'n siŵr na fydd neb yn dy frifo di, byth. Mi wna i edrych ar dy ôl di. Chdi, nid Meinir, sy'n fy ngwneud i'n hapus, ac mi wna i fy ngorau i dy gadw di'n hapus hefyd. Fedra i ddim meddwl am fod hebddat ti, Magi. Dwi'n dy garu di â'm holl galon.' Tynnodd Osian y llwy o'i boced a'i chyflwyno i Magi am yr eilwaith. 'Wnei di gymryd y llwy?' gofynnodd.

Edrychodd Magi i lygaid Osian ac yna ar y llwy yn ei law. Nodiodd ei phen, gwenodd ac estynnodd ei llaw i'w chymryd.

'Diolch,' meddai. 'O, Osian, mae hi mor brydferth. Dyma'r peth gorau i neb ei roi i mi erioed.'

Sychodd Osian ei dagrau â llawes ei grys a'i chusanu'n dyner. Eisteddodd y ddau yn fodlon ym mreichiau ei gilydd.

'Mi geith Sioned ddŵad i fyw efo ni os leci di. A pheth arall, gan dy fod ti mor hoff o'r Betsan 'na, ella y dylat ti ystyried gadael iddi hi fyw yn y Bwthyn Bach yn lle'r murddun 'na mae hi'n byw ynddo fo ar hyn o bryd.'

Gwenodd Magi wên lydan. Sut oedd Osian wedi dod i'w hadnabod mor dda?

'Ty'd, ma' raid i ni fynd.'

Cododd Osian ar ei draed ac estyn ei law i Magi. Cerddodd y ddau law yn llaw yn ôl i gyfeiriad y Weirglodd Wen.

Disgleiriai haul gwan y calan ar furiau'r ffermdy gan droi'r cerrig llwyd yn felyn cynnes. Sgleiniai'r ffenestri'n loyw a chodai mwg o'r corn yn unionsyth cyn cael ei chwalu i bob cwr gan awelon bychain. Roedd y drws agored yn eu gwahodd i mewn. Gwasgodd Osian law Magi, a cherddodd y ddau am adref.